JACK LONDON (1876–1916) stammte aus ärmlichen Verhältnissen und schlug sich zunächst als Zeitungsjunge, Lagerarbeiter und Seemann durch. Später ging er als Goldsucher nach Alaska und geriet als Korrespondent im russisch-japanischen Krieg in Gefangenschaft. Weltweite Bekanntheit erlangte er mit legendären Abenteuerromanen wie *Wolfsblut* oder *Ruf der Wildnis*.

Mord auf Bestellung in der Presse:

»Ein ganz herrliches Buch. Ich musste mir immer wieder die Lachtränen aus den Augenwinkeln wischen.«
Denis Scheck

»Hinreißend erzählt! Ganz wunderbar. Einfach toll!«
Martin Walser

»Sehr unterhaltsam zu lesen, absolut empfehlenswert.«
Bayerischer Rundfunk

Besuchen Sie uns auf www.penguin-verlag.de
und Facebook.

JACK LONDON

Mord auf Bestellung

Ein Agententhriller

Vervollständigt von Robert L. Fish

Aus dem amerikanischen Englisch
von Eike Schönfeld

Nachwort von Freddy Langer

 PENGUIN VERLAG

Titel der amerikanischen Originalausgabe:
The Assassination Bureau Ltd. (1910/1963)

Sollte diese Publikation Links auf Webseiten Dritter enthalten,
so übernehmen wir für deren Inhalte keine Haftung, da wir uns diese
nicht zu eigen machen, sondern lediglich auf deren Stand zum Zeitpunkt
der Erstveröffentlichung verweisen.

Verlagsgruppe Random House FSC® N001967

PENGUIN und das Penguin Logo sind Markenzeichen
von Penguin Books Limited und werden
hier unter Lizenz benutzt.

1. Auflage 2019
Copyright © 2002 by Jack London
Copyright © der Übersetzung 2016 by
Manesse Verlag, Zürich,
in der Verlagsgruppe Random House GmbH,
Neumarkter Straße 28, 81673 München
Covergestaltung: www.buerosued.de nach einem Entwurf
von Zero Werbeagentur
Covermotive: Getty Images, München/Kristian Niemi; Martha Holmes
Satz: Greiner & Reichel, Köln
Druck und Bindung: GGP Media GmbH, Pößneck
Printed in Germany
ISBN 978-3-328-10340-0
www.penguin-verlag.de

Dieses Buch ist auch als E-Book erhältlich.

I

Der Mann sah gut aus mit seinen großen, schwarz schimmernden Augen, dem olivfarbenen Teint, der auf einer klaren, reinen Haut von unvergleichlich glatter Struktur lag, und dem lockigen schwarzen Haarschopf, der zum Wuscheln einlud – kurz, er war ein Mann, den Frauen gern betrachten, einer, der sich der einschmeichelnden Wirkung seines Aussehens voll und ganz bewusst ist. Er hatte eine schmale Taille, war muskulös und breitschultrig, und er besaß einen besonderen kühnen, maskulinen Gang, den jedoch der sorgenvolle Blick, mit dem er den hinausgehenden Diener, der ihn eingelassen hatte, wie auch den Raum musterte, Lügen strafte. Der Diener war taubstumm – was er wohl erraten hätte, wenn er es dank Lanigans Beschreibung eines früheren Besuchs in dieser Wohnung nicht ohnehin schon gewusst hätte.

Als sich die Tür hinter dem Diener geschlossen hatte, konnte der Besucher nur schwerlich einen Schauder unterdrücken. Doch an dem Zimmer an sich war nichts, was eine solche Regung hätte zeitigen können. Es war ein stiller, repräsentativer Raum, gesäumt von gut gefüllten Bücherregalen, dazu hier und da eine Radierung sowie, an einer Stelle, ein Kartenständer. Ebenfalls an der Wand stand ein großes Gestell voller Zugfahrpläne und Dampferbroschüren. Zwischen den Fenstern befand sich ein massiger, breiter Schreibtisch, auf dem ein Telefon stand und an dem ein Bord mit einer Schreibmaschine darauf befestigt war. Alles war penibel geordnet und verriet, dass es sich bei der Seele des Systems um ein alles lenkendes Genie handeln musste.

Die Bücher lockten den Wartenden an; er streifte die Regale entlang und überflog die Titel mit geübtem Blick in ganzen Reihen auf einmal. Auch an diesen gediegen gebundenen Büchern war nichts, was einen erschauern hätte lassen können. Besonders fielen ihm Ibsens Prosadramen und Shaws diverse Stücke und Romane auf, Luxusausgaben von Wilde, Smollett, Fielding, Sterne und den *Märchen aus 1001 Nacht*, Lafargues *Entwicklung des Eigentums*, *Marx für Studenten, Fabianische Essays,*[1] Brooks Adams' *America's Economic Supremacy*, Engels' *Ursprung der Familie,* Conants *The United States in the Orient* und John Mitchells *Organized Labor*. Obendrein standen da in russischen Originalausgaben die Werke von Tolstoi, Gorki, Turgenjew, Andrejew, Gontscharow und Dostojewski.

Der Mann schlenderte weiter zu einem Bibliothekstisch, auf dem sich in ordentlichen Stapeln die aktuellen Revuen und Vierteljahresschriften türmten und wo in einer Ecke ein Dutzend neuer Romane lagen. Er zog einen Sessel heran, streckte die Beine aus, zündete sich eine Zigarette an und überflog die Bücher. An einem schmalen mit rotem Einband blieb sein Blick hängen. Auf dem Umschlag prangte eine lasziv zurechtgemachte Frau. Er nahm das Buch in die Hand und las den Titel: *Vier Wochen: Ein knalliges Buch*. Als er es aufschlug, gab es zwischen seinen Seiten eine kleine, aber heftige Explosion, samt Blitz und einem Rauchwölkchen. Erschrocken fuhr er zusammen. Er fiel in den Sessel zurück und stürzte zu Boden, alle viere in die Luft gereckt, wobei er das Buch von sich schleuderte wie eine Schlange, die man versehentlich in die Hand genommen hat. Der Besucher war ganz außer sich. Seine schöne olivfarbene Haut hatte sich zu einem grässlichen Grün verfärbt, und seine schwarz schimmernden Augen waren vor Entsetzen geweitet.

Da öffnete sich die Tür zu einem inneren Zimmer, und das lenkende Genie trat ein. Schneidende Belustigung lag in seiner Miene, als er den anderen in seinem kläglichen Schrecken sah. Er bückte sich, hob das Buch auf und spreizte es auseinander, womit er den Spielzeugmechanismus enthüllte, der die papierne Zündkapsel zur Explosion gebracht hatte.

«Kein Wunder, dass Leute wie Sie sich genötigt sehen, mich aufzusuchen», spottete er. «Ihr Terroristen wart mir schon immer ein Rätsel. Wie kommt es, dass Sie ausgerechnet von dem, wovor Sie sich am meisten fürchten, auch am meisten fasziniert sind?» Er sprach nun mit unverhohlenem Spott. «Pulver – das ist es. Wäre diese Zündkapsel aus einer Kinderpistole auf Ihrer nackten Zunge explodiert, dann hätte sie nichts weiter als eine vorübergehende Beeinträchtigung Ihrer Artikulationsfähigkeit und Ihres Geschmackssinnes zur Folge gehabt. Wen also wollen Sie jetzt töten?»

Die Erscheinung des Sprechers stand in krassem Kontrast zu der seines Besuchers. Sein Haar war so hell, dass man es glatt als ausgewaschenes Blond bezeichnen konnte. Seine Augen, verschleiert von äußerst feinen und seidigen Wimpern, fast wie bei einem Albino, waren von lichtestem Hellblau. Den Kopf, stellenweise schon kahl, bedeckte ein ähnlich dünner Flaum feinen, seidigen Haars, fast schneeweiß, so schön silbrig war es, und dennoch nicht von der Zeit gebleicht. Der Mund wirkte fest und nachdenklich, dabei nicht harsch, und die Rundung seiner breiten, hohen Stirn kündete beredt von den Gehirnwindungen dahinter. Sein Englisch war peinlich korrekt; das vollkommene und ausdruckslose Fehlen eines Akzents bildete beinahe selbst einen solchen. Trotz des groben Streichs, den er seinem Gast gerade gespielt hatte, besaß er wenig Sinn für Humor. Ihm eignete eine ernste, düstere Würde, die auf Gelehrsamkeit hindeutete, wobei ihn eine Aura selbstgefälliger Machtfülle umgab und er ein Ausmaß philosophischer Gelassenheit erahnen ließ, die weit über Buchattrappen und Kinderpistolenkapseln hinausging. Seine Persönlichkeit, sein farbloser Teint und sein nahezu faltenloses Gesicht, das alles war so schwer fassbar, dass es kaum Rückschlüsse auf sein Alter erlaubte, das irgendwo zwischen dreißig und fünfzig – oder auch sechzig – liegen mochte. Man hatte das Gefühl, dass er älter war, als er aussah.

«Sie sind Ivan Dragomiloff?», fragte der Besucher.

«Das ist der Name, unter dem man mich kennt. Er dient mir genauso gut wie jeder andere – so gut wie Will Hausmann Ihnen. Das ist der Name, unter dem Sie eingelassen wurden. Ich kenne Sie. Sie sind der Sekretär der Caroline-Warfield-Vereinigung. Mit der hatte ich schon einmal zu tun. Ich glaube, Sie wurden durch Lanigan vertreten.» Er machte eine Pause, legte sich ein schwarzes Käppchen auf sein schütter bedecktes Haupt und setzte sich. «Kein Grund für Klagen, so hoffe ich doch», fügte er kalt hinzu.

«O nein, keineswegs», versicherte Hausmann eilig. «Diese andere Geschichte verlief zu unsrer absoluten Zufriedenheit. Wir haben uns nur deshalb nicht wieder bei Ihnen gemeldet, weil wir es uns nicht leisten konnten. Aber jetzt wollen wir McDuffy, den Polizeichef …»

«O ja, den kenne ich», unterbrach ihn der andere.

«Er ist brutal, eine Bestie», fuhr Hausmann rasch mit anschwellender Empörung fort. «Er hat unsere Sache wiederholt torpediert, unsere Vereinigung ihrer vorzüglichsten Köpfe beraubt. Trotz der Warnungen, die wir ihm haben zukommen lassen, hat er Tawney, Cicerole und Gluck deportieren lassen.[2] Immer wieder hat er unsere Zusammenkünfte aufgelöst. Seine Beamten haben uns wie Vieh geprügelt und geschlagen. Seinetwegen schmachten jetzt vier unserer geschundenen Brüder und Schwestern in Gefängniszellen.»

Während er weiter Klagen an Klagen reihte, nickte Dragomiloff ernst, als machte er dabei eine Rechnung auf.

«Und dann der alte Sanger, eine so reine und erhabene Seele, wie kaum je eine die verpestete Luft der Zivilisation geatmet hat, zweiundsiebzig Jahre alt, ein Patriarch, die Gesundheit ramponiert, und der geht an seinen zehn Jahren Haft in Sing Sing Zoll um Zoll zugrunde, mitten in diesem Land der Freien. Und wofür?», rief er erregt aus. Dann fiel seine Stimme in eine hoffnungslose Leere, während er seine eigene Frage matt beantwortete. «Für nichts und wieder nichts. – Diesen Hunden des Gesetzes muss mal wieder eine blutige Lektion erteilt werden. Sie können uns nicht ständig ungestraft misshandeln. McDuffys Leute haben im Zeugenstand falsch ausgesagt. Das wissen wir. Er hat lange genug gelebt. Die Zeit ist reif. Und er hätte schon viel früher sterben sollen, nur hatten wir das Geld nicht. Aber als wir sahen, dass ein Attentat billiger ist als die Anwaltskosten, ließen wir unsere armen Genossen ohne Rechtsbeistand in ihre Gefängniszellen wandern und hatten so die Summe schneller beisammen.»

«Sie kennen ja unsere Regel, dass wir einen Auftrag erst dann annehmen, wenn wir uns davon überzeugt haben, dass er gesellschaftlich gerechtfertigt ist», bemerkte Dragomiloff ruhig.

«Aber gewiss», versuchte Hausmann, einen Einwurf der Empörung loszuwerden.

«In diesem Fall jedoch», fuhr Dragomiloff ruhig und richterlich-kühl fort, «besteht wenig Zweifel an der Rechtmäßigkeit Ihres Ansinnens. McDuffys Tod erscheint als gesellschaftlich ratsam und rechtens. Ich kenne ihn und seine Taten gut. Ich kann Ihnen versichern, dass wir, wie ich es sehe, bei der Überprüfung so gut wie sicher zu diesem Schluss kommen werden. Und nun zum Geld.»

«Aber wenn Sie McDuffys Tod doch nicht für gesellschaftlich rechtens halten?»

«Dann wird Ihnen das Geld rückerstattet, abzüglich zehn Prozent für die Kosten der Nachforschung. Das ist unsere gängige Praxis.»

Hausmann zog eine dicke Brieftasche hervor, dann zögerte er. «Ist die Bezahlung der vollen Summe erforderlich?»

«Sie kennen unsere Bestimmungen.» In Dragomiloffs Stimme lag ein leiser Tadel.

«Aber ich dachte, ich hatte gehofft – Sie wissen doch selbst, dass wir Anarchisten arme Leute sind.»

«Deshalb mache ich Ihnen auch so einen günstigen Preis. Zehntausend Dollar für die Tötung des Polizeichefs einer Großstadt ist nicht überzogen. Glauben Sie mir, das deckt gerade mal unsere Auslagen. Privatpersonen wird deutlich mehr berechnet, zudem auch nur für Privatpersonen. Wären Sie Millionär und keine bettelarme Vereinigung, die am Hungertuch nagt, dann würde ich Ihnen für McDuffy fünfzigtausend Minimum berechnen. Nebenbei bemerkt mache ich das auch nicht zum Zeitvertreib.»

«Du lieber Himmel! Was würden Sie denn dann für einen König verlangen!», rief der andere.

«Das kommt ganz darauf an. Ein König, sagen wir der von England, würde eine halbe Million kosten. Bei kleinen zweit- oder drittrangigen Königen beliefe sich das Honorar auf etwas zwischen fünfundsiebzig- und hunderttausend Dollar.»

«Ich hatte ja keine Ahnung ...», murmelte Hausmann.

«Deshalb werden auch so wenige getötet. Zudem vergessen Sie die enormen Fixkosten einer so perfekten Organisation, wie ich sie aufgebaut habe. Allein unsere Reisespesen übersteigen Ihre Vorstellungen bei Weitem. Ich habe eine Menge Agenten, und Sie werden doch nicht glauben, dass die ihr Leben aufs Spiel setzen und für ein Butterbrot töten. Und bedenken Sie, wir erledigen diese Dinge ohne jedes Risiko für unsere Kunden. Wenn Sie finden, dass das Leben des Polizeichefs McDuffy für zehntausend teuer veranschlagt ist, so möchte ich Sie fragen, ob Sie Ihr eigenes Leben geringer ansetzen würden. Außerdem seid ihr Anarchisten miserabel in solchen Dingen. Jedes Mal, wenn ihr es selbst versucht, vermasselt ihr es oder werdet gefasst. Ferner beharrt ihr immerzu auf Dynamit oder auf irgendwelchen Höllenmaschinen, die äußerst riskant sind ...»

«Unsere Aktionen müssen aber sensationell und spektakulär sein», erklärte Hausmann.

Der Chef der Attentatsagentur nickte. «Ja, das verstehe ich. Aber darum geht es nicht. Das ist eine derart dumme, primitive Art des Tötens, dass sie, wie ich schon sagte, für unsere Agenten äußerst riskant ist. Sollte Ihre Vereinigung mir aber gestatten, beispielsweise Gift einzusetzen, so lasse ich Ihnen zehn Prozent nach, bei einem Luftgewehr fünfundzwanzig Prozent.»

«Ausgeschlossen!», rief der Anarchist. «Das ist unseren Zwecken nicht zuträglich. Unsere Attentate müssen blutig sein.»

«In diesem Fall kann ich Ihnen keinen Nachlass gewähren. Sie sind doch Amerikaner, nicht, Mr. Hausmann?»

«Ja, und zwar gebürtiger – aus St. Joseph, Michigan.»

«Warum töten Sie McDuffy dann nicht selbst und ersparen Ihrer Vereinigung die hohen Kosten?»

Der Anarchist erbleichte. «Nein, nein ... Ihre Agentur ist wirklich zu brillant, Mr. Dragomiloff. Auch habe ich eine ... äh ... angeborene Zurückhaltung beim Töten oder Blutvergießen – das ist, nun ja, etwas Persönliches. Es stößt mich ab. Theoretisch weiß ich sehr wohl, dass eine Tötung gerechtfertigt ist, aber ich kann mich nicht zur Tat durchringen. Ich ... ich kann es einfach nicht, so ist es nun mal. Ich kann's nicht ändern. Ich könnte mit den eigenen Händen keiner Fliege etwas zuleide tun.»

«Dennoch gehören Sie einer gewalttätigen Organisation an.»

«Ich weiß. Mein Verstand lässt mir keine andere Wahl. Ich könnte mich nicht damit zufriedengeben, den philosophierenden Tolstojanern anzugehören, die keinen Widerstand leisten.[3] Ich glaube nicht daran, dass es reicht, die andere Wange hinzuhalten, wie sie es beispielsweise in der

Martha-Brown-Gruppe[4] tun. Werde ich geschlagen, so muss ich zurückschlagen ...»

«Selbst wenn es per Stellvertreter ist», unterbrach Dragomiloff ihn trocken.

Hausmann verbeugte sich. «Per Stellvertreter. Ist das Fleisch schwach, gibt es keinen anderen Weg. Hier haben Sie das Geld.»

Während Dragomiloff es zählte, unternahm Hausmann einen letzten Versuch zu feilschen. «Zehntausend Dollar. Sie werden sehen, es stimmt. Nehmen Sie es und denken Sie daran, dass es für Hingabe und Opfertum vieler Dutzend von Genossen steht, die sich die hohen Beiträge, die wir fordern, nur schwerlich leisten können. Könnten Sie ... äh ..., könnten Sie nicht gleich auch noch Inspector Morgan mit dazunehmen? Das ist auch so ein hinterhältiges Vieh.»

Dragomiloff schüttelte den Kopf. «Nein, ausgeschlossen. Ihre Vereinigung kommt ohnehin schon in den Genuss des höchsten Rabatts, den wir jemals gewährt haben.»

«Ach, nur eine einzige Bombe», beschwor ihn der andere. «Vielleicht erwischen Sie ja beide mit einer.»

«Was wir unter keinen Umständen tun werden. Natürlich werden wir Polizeichef McDuffy ausspähen müssen. Wir verlangen für alle unsere Transaktionen eine moralische Sanktionierung. Sollten wir dann zu dem Schluss gelangen, dass sein Tod gesellschaftlich nicht zu rechtfertigen ist ...»

«... was wird denn dann aus den zehntausend?», unterbrach Hausmann ihn besorgt.

«Die werden Ihnen abzüglich zehn Prozent für bereits getätigte Auslagen rückerstattet.»

«Und wenn Sie es nicht schaffen, ihn zu töten?»

«Sollten wir es bis Jahresende nicht geschafft haben, wird Ihnen das Geld rückerstattet, plus fünf Prozent Zinsen.»

Dragomiloff drückte einen Rufknopf und erhob sich, womit er zu verstehen gab, dass das Gespräch beendet war. Hausmann folgte seinem Beispiel, nutzte aber die Zeit bis zum Eintreffen des Dieners für eine weitere Frage. «Aber angenommen, Sie sterben? – Ein Unfall, eine Krankheit, irgendetwas. Ich habe keine Quittung für das Geld erhalten. Es wäre verloren.»

«Für all das ist Vorsorge getroffen. Der Leiter meiner Chicagoer Filiale würde sofort einspringen und alles Nötige veranlassen, bis der Leiter der San Franciscoer Filiale eingetroffen ist. So etwas hatten wir erst letztes Jahr. Erinnern Sie sich an Burgess?»

«Welcher Burgess?»

«Der Eisenbahnkönig. Einer unserer Leute hat das übernommen, die gesamte Transaktion abgewickelt und die Zahlung wie üblich im Voraus erhalten. Natürlich hatte er meine Einwilligung. Und dann geschah zweierlei: Burgess kam bei einem Eisenbahnunfall ums Leben, und unser Mann starb an einer Lungenentzündung. Dennoch wurde das Geld rückerstattet. Ich hatte persönlich dafür gesorgt, obwohl es rein rechtlich nicht einklagbar gewesen wäre. Unser langjähriger Geschäftserfolg beweist, wie redlich wir mit unseren Kunden verfahren. Glauben Sie mir, da wir ja jenseits von Recht und Gesetz operieren, wäre für uns alles andere als die strikteste Redlichkeit fatal. Und was McDuffy betrifft …»

In dem Moment trat der Diener ein, und Hausmann bedeutete ihm mit einer warnenden Gebärde zu schweigen. Dragomiloff lächelte.

«Er kann kein Wort hören», sagte er.

«Aber gerade haben Sie doch nach ihm geklingelt. Und auf mein Klingeln an der Tür hin ist er doch auch gekommen.»

«Für ihn ist ein Klingeln ein Lichtblitz. Statt einer Glocke geht ein elektrisches Licht an. Er hat in seinem ganzen Leben noch keinen Laut gehört. Solange er Ihre Lippen nicht sieht, versteht er auch nicht, was Sie sagen. Und nun zu McDuffy. Haben Sie sich die Sache mit seiner Beseitigung auch gut überlegt? Bedenken Sie, haben wir einen Auftrag erhalten, ist er schon so gut wie erledigt. Anders können wir unser Geschäft nicht führen. Wir haben nämlich unsere festen Regeln. Ist ein Auftrag erst einmal erteilt, kann er nicht mehr widerrufen werden. Sind Sie damit einverstanden?»

«Vollkommen.» Hausmann blieb nochmals an der Tür stehen. «Wann etwa könnten wir von … von einer Aktivität hören?»

Dragomiloff überlegte einen Augenblick. «Binnen einer Woche. Die Untersuchung ist in diesem Fall reine Formsache. Die Operation selbst ist denkbar einfach. Ich habe meine Männer an Ort und Stelle. Guten Tag.»

2

Eine Woche später wartete eines Nachmittags ein elektrischer Wagen vor dem großen russischen Importhaus S. Constantine & Co. Um drei Uhr verließ Sergius Constantine schließlich sein Büro und wurde vom Geschäftsführer zu dem Wagen begleitet, dem er dabei noch Anweisungen gab. Hätten Hausmann oder Lanigan ihn gesehen, wie er in den Wagen stieg, dann hätten sie ihn sofort wiedererkannt, wenn auch nicht unter dem Namen Sergius Constantine. Hätte man sie gefragt und hätten sie geantwortet, hätten sie ihn Ivan Dragomiloff genannt.

Denn es war Ivan Dragomiloff, der in südlicher Richtung losfuhr, mitten hinein in das Gewimmel der East Side. Einmal hielt er an, um bei einem «Extrablatt!» kreischenden Straßenjungen eine Zeitung zu kaufen. Er setzte seine Fahrt erst wieder fort, nachdem er die Schlagzeilen und einen kurzen Artikel gelesen hatte, der von einer weiteren anarchistischen Gewalttat in einer Nachbarstadt und vom Tod des Polizeichefs McDuffy berichtete. Als er die Zeitung sinken ließ und anfuhr, lag auf Constantines Gesicht ein Ausdruck stiller Genugtuung. Die Organisation, die er aufgebaut hatte, funktionierte, und zwar mit der gewohnten Reibungslosigkeit. Die Untersuchung – in diesem Fall eine fast beiläufige – war erfolgt, der Auftrag erteilt, und McDuffy tot. Er lächelte verhalten, als er vor einem modernen Wohnblock hielt, der am Rand eines der schlimmsten Slums der East Side stand. Das Lächeln verdankte sich der Vorstellung des Jubels, der in der Caroline-Warfield-Vereinigung ausbrechen würde – bei Terroristen, denen der Mumm zum Morden fehlte.

Ein Fahrstuhl brachte Constantine ins oberste Geschoss, und mittels eines Druckknopfs wurde ihm die Tür von einer jungen Frau geöffnet, die ihm die Arme um den Hals warf, ihn küsste und ihn mit russischen Kosenamen im Diminutiv überschüttete, einer Frau, die er seinerseits Grunya nannte.

Es waren ausgesprochen behagliche Räumlichkeiten, in die er geführt wurde – bemerkenswert komfortabel und geschmackvoll eingerichtet, selbst für ein Musterwohnhaus an der East Side. Von karger Schlichtheit, ließen Mobiliar und Ausstattung auf Kultur und Reichtum schließen. Es gab zahlreiche Bücherregale und einen mit Zeitschriften übersäten Tisch, während das Ende des Raumes von einem Salonflügel eingenommen wurde. Grunya war eine robuste russische Blondine, jedoch mit Farbakzenten, die dem Blond ihres Besuchers fehlten.

«Du hättest vorher anrufen sollen», schalt sie ihn in einem Englisch, das wie seines akzentfrei war. «Ich hätte ja auch ausgegangen sein können. Du kommst so unregelmäßig, ich weiß nie, wann ich dich erwarten soll.»

Er legte die Zeitung neben sich und ließ sich in die Kissen der geräumigen Fensterbank sinken. «Aber Grunya, Liebste, fang bitte nicht gleich mit Vorwürfen an», sagte er und sah sie mit strahlender Zuneigung an. «Ich gehöre nicht zum notleidenden Zehntel deines Kindergartenvolks, auch verbitte ich mir, dass du über mein Tun bestimmst, ja dass du mir gar noch vorschreibst, wann ich mir das Gesicht waschen oder die Nase putzen soll. Ich bin einfach aufs Geratewohl hergefahren in der Hoffnung, dich hier anzutreffen, vor allem aber, um meinen neuen Wagen auszuprobieren. Möchtest du nicht auf eine kleine Spritztour mitkommen?»

Sie schüttelte den Kopf. «Nicht heute Nachmittag. Ich erwarte um vier Besuch.»

«Dann bin ich im Bilde.» Er schaute auf die Uhr. «Auch wollte ich von dir hören, ob du eventuell am Wochenende nach Hause kommst. Ohne uns beide ist es in Edge Moor ziemlich einsam.»

«Ich war erst vor drei Tagen draußen», schmollte sie. «Grosset hat gesagt, du seist seit einem Monat nicht mehr dort gewesen.»

«Zu beschäftigt. Aber jetzt will ich einmal eine Woche ausspannen und lesen. Warum hielt Grosset es übrigens für nötig, dir zu sagen, dass ich einen Monat nicht dort gewesen war, wenn nicht deshalb, weil auch du nicht dort warst?»

«Zu beschäftigt, du Inquisitor, zu beschäftigt, genau wie du.» Sie ließ ein perlendes Lachen hören und streichelte ihm über die Hand.

«Kommst du also?»

«Jetzt ist doch erst Montag», überlegte sie. «Also ja, wenn …» Sie machte eine schelmische Pause. «… wenn ich übers Wochenende jemanden mitbringen darf. Du wirst ihn mögen, das weiß ich.»

«Oho, also ein *Er*, stimmt's? Vermutlich wieder einer deiner langhaarigen Sozialisten.»

«Nein, ein kurzhaariger. Aber wärme doch bitte nicht die Witzchen aus den Comic-Beilagen auf, liebster Onkel.

Ich habe im Leben noch keinen langhaarigen Sozialisten gesehen. Du etwa?»

«Nein, aber ich habe sie Bier trinken sehen», erklärte er nachdrücklich.

«Jetzt sollst du aber bestraft werden.» Sie nahm ein Kissen und ging drohend auf ihn zu. «Wie mein Kindergartenvolk sagt: ‹Ich hau dir auf die Rübe.› ... Da! Und da! Und da!»

«Grunja! Ich protestiere!», ächzte und keuchte er unter den Schlägen. «Das schickt sich nicht. Es ist respektlos, den Bruder deiner Mutter derart zu behandeln. Ich werde langsam alt ...»

«Pah!», fuhr ihm die lebhafte Grunja über den Mund und warf das Kissen weg. Sie nahm seine Hand und betrachtete die Finger. «Denk daran, dass ich einmal gesehen habe, wie diese Finger ein Kartenspiel zerreißen und Silbermünzen biegen.»

«Das war einmal. Jetzt ... sind sie ganz schwach.»

Er ließ die fraglichen Glieder schlaff und kraftlos in ihrer Hand ruhen, was ihre Empörung von Neuem entfachte. Sie legte ihm die Hand auf den Bizeps. «Spann ihn an!», befahl sie.

«Ich ... ich kann nicht», stockte er. «... oh! Aua! Da, mehr geht nicht.» Er hatte sich allerdings kaum angestrengt. «Ich bin völlig ausgemergelt, siehst du – Gewebeauflösung aufgrund fortschreitender Senilität ...»

«Spann ihn an!», rief sie und stampfte diesmal auch mit dem Fuß auf.

Constantine kapitulierte und gehorchte, worauf der Bizeps unter ihrer Hand anschwoll und ihr Gesicht voller Bewunderung aufleuchtete.

«Wie Eisen», murmelte sie, «nur dass es lebt. Es ist wunderbar. Du bist schrecklich stark. Ich würde sterben, solltest du diese Kraft je gegen mich wenden.»

«Du wirst dich erinnern», antwortete er, «und mir zugutehalten, dass ich dir als kleines Ding, auch wenn du sehr ungezogen warst, nie den Hintern versohlt habe.»

«Aber, Onkel, das lag doch nicht daran, dass du moralische Bedenken gegen das Versohlen hattest.»

«Stimmt, aber wenn solche Bedenken je erschüttert worden sind, dann durch dich, als du im Alter zwischen drei und sechs warst, und zwar mehr als einmal. Liebste Grunya, ich möchte dich nicht kränken, aber die Liebe zur Wahrheit zwingt mich zu der Feststellung, dass du zu jener Zeit eine kleine Barbarin warst, eine Wilde, ein Höhlenkind, ein Dschungelwesen, ein … ein echter kleiner Teufel, eine Wölfin ohne Moral oder Manieren, ein …»

Ein Kissen, drohend erhoben, veranlasste ihn zu schweigen und die Arme schützend über den Kopf zu halten. «Vorsicht!», rief er. «Dein jetziges Benehmen lässt nur den Schluss zu, dass du nun eine ausgewachsene Wölfin bist. Zweiundzwanzig, nicht wahr? Und spürst deine Kraft – und lässt sie an mir aus. Aber noch ist es nicht zu spät. Bei deinem nächsten Versuch, mich zu verprügeln, versohle ich dir wirklich noch den Hintern, auch wenn du eine junge Dame bist, eine fette junge Dame.»

«Ah, du Rohling! Das stimmt nicht!» Sie streckte einen Arm aus. «Schau gut hin. Fühl doch mal. Das sind Muskeln. Ich wiege siebenundfünfzig Kilo. Nimm das sofort zurück!»

Wieder sauste das Kissen auf ihn nieder, und während er es noch nach Kräften abwehrte, lachend und ächzend auswich und sich mit den Armen schützte, trat das Hausmädchen mit einem Samowar ein, und Grunya ließ von ihm ab, um den Tee einzuschenken.

«Eine deiner Kindergärtnerinnen?», fragte er, nachdem das Mädchen den Raum verlassen hatte.

Grunya nickte.

«Sie sieht ja ganz passabel aus», bemerkte er. «Sogar ihr Gesicht ist sauber.»

«Ich lasse es nicht zu, dass du mich mit meiner Settlement-Arbeit[5] aufziehst», antwortete sie lächelnd und streichelte ihn, als sie ihm seinen Tee reichte. «Ich habe nur an meiner persönlichen Entwicklung gearbeitet, weiter nichts. Du glaubst jetzt auch nicht mehr an das, woran du mit zwanzig geglaubt hast.»

Constantine schüttelte den Kopf. «Vielleicht bin ich ja nur ein Träumer», setzte er wehmütig hinzu.

«Du hast viel gelesen und studiert, aber für den gesellschaftlichen Fortschritt hast du nichts getan. Dafür hast du keinen Finger gerührt.»

«Dafür habe ich keinen Finger gerührt», wiederholte er traurig, und im selben Moment fiel sein Blick auf die Schlagzeile der Zeitung, die McDuffys Tod meldete, und er sah sich gezwungen, ein Grinsen zu unterdrücken, das seine Lippen umspielte.

«So ist es, das russische Wesen», rief Grunya. «… Studium, mikroskopische Analyse und Selbstbeobachtung, alles, nur keine Taten und kein Handeln. Ich dagegen» – Ihre jugendliche Stimme erhob sich triumphierend –, «ich bin Teil der neuen Generation, der ersten amerikanischen Generation …»

«Du bist in Russland geboren», warf er trocken ein.

«Aber in Amerika aufgewachsen. Ich war ja noch ein Baby. Ich kenne kein anderes Land als dieses Land der Tat. Und dennoch, Onkel Sergius, du hättest eine solche Autorität sein können, wenn du nur die Finger vom Geschäftemachen gelassen hättest.»

«Sieh dir doch nur an, was du hier machst», erwiderte er. «Vergiss nicht, dass du deine Arbeit nur dank meiner Geschäfte ausüben kannst. Wie du siehst, tu ich Gutes durch …» Er zögerte und erinnerte sich an Hausmann, den sanftmütigen Terroristen. «Ich tue Gutes per Stellvertreter. Das ist es. Du bist meine Stellvertreterin.»

«Das weiß ich ja, und es ist grässlich, dass ich solche Sachen sage», rief sie großmütig. «Du hast mich verwöhnt. Ich kenne meinen leiblichen Vater nicht, es ist also kein Verrat, wenn ich sage, dass ich froh bin, dass gerade du die Rolle meines Vaters übernommen hast. Nicht einmal mein Vater … gar kein Vater … hätte so … so kolossal nett sein können wie du.»

Und statt mit Kissen überhäufte sie den farblosen, schütter behaarten blonden Herrn mit den Eisenmuskeln, der da auf dem Fenstersitz lümmelte, mit Küssen.

«Was ist denn nun aus deinem Anarchismus geworden?», erkundigte er sich listig, hauptsächlich deshalb, um die bescheidene Verwirrung und Freude, die ihre Worte bei ihm ausgelöst hatten, zu überspielen. «Vor ein paar Jahren hat es eine Zeit lang so ausgesehen, als würde aus dir eine ausgewachsene Rote werden, die allen Bewahrern der gesellschaftlichen Ordnung Tod und Zerstörung bringt.»

«Solche Anwandlungen hatte ich … tatsächlich mal», gestand sie widerstrebend.

«Anwandlungen!», rief er. «Wie hast du mir das Leben

schwer gemacht, als du mich überreden wolltest, mein Geschäft aufzugeben und mich ganz der Sache der Menschlichkeit zu widmen. Und ‹die Sache› war für dich das Größte, falls du dich erinnerst. Dann bist du auf diese Slum-Arbeit verfallen ... hast praktisch mit dem Feind paktiert ... und die armen Opfer des Systems, das du einst so sehr verachtet hast, aufgepäppelt ...»

Sie hob protestierend eine Hand.

«Wie würdest du das denn sonst nennen?», fragte er. «Deine Jungsclubs, deine Mädchenclubs, deine kleinen Mutterclubs. Und die Tagesstätte, die du für Arbeiterinnen eingerichtet hast! Indem du dich während ihrer Arbeitszeit um die Kinder kümmerst, heißt das doch nur, dass du es den Arbeitgebern ermöglichst, die Mütter noch gründlicher auszubeuten.»

«Aber aus der Sache mit den Tagesstätten bin ich rausgewachsen, Onkel, das weißt du doch.»

Constantine nickte. «Und noch aus einigen anderen Dingen. Du wirst richtiggehend konservativ ... äh, irgendwie sozialistisch. So gar nicht aus dem Stoff, aus dem Revolutionäre gemacht sind.»

«So revolutionär bin ich gar nicht, liebster Onkel. Ich werde eben auch älter. Der gesellschaftliche Fortschritt dauert seine Zeit und ist mit Entbehrungen verbunden. Da gibt es keine Abkürzungen. Jeder einzelne Schritt muss erkämpft werden. Ach, ich bin eben immer noch eine philosophische Anarchistin. Wie jeder intelligente Sozialist. Aber mit jedem Tag wird mir klarer, dass man die ideale Freiheit des anarchischen Zustands nur erreicht, wenn man das Zwischenstadium des Sozialismus durchläuft.»

«Wie heißt er?», fragte Constantine abrupt.

«Wer? ... Was?» Ein warmer Strom mädchenhaften Blutes stieg in ihre Wangen.

Constantine trank gelassen einen Schluck Tee und wartete.

Grunya gewann ihre Fassung wieder und schaute ihn eine Weile ernst an. «Das verrate ich dir», sagte sie, «am Samstagabend in Edge Moor. Es ... es ist der Kurzhaarige.»

«Der Gast, den du mitbringen willst?»

Sie nickte. «Mehr verrate ich dir bis dahin nicht.»

«Wirst du ...?», fragte er.

«Ich ... ich glaube schon», stockte sie.

«Hat er sich schon erklärt?»

«Ja ... und nein. Er hat so eine Art, alles für gegeben zu nehmen. Warte, bis du ihn siehst. Du wirst ihn lieben, Onkel Sergius, bestimmt. Und seinen Verstand wirst du auch zu schätzen wissen. Er ... er ist derjenige, der mich um vier besucht. Bleib, dann siehst du ihn gleich. Sei doch bitte so lieb.»

Doch Onkel Sergius Constantine alias Ivan Dragomiloff blickte auf die Uhr und stand rasch auf. «Nein; bring ihn Samstag mit nach Edge Moor, Grunya, dann will ich mir alle Mühe geben, ihn zu mögen. Dann habe ich auch mehr Gelegenheit dazu als jetzt. Ich werde eine Woche lang ausspannen. Wenn es so ernst ist, wie es aussieht, soll er die ganze Woche über bleiben.»

«Er ist immer so beschäftigt», war ihre Antwort. «Zu mehr als einem Wochenende konnte ich ihn nicht überreden.»

«Geschäfte?»

«In gewisser Weise. Aber keine richtigen. Er ist kein Geschäftsmann. Er ist steinreich. Sein Geschäft ist der gesellschaftliche Fortschritt, so könnte man es wohl am besten beschreiben. Aber du wirst seinen Verstand bewundern, Onkel, und auch zu schätzen wissen.»

«Das hoffe ich ... um deinetwillen, Liebes», waren Constantines letzte Worte, als er sich mit einer Umarmung an der Tür von ihr verabschiedete.

3

Wenige Minuten nach dem Aufbruch ihres Onkels empfing eine sehr zurückhaltende junge Frau Winter Hall.
Grunya war über die Maßen ernst, als sie ihm Tee servier-
te und mit ihm plauderte – wenn man es denn Plaudern
nennen konnte, wo die Themen doch von Gorkis letztem
Buch[6] und den neuesten Nachrichten der russischen Revolution bis zu Hull House[7] und dem Streik der Blusennähe-
rinnen[8] reichten.

Winter Hall schüttelte wegen ihrer geänderten Weltver-
besserungspläne warnend den Kopf. «Nimm nur mal das
Hull House», sagte er. «Es war ein Lichtblick in der Slumwildnis Chicagos. Das ist es noch immer, mehr aber auch
nicht. Die Slumwildnis ist weitergewuchert, in ungeheurer
Weise weitergewuchert. Im heutigen Chicago sind Laster,
Elend und Erniedrigung insgesamt ungleich verbreiteter als
zu der Zeit, als Hull House gegründet wurde. Hull House
ist daher gescheitert wie alle anderen Reforminstitutionen
auch. Mit einem Schöpfeimer, der weniger Wasser fasst,
als durch das Leck nachläuft, kannst du ein sinkendes Boot
nicht retten.»

«Das weiß ich ja», murmelte Grunya traurig.

«Nimm die Sache mit den fensterlosen Zimmern», fuhr
Hall fort. «Bei Ende des Bürgerkrieges gab es in New York
sechzigtausend solcher Zimmer. Seitdem tobt ein bestän-

diger Kampf dagegen. Viele Menschen haben ihr Leben ebendiesem Kampf gewidmet. Zu Tausenden und Abertausenden haben sozial gesinnte Bürger ihren Beitrag geleistet, mit Spenden oder ihrer Unterschrift. Ganze Blocks wurden abgerissen und durch Parks und Spielplätze ersetzt. Es war ein großer, schrecklicher Kampf, und das ist er noch immer. Und mit welchem Ergebnis? Heute, im Jahr 1911, gibt es in New York über dreihunderttausend fensterlose Zimmer.» Achselzuckend trank er einen Schluck Tee.

«Du führst mir immer deutlicher zwei Punkte vor Augen», gestand Grunya. «Erstens, dass Freiheit, die nicht durch von Menschen geschaffene Gesetze beschnitten wird, einzig und allein durch ein Zwischenstadium massenhafter, von Menschen geschaffener Gesetze erlangt werden kann, die uns praktisch zu Automatenwesen machen – natürlich das sozialistische Stadium. Ich jedenfalls lege keinerlei Wert darauf, in einem sozialistischen Staat zu leben. Das würde mich verrückt machen.»

«Du ziehst die prächtige, wilde, grausame Schönheit unseres jetzigen kommerzorientierten Individualismus vor?», fragte er ruhig.

«Möglicherweise. Möglicherweise schon. Aber der sozialistische Staat muss kommen. Dessen bin ich mir sicher, und zwar wegen des zweiten Punkts, den ich so klar sehe, und das ist das Scheitern der Reformen an den Reformen.» Sie brach abrupt ab, schenkte ihm ein strahlendes, fröhliches Lächeln und verkündete: «Aber warum so ernst, wo es jetzt draußen immer wärmer wird? Warum fährst du nicht mal raus aus der Stadt, um frische Luft zu schnappen?»

«Und warum du nicht?», konterte er.

«Zu beschäftigt.»

«Wie ich.» Er verstummte, und plötzlich wurden seine Gesichtszüge hart und grimmig, als brütete er über einem schweren tiefen Gedanken. «Ich bin derzeit sogar so beschäftigt wie in meinem ganzen Leben noch nicht und war nie so nahe dran, etwas Großes zu erreichen.»

«Aber willst du denn nicht wenigstens für die eine Woche mitkommen und meinen Onkel kennenlernen?», fragte sie unvermittelt. «Gerade eben war er noch hier. Er möchte, dass wir eine … eine Art Hausparty veranstalten, nur wir drei, und schlägt dafür diese Woche vor.»

Widerstrebend schüttelte er den Kopf. «Ich würde ja gern, und ich komme auch mit, aber nicht für eine ganze Woche. Erst heute habe ich etwas herausgefunden, wonach ich wochenlang gesucht habe.»

Und während er so sprach, musterte sie sein Gesicht, wie nur eine verliebte Frau es bei einem Mann vermag. Sie kannte noch das winzigste Detail von Winter Halls Gesicht, von dem umgekehrten Bogen der zusammengewachsenen Brauen bis zu den prägnanten Mundwinkeln, von dem markanten, grübchenlosen Kinn bis zum letzten Fältchen am Ohr. Da Hall ein Mann war, kannte er Grunyas Gesicht nicht so genau, mochte er auch noch so verliebt sein. Er liebte sie, doch öffnete ihm die Liebe nicht die Augen für winzige Details. Wäre er unvermittelt aufgefordert worden, sie anhand der in seinem Bewusstsein hängen gebliebenen Eindrücke zu beschreiben, hätte er dies nur in allgemeinen Begriffen gekonnt, als da wären: «lebhaft», «eindrucksvoll», «zarter Teint», «tiefe Stirn», «stets vorteilhafte Frisur», «Augen, die wie ihre Wangen lächeln und glühen», «ein sympathischer, bezaubernder Mund» und «eine Stimme, deren Violen wundervoll und unbeschreiblich sind». Auch hatte er Eindrücke von Reinlichkeit und Gesundheit, nobler Ernsthaftigkeit, gefälligem Witz und brillantem Intellekt.

Grunya wiederum erblickte einen gut gebauten Mann von zweiunddreißig mit Denkerstirn und allen Merkmalen des Tatmenschen in den Zügen. Auch er war blond und blauäugig, in der typisch amerikanischen Art derer, die sich viel in der Sonne aufhalten. Er lächelte oft und lachte, wenn er es tat, laut. Bei unbewegter Miene aber lag auf seinem Gesicht eine gewisse, fast brutale Strenge. Grunya, die das Strenge liebte, vom Brutalen jedoch abgestoßen war, sah sich gelegentlich von flackernden Ahnungen dieser anderen Seite seines Wesens beunruhigt.

Winter Hall war ein recht ungewöhnliches Produkt seiner Zeit. Trotz der Unbeschwertheit des Wohlstands, in dem er seine Kindheit verbracht hatte, und trotz des komfortablen Vermögens, das er von seinem Vater geerbt hatte und zu dem durch zwei unverheiratete Tanten noch etwas hinzugekommen war, hatte er sich schon früh der Sache der Menschlichkeit verschrieben. Am College hatte er sich auf Volkswirtschaft und Soziologie spezialisiert, und seine Kommilitonen, denen es weniger ernst damit war, betrachteten ihn als eine Art Spinner. Nach dem College hatte er Riis[9] bei dessen New Yorker Kreuzzug unterstützt, und zwar mit Geld ebenso wie mit persönlichem Einsatz. Die viele Zeit und Arbeit, die er in ein soziales Settlement steckte, hatten ihn nicht befriedigt. Er war unablässig auf der Suche nach der Sache hinter der Sache – nach der Ursache, die die eigentliche Ursache war. Und so hatte er auch noch Politik studiert, verfolgte anschließend Bereicherung und Amtsmissbrauch von New York bis Albany und tat dies auch in der Hauptstadt seines Landes.

Jahre später arbeitete er einige vermeintlich wirkungslose Monate an dem Settlement einer Universität mit, die in Wahrheit eine Brutstätte des Radikalismus war, und entschied sich, mit seinen Studien ganz unten anzufangen. Ein Jahr streifte er als Gelegenheitsarbeiter durchs Land, ein weiteres Jahr als Vagabund, als Gefährte von Landstreichern und Ganoven. Zwei Jahre war er dann fest angestellter Sozialarbeiter in Chicago, wo er für fünfzig Dollar im Monat endlose Überstunden ableistete. Und durch all das hindurch hatte er sich zum Sozialisten entwickelt – einem «Millionärssozialisten», wie die Presse ihn etikettierte.

Er reiste viel und forschte dabei unablässig, studierte das Weltgeschehen aus erster Hand. Nirgendwo gab es einen Streik von Bedeutung, bei dem er nicht an vorderster Front stand. Er besuchte alle nationalen und internationalen Kongresse der organisierten Arbeiterschaft und verbrachte während der heraufziehenden Krise und Revolution von 1905[10] ein Jahr in Russland. Viele seiner Artikel waren in den renommierten Zeitschriften erschienen, auch hatte er mehrere Bücher verfasst, die allesamt gut geschrieben waren, tiefgründig, gedankenschwer und, für einen Sozialisten, konservativ.

Das also war der Mann, mit dem Grunya Constantine auf der Fensterbank ihrer Wohnung an der East Side plauderte und Tee trank.

«Aber es ist doch nicht nötig, dass du dich die ganze Zeit in dieser elenden, erstickenden Stadt abschottest», sagte sie gerade. «In deinem Fall kann ich mir nicht vorstellen, was dich so zwingend ...» Sie führte den Satz nicht zu Ende, hatte sie doch bemerkt, dass Hall ihr gar nicht mehr zuhörte. Sein Blick war zufällig auf die Nachmittagszeitung gefallen, die auf der Bank lag. Er hatte sie genommen und las nun darin, worüber er Grunyas Gegenwart völlig vergessen hatte.

Grunya schmollte ganz reizend, doch das registrierte er gar nicht.

«Das ist ja ausgesprochen nett von dir, das ... das muss ich schon sagen», platzte sie heraus, womit sie endlich seine Aufmerksamkeit auf sich gezogen hatte. «Die Zeitung zu lesen, während ich mir dir rede.»

Er drehte das Blatt um, sodass sie die Schlagzeile von McDuffys Ermordung lesen konnte. Verständnislos sah sie ihn an.

«Bitte verzeih, Grunya, aber als ich das sah, habe ich alles andere vergessen.» Er tippte mit dem Zeigefinger auf die Schlagzeile. «Deshalb habe ich so viel zu tun. Deshalb bleibe ich in New York. Deshalb kann ich mir nicht mehr als ein Wochenende mit dir erlauben, und du weißt, wie gern ich die ganze Woche mit dir zusammen wäre.»

«Aber das verstehe ich nicht», stammelte sie. «Weil die Anarchisten den Polizeichef einer anderen Stadt in die Luft gejagt haben ... das ... verstehe ich nicht.»

«Ich will's dir sagen. Zwei Jahre lang hatte ich einen Verdacht, der irgendwann zur Gewissheit wurde, und die letzten Monate habe ich unablässig damit verbracht, die, wie ich glaube, furchtbarste Organisation für Attentate, die jemals in den Vereinigten Staaten oder sonst wo ihr Unwesen getrieben hat, ausfindig zu machen. Ich bin mir auch so gut wie sicher, dass die Organisation international tätig ist.

Erinnerst du dich noch an John Mossman, der durch einen Sprung aus dem sechsten Stock des Fidelity Building Selbstmord begangen hat? Er war mein Freund und zuvor auch schon der meines Vaters gewesen. Er hatte keinen Grund, sich umzubringen. Die Fidelity Trust Corporation lief höchst erfolgreich. Ebenso seine anderen Unternehmungen. Sein Familienleben war ungewöhnlich glücklich. Er erfreute sich allerbester Gesundheit. Nichts bedrückte ihn. Aber die dumme Polizei hielt es für Selbstmord. Es wurde etwas von einer Trigeminusneuralgie[11] gefaselt – unheilbar, unentrinnbar, unerträglich. Wer die hat, der bringt sich tatsächlich um. Aber er hatte nichts dergleichen. Noch am Tag seines Todes aßen wir gemeinsam zu Mittag. Ich weiß ganz sicher, dass er die Krankheit nicht hatte, und ich machte es mir zur Aufgabe, es zu verifizieren, indem ich mit seinem Arzt sprach. Es handelte sich nur um eine Hypothese, und die war Mumpitz. Er hat sich nicht umgebracht, ist nicht aus dem sechsten Stock des Fidelity Building gesprungen. Nur, wer hat ihn dann umgebracht? Und warum? Jemand hat ihn aus dem sechsten Stockwerk gestoßen. Wer? Warum?

Wahrscheinlich hätte ich mir die Sache als unlösbares Rätsel aus dem Kopf geschlagen, wäre nicht Governor Northampton drei Tage später mit einem Luftgewehr erschossen worden. Du erinnerst dich? – Auf offener Straße mitten in der Stadt, aus irgendeinem der tausend Fenster. Sie hatten keinerlei Hinweise. Ich dachte beiläufig über die beiden Morde nach und achtete von da an genauestens auf alles Ungewöhnliche in der tagtäglichen Liste landesweiter Mordfälle.

Nein, ich lese dir nicht die ganze Liste vor, nur ein paar

Namen darauf. Borff zum Beispiel, der korrupte Gewerkschafter aus Sannington. Der hatte die Stadt jahrelang im Griff gehabt. Aus einem Bestechungsverfahren nach dem anderen hatte er sich rausgewunden. Als sein Erbe verteilt werden sollte, fand man Millionen in seinem Besitz, ein halbes Dutzend. Der Nachlass wurde geregelt, unmittelbar nachdem er den ganzen politischen Apparat des Bundesstaats unter seine Kontrolle gebracht hatte. Zum Zeitpunkt seines Todes befand er sich auf dem Höhepunkt seiner Macht und Korruptheit.

Aber es gab noch andere – Polizeichef Little, Welchorst, der große Promoter, Blankhurst, der Baumwollkönig, Inspector Satcherly, der den East River hinabtrieb, und so weiter und so fort. Die Schuldigen wurden nie ausfindig gemacht. Dann die Society-Morde – Charles Atwater, getötet auf seinem letzten Jagdausflug, Mrs. Langthorne-Haywards, Mrs. Hastings-Reynolds, der alte Van Auston – ja, wahrlich eine lange Liste.

Das alles brachte mich zu der Überzeugung, dass hier eine irgendwie geartete mächtige Organisation am Werk sein musste. Dass es sich nicht lediglich um eine Sache der Black Hand[12] handelte, schien mir gewiss. Die Morde beschränkten sich nicht auf eine Nationalität, auch auf keine Gesellschaftsschicht. Mein erster Gedanke galt den Anarchisten. Verzeih mir, Grunya ...» Seine Hand griff nach der ihren und umfasste sie warm. «Ich hörte viel über dich und dass du in enger Verbindung mit den gewalttätigen Gruppen stündest. Ich wusste, dass du eine Menge Geld ausgabst, und ich war misstrauisch. Wie auch immer, du konntest mich in näheren Kontakt zu den Anarchisten bringen. Und so verdächtigte ich dich und liebte dich zugleich. Ich fand, dass du die sanftmütigste unter allen Anarchisten warst und zudem noch eine sehr halbherzige. Da hattest du schon mit deiner Settlement-Arbeit hier angefangen ...»

«Und du warst mir auch nicht geheuer», lachte sie, wobei sie die Hand, die auf der ihren lag, emporhob und sich auf die Wange drückte. «Aber fahr fort. Ich bin ganz aufgeregt!»

«Ich machte mich also an die Anarchisten heran, und je genauer ich sie studierte, desto mehr wuchs meine Überzeugung, dass sie dazu unfähig gewesen wären. Sie waren so abgehoben. Sie lebten ihre Träume, spannen Theorien und schimpften auf die Verfolgung durch die Polizei, aber damit hatte es sich. Sie brachten nichts zustande, nur immerzu sich selbst in Schwierigkeiten – ich spreche jetzt natürlich von den gewalttätigen Gruppen. Was die Tolstojaner und Kropotkinianer[13] betrifft, die waren nichts als sanftmütige akademische Philosophen. Die konnten keiner Fliege etwas zuleide tun, ebenso wenig ihre ungestümen Vettern.

Wie du siehst, richteten sich die Attentate gegen alle möglichen Leute. Wären es allein politische oder gesellschaftliche gewesen, dann hätte man sie einem heillosen Geheimbund zuschreiben können. Aber auch Wirtschaftsleute und Prominente waren betroffen. Daher musste, folgerte ich, alle Welt irgendwie Zugang zu dieser Organisation haben. Aber wie? Ich ging von der Annahme aus, dass ich einen Mann umbringen lassen wollte. Und bereits da kam ich nicht mehr weiter. Ich hatte keine Adresse der Firma, die diese Arbeit für mich erledigen würde. Darin lag der Denkfehler, nämlich in der Annahme selbst. Denn ich wollte ja gar niemanden umbringen lassen.

Aber dieser Fehler ging mir erst später auf, als Coburn einem halben Dutzend von uns im Federal Club von einem Abenteuer erzählte, das er erst am Nachmittag erlebt habe. Für ihn war es nur eine kuriose Begebenheit, ich dagegen sah darin sogleich einen Lichtblick. Er wollte gerade die Fifth Avenue überqueren, als ein Mann, wie ein Mechaniker gekleidet, neben ihm vom Motorrad stieg und ihn ansprach. In wenigen Worten sagte ihm der Bursche, gebe es jemanden, den er aus der Welt geräumt haben wolle, so könne dies zuverlässig und prompt erledigt werden. Da drohte Coburn dem Kerl, er werde ihm den Schädel einschlagen, worauf der auf sein Motorrad sprang und davonfuhr.

Und das ist jetzt der Punkt. Coburn war in größten Schwierigkeiten. Unlängst hatte sein Partner, Mattison, ein doppeltes Spiel mit ihm getrieben (falls du weißt, was das heißt), und er hatte eine gewaltige Summe dabei verloren. Zudem hatte Mattison sich auch noch mit Coburns Frau nach Europa abgesetzt. Verstehst du? Erstens, Coburn hatte tatsächlich einen Rachewunsch in Bezug auf Mattison, jedenfalls einen plausiblen oder einen mutmaßlichen. Und zweitens war die ganze Geschichte durch die Presse der Allgemeinheit bekannt.»

«Verstehe!», rief Grunya mit leuchtenden Augen. «Darin lag der Fehler in deiner Annahme. Da du dein hypothetisches Verlangen, einen Mann zu beseitigen, nicht publik machen konntest, konnte die Organisation dir dafür logischerweise auch kein Angebot unterbreiten.»

«Korrekt. Aber ich war ja kein Auftraggeber. Oder in gewisser Weise doch. Ich sah nun, wie alle Welt sich Zugang zu der Organisation und ihrer Agentur verschaffte.

Vor diesem Hintergrund studierte ich von da an alle rätsel-haften und aufsehenerregenden Morde und fand heraus, dass der Tat, soweit es die Prominentenmorde betraf, so gut wie immer die Ausschlachtung eines Skandals in der Sensationspresse vorausgegangen war. Und die Morde in Wirtschaftskreisen – nun gut, die zwielichtigen und unlau-teren Machenschaften eines Gutteils der Bosse sickern im-mer durch, auch wenn sie nicht in der Zeitung stehen. Als Hawthorn auf seiner Yacht eines rätselhaften Todes starb, kursierte die Fama seiner verdeckten Machenschaften im Kampf gegen das Kartell schon wochenlang in den Clubs. Vielleicht erinnerst du dich nicht mehr, aber zu jener Zeit wurden der Atwater-Jones-Skandal und der Langthorne-Haywards-Skandal in den Zeitungen in allen Einzelheiten ausgewalzt.

Ich war mir also sicher, dass diese Mordorganisation an die Prominenz aus Politik, Wirtschaft und Gesellschaft he-rantreten musste. Ebenso sicher war ich mir, dass diese Annäherungsversuche nicht immer, wie von Coburn, ab-gewiesen wurden. Ich schaute mich um und fragte mich, wer unter all den Männern, denen ich in Clubs oder bei Direktorentreffen begegnete, schon einmal Kunde dieser Mörderfirma gewesen war. Dass ich solche Männer unter meinen Bekannten hatte, daran zweifelte ich nicht, aber welche waren es? Und stell dir bloß mal vor, ich sollte sie bitten, mir die Adresse der Firma zu geben, die sie beauf-tragt hatten, ihre Feinde zu beseitigen!

Aber nun endlich habe ich einen direkten Hinweis er-halten. Ich behielt all meine Freunde, die weltweit irgend-wo an der Spitze standen, genau im Auge. Geriet einer von ihnen in große Schwierigkeiten, heftete ich mich an ihn.

Eine Zeit lang war das fruchtlos, auch wenn es jemanden gegeben haben muss, der sich der Dienste der Organisation bedient hatte, denn binnen eines halben Jahres war der Mann, der die Ursache dieser Schwierigkeiten war, tot. Selbstmord, so die Polizei.

Und dann erhielt ich meine Chance. Du kennst sicher noch die Aufregung, die vor ein paar Jahren die Heirat von Gladys Van Martin mit Baron Portos de Moigne auslöste. Es war eine dieser unglückseligen internationalen Ehen. Er war brutal. Er hat sie ausgeplündert und sich dann von ihr scheiden lassen. Die Einzelheiten seines Verhaltens sind erst kürzlich ans Licht gekommen, und sie sind unfassbar schrecklich. Er hat sie sogar so schlimm geschlagen, dass die Ärzte eine Zeit lang erst um ihr Leben fürchteten und danach noch um ihren Verstand. Und nach französischem Recht hat er sich ihrer Kinder bemächtigt – zwei Jungen.

Ihr Bruder Percy Van Martin und ich waren zusammen am College. Sogleich suchte ich wieder seine Nähe. Während der letzten Wochen haben wir uns häufig gesehen. Erst neulich ist dann das eingetreten, worauf ich gewartet hatte, und er hat mir davon erzählt. Die Organisation war an ihn herangetreten. Anders als Coburn schickte er den Mann nicht weg, sondern hörte ihn sich an. Sollte Van Martin die Sache weiterverfolgen wollen, möge er nur das eine Wort MESOPOTAMIEN in die Privatanzeigen des *Herald* setzen. Ich überzeugte ihn schnell, mich die Angelegenheit übernehmen zu lassen. Ich setzte, wie angewiesen, MESOPOTAMIEN in das Blatt und sprach als Van Martins Bevollmächtigter mit einem der Männer der Organisation. Es war allerdings nur ein Handlanger. Sie sind sehr misstrauisch und vorsichtig. Aber heute Abend treffe ich mich mit dem Chef. Es ist alles arrangiert. Und dann …»

«Ja, ja», rief Grunya begierig. «Und dann?»

«Ich weiß es nicht. Ich habe keine konkreten Pläne.»

«Aber die Gefahr!»

Hall lächelte begütigend. «Ich glaube nicht, dass ein Risiko dabei ist. Ich komme ja nur, um mit der Firma ein Geschäft abzuschließen, nämlich die Ermordung von Percy Van Martins ehemaligem Schwager. Firmen pflegen ihre Kunden nicht umzubringen.»

«Aber wenn sie herausfinden, dass du gar keiner bist?», warf sie ein.

«Zu diesem Zeitpunkt werde ich gar nicht mehr da sein. Und sollten sie es tatsächlich herausfinden, wird es zu spät sein, dass sie mir etwas antun können.»

«Sei vorsichtig, sei mir ja vorsichtig», beschwor ihn Grunya, als sie sich eine halbe Stunde später an der Tür verabschiedeten. «Und kommst du nun am Wochenende?»

«Bestimmt.»

«Dann hole ich dich selbst am Bahnhof ab.»

«Und einige Minuten danach lerne ich vermutlich deinen fürchterlichen Onkel kennen.» Er tat, als erschauerte er. «Er ist hoffentlich kein allzu schreckliches Ungeheuer.»

«Du wirst ihn mögen», verkündete sie stolz. «Er ist feiner und besser als tausend Väter. Er schlägt mir nie etwas ab. Nicht einmal …»

«Mich?», unterbrach Hall sie.

Grunya versuchte, ihm mit gleicher Verwegenheit zu begegnen, errötete jedoch und senkte den Blick, und im nächsten Moment war sie von seinen Armen umschlungen.

4

«Sie sind also Ivan Dragomiloff?»

Winter Hall hielt einen Augenblick inne, um einen neugierigen Blick auf die buchgesäumten Wände und wieder zurück auf den farblosen Blonden mit dem schwarzen Käppchen zu lenken, der sich nicht extra erhoben hatte, um ihn zu begrüßen.

«Ich muss schon sagen, der Zugang zu Ihnen wird einem hinreichend schwer gemacht. Es bringt einen zu der Überzeugung, dass die – äh – Arbeit Ihrer Agentur ebenso diskret wie kompetent erledigt wird.»

Dragomiloff zeigte den Anflug eines erfreuten Lächelns. «Setzen Sie sich», sagte er und deutete auf einen Stuhl ihm gegenüber, der das Gesicht des Besuchers dem Licht aussetzte.

Erneut blickte Hall sich im Zimmer um und dann wieder auf den Mann vor ihm. «Ich bin überrascht», war Halls Kommentar.

«Sie haben wohl unbedarfte Grobiane und ein schauerliches Melodram erwartet», meinte Dragomiloff freundlich.

«Nein, das nicht gerade. Ich wusste, dass es eines zu scharfen Geists bedurfte, um die Operationen Ihrer ... äh ... Einrichtung durchzuführen.»

«Sie sind immer gleichbleibend erfolgreich gewesen.»

«Wie lange sind Sie schon im Geschäft? – Wenn ich fragen darf.»

«Elf Jahre aktiv – wobei davor noch Vorbereitungs- und Entwicklungsarbeit zu leisten war.»

«Es macht Ihnen doch nichts aus, mit mir darüber zu sprechen?», war Halls nächste Frage.

«Keineswegs», lautete die Antwort. «Als Kunde sind Sie mit mir in einem Boot. Unsere Interessen sind identisch. Und da wir unsere Kunden nach Vollendung der Transaktion nie erpressen, bleiben sie es auch. Ein wenig elementare Information kann nicht schaden, und ich darf wohl sagen, dass ich ziemlich stolz auf diese Organisation bin. Sie wird, wie Sie schon bemerkt haben und ich selbst ganz ohne Bescheidenheit sage, kompetent geleitet.»

«Aber eins ist mir ein Rätsel», rief Hall aus. «Sie würde ich mir zuallerletzt als den Kopf einer Mörderbande vorstellen.»

«Und Sie würde ich zuallerletzt als einen erwarten, der hierher kommt, um die Dienste von einem wie mir in Anspruch zu nehmen», war die trockene Entgegnung. «Ich mag Ihr Auftreten. Sie sind stark, ehrlich, furchtlos, und in Ihren Augen liegt die undefinierbare und doch unverkennbare Müdigkeit des Gelehrten. Sie lesen viel, und Sie studieren. Sie unterscheiden sich ebenso beträchtlich von meiner üblichen Kundschaft wie ich mich offenkundig von der Person, die Sie als den Kopf einer Mörderbande erwartet haben. Wenngleich Henker die bessere und treffendere Beschreibung ist.»

«Lassen wir mal den Namen beiseite», antwortete Hall. «Er nimmt mir nichts von meiner Überraschung, dass Sie dieses ... äh ... Unternehmen leiten.»

«Ja, aber Sie dürften wohl kaum wissen, *wie* wir es leiten.» Dragomiloff verschränkte seine kräftigen, schmalen Finger, löste sie wieder und sann auf eine Antwort. «Ich könnte etwa erläutern, dass wir unser Gewerbe mit einem höheren Maß an Ethik betreiben, als unsere Kunden es mitbringen.»

«Ethik!», lachte Hall auf.

«Ja, exakt, wobei ich zugebe, dass das in Verbindung mit einer Attentatsagentur komisch klingt.»

«So nennen Sie das?»

«Ein Name ist so gut wie der andere», fuhr der Chef der Agentur gelassen fort. «Aber als unser Kunde werden Sie bei uns ein höheres, strengeres Niveau rechtmäßigen Handelns antreffen als in der Geschäftswelt. Diese Notwendigkeit habe ich gleich zu Anfang erkannt. Sie war unabdingbar. So organisiert, wie wir es waren, außerhalb des Gesetzes und sozusagen in den Klauen des Gesetzes, ließ sich Erfolg allein mit anständigem Geschäftsgebaren gewährleisten. Wir müssen anständig miteinander umgehen, mit unseren Kunden, mit allen und allem. Sie haben ja keine Ahnung, wie viele Aufträge wir ablehnen.»

«Wie bitte?», rief Hall aus. «Aber warum denn?»

«Weil es nicht rechtens wäre, sie auszuführen. Bitte lachen Sie nicht. Wir von der Agentur sind geradezu fanatisch in Bezug auf Ethik. In allem, was wir tun, haben wir die Sanktionierung der Rechtmäßigkeit. Dieser Sanktionierung bedürfen wir. Ohne sie gäbe es uns nicht mehr lange. Glauben Sie mir, das ist so. Und nun zum Geschäftlichen. Sie sind über die beglaubigten Kanäle zu uns gekommen. Sie können nur einen Auftrag im Sinn haben. Wer soll exekutiert werden?»

«Das wissen Sie nicht?», fragte Hall verwundert.

«Selbstverständlich nicht. Das ist nicht meine Sache. Ich verbringe meine Zeit nicht damit, Aufträge an Land zu ziehen.»

«Wenn ich Ihnen den Namen des Mannes sage, erteilen Sie diese Sanktionierung der Rechtmäßigkeit vielleicht gar nicht. Offenbar sind Sie Richter und Henker zugleich.»

«Nicht Henker. Ich henke nie. Das ist nicht meine Domäne. Ich bin der Kopf. Ich richte – das heißt, lokal –, und andere Mitglieder führen die Aufträge aus.»

«Aber wenn sich diese anderen als unsichere Kantonisten erweisen?»

Dragomiloff machte ein hocherfreutes Gesicht. «Ah, da liegt also der Hase im Pfeffer! Darüber habe ich lange Zeit gebrütet. Ebendas, fast so zwingend wie alles andere, hat mich zu der Einsicht gebracht, dass unsere Operationen einzig und allein auf einer ethischen Grundlage ausgeführt werden konnten. Wir haben unseren eigenen Rechtekodex und unser eigenes Gesetz. Nur Männer von höchstem ethischem Charakter im Verbund mit der erforderlichen physischen und nervlichen Robustheit werden in unsere Reihen aufgenommen. Folglich werden unsere Eide nahezu fanatisch befolgt. Dennoch hat es auch schon unsichere Kantonisten gegeben – mehrere.» Er hielt inne und schien über traurige Dinge nachzugrübeln. «Die haben ihre Strafe erhalten. Für die übrigen waren das hervorragende Lehrbeispiele.»

«Sie meinen …»

«Ja; sie wurden exekutiert. Es musste sein. Aber das ist bei uns nur sehr selten notwendig.»

«Wie stellen Sie das an?»

«Wenn wir einen zum Äußersten entschlossenen, intelligenten und verständigen Mann ausgewählt haben – diese Auswahl nehmen übrigens die Mitglieder selbst vor, die, da sie ja dauernd mit allen möglichen Männern in Berührung kommen, viel mehr Gelegenheiten haben als ich, zu charakterstarken Naturen Kontakt aufzunehmen und sie zu beurteilen. Ist ein solcher Mann gefunden, so prüft man ihn. Sein Leben ist das Pfand, das er für seine Treue und Loyalität hinterlegt. Ich weiß von diesen Männern und bin im Besitz der Dossiers über sie. Doch sehe ich sie nur selten, es sei denn, sie steigen in der Organisationshierarchie auf, und ebenso sehen nur sehr wenige von ihnen mich.

Zunächst wird einem Kandidaten ein unbedeutender und wenig einträglicher Mord übertragen – sagen wir an einem brutalen Maat auf irgendeinem Schiff oder an einem tyrannischen Polier, einem Wucherer oder einem kleinen korrupten Politiker. Es kann für die Welt nur gut sein, wissen Sie, wenn sie von solchen Individuen befreit wird. Aber zurück zur Sache. Jeder Schritt unseres Kandidaten bei seinem ersten Mord wird von uns genauestens überwacht, wodurch hinreichend Beweise gesammelt werden, aufgrund derer ihn jedes Gericht dieses Landes schuldig sprechen würde. Und die ganze Angelegenheit wird so eingefädelt, dass all diese Beweise von Außenstehenden beigebracht werden. Wir müssten dabei gar nicht in Erscheinung treten. Übrigens haben wir es noch nie für nötig befunden, für die Bestrafung eines Mitglieds die Gesetze dieses Landes in Anspruch zu nehmen.

Wenn dieser erste Auftrag nun also ausgeführt wurde, ist der Mann einer von uns, mit Leib und Seele an uns gebunden. Und danach wird er gründlich in unseren Methoden unterwiesen ...»

«Wird bei dieser Unterweisung auch Ethik gelehrt?», unterbrach Hall ihn.

«Durchaus, durchaus», war die enthusiastische Antwort. «Das ist überhaupt das Allerwichtigste, das wir unseren Mitgliedern beibringen. Nichts kann von Dauer sein, was nicht auf Rechtmäßigkeit gründet.»

«Sind Sie Anarchist?», fragte der Besucher mit durchtriebener Beiläufigkeit.

Der Chef der Attentatsagentur schüttelte den Kopf. «Nein, ich bin Philosoph.»

«Das ist dasselbe.»

«Es gibt Unterschiede. Beispielsweise meinen es die Anarchisten gut, ich jedoch tue Gutes. Welchen Sinn hat die Philosophie, wenn man sie nicht anwenden kann? Nehmen Sie die Anarchisten alten Schlages. Sie beschließen, ein Attentat zu verüben. Sie planen und konspirieren Tag und Nacht, irgendwann schlagen sie endlich zu und werden dabei fast unweigerlich von der Polizei geschnappt. Und meistens bleibt sogar die Person oder Persönlichkeit, die sie umbringen wollten, unversehrt. Nicht so bei uns.»

«Versagen Sie denn nie?»

«Wir streben danach, ein Versagen auszuschließen. Jedes Mitglied, das versagt, sei es aus Schwäche oder Angst, wird mit dem Tode bestraft.» Dragomiloff machte eine feierliche Pause, und in seinen hellblauen Augen glomm ein triumphierendes Licht auf. «Wir haben noch nie versagt. Natürlich geben wir dem Mitglied ein Jahr Zeit, damit er seinen Auftrag erledigen kann. Auch erhält er, wenn es sich um eine große Sache handelt, Helfer zur Seite gestellt. Und ich wiederhole, wir haben noch in keinem einzigen Fall versagt. Die Organisation ist so nahe an der Perfektion, wie es dem menschlichen Geist überhaupt möglich ist. Selbst wenn ich ausscheiden oder eines plötzlichen Todes sterben sollte, würde sie trotzdem weiterlaufen.»

«Gibt es für Sie bei der Annahme von Aufträgen eine Grenze?», fragte Winter Hall.

«Nein; von Kaiser und König bis hinab zum einfachsten Bauern – wir nehmen alle an, falls – und das ist ein wesentliches *falls* –, falls die Exekution von uns als gesellschaftlich gerechtfertigt eingestuft wird. Und sobald wir die Zahlung angenommen haben, die übrigens stets im Voraus erfolgt, und sobald wir uns entschieden haben, dass es rechtens ist, einen bestimmten Mord auszuführen, wird dieser Mord auch erledigt. Das ist eine unserer Regeln.»

Beim Zuhören durchzuckte Winter Hall ein verwegener Gedanke. Er war so verschroben, ja fast verrückt, dass er ihn über die Maßen faszinierte. «Sie sind sehr ethisch, das muss ich schon sagen», begann er, «ein – wie soll ich sagen – fanatischer Ethiker.»

«Oder eine Monstrosität», setzte Dragomiloff freudig hinzu. «Ja, ich habe durchaus einen Hang dazu.»

«Alles, was Sie als rechtens erachten, führen Sie auch aus.»

Dragomiloff nickte zustimmend, dann trat Schweigen ein, das er als Erster wieder brach.

«Sie haben jemanden im Sinn, den Sie beseitigt wissen wollen. Wer ist es?»

«Ich bin so neugierig», war die Antwort, «und so sehr interessiert, dass ich mich an die Sache gern schrittweise herantasten möchte ... also, was die Festlegung der Geschäftsbedingungen betrifft. Sie haben doch bestimmt eine Preisliste, sortiert nach Stellung und Einfluss des … des Opfers.»

Dragomiloff nickte.

«Angenommen, ich wollte einen König beseitigt haben?», fragte Hall.

«Es gibt Könige und Könige. Der Preis variiert. Ist Ihr Mann König?»

«Nein, er ist kein König. Er ist ein mächtiger Mann, aber ohne Adelstitel.»

«Präsident ist er auch nicht?», fragte Dragomiloff rasch nach.

«Nein, er bekleidet keinerlei offizielles Amt. Er ist vielmehr Privatier. Für welche Summe garantieren Sie die Beseitigung eines Privatiers?»

«Bei einem solchen Mann wäre es weniger schwierig und riskant. Bei ihm wäre es billiger.»

«Weit gefehlt», versicherte Hall. «Ich kann es mir leisten, in diesem Fall großzügig zu sein. Ich übertrage Ihnen einen äußerst schwierigen und riskanten Auftrag. Er ist ein Mann von großer Geistesschärfe, unendlicher Gewitztheit und beträchtlichen Ressourcen.»

«Ein Millionär?»

«Das weiß ich nicht.»

«Da würde ich einen Preis von vierzigtausend Dollar nennen», schloss der Chef der Agentur. «Allerdings müsste ich, wenn ich seine Identität erfahre, die Summe eventuell noch etwas erhöhen. Oder gegebenenfalls reduzieren.»

Hall zog ein paar große Scheine aus der Brieftasche, zählte sie ab und reichte sie dem anderen.

«Ich dachte mir schon, dass Sie Ihr Geschäft in bar abwickeln würden», sagte er, «war also vorbereitet. Und nun werden Sie mir, wie ich es verstehe, garantieren, dass Sie die betreffende Person töten ...»

«Ich töte nicht», unterbrach Dragomiloff ihn.

«... Sie werden mir garantieren, dass Sie töten lassen, wen immer ich Ihnen jetzt nenne.»

«Korrekt – natürlich unter dem Vorbehalt, dass eine Untersuchung seine Hinrichtung als gerechtfertigt erscheinen lässt.»

«Schön. Ich verstehe vollkommen. Jeden Mann, den ich Ihnen nenne, und wenn es mein Vater oder der Ihre ist?»

«Ja, nur habe ich weder Vater noch Sohn.»

«Und wenn ich mich nun selbst nenne?»

«Auch das würde erledigt werden. Der Auftrag würde erteilt. Die Launen unserer Kunden haben uns nicht zu interessieren.»

«Aber angenommen, ich ändere, sagen wir morgen oder nächste Woche, meine Meinung?»

«Dann wäre es zu spät.» Dies sagte Dragomiloff mit Nachdruck. «Ist ein Auftrag erst einmal erteilt, so kann er nicht mehr widerrufen werden. Das gehört zu den vordringlichsten unserer Regeln.»

«In Ordnung. Allerdings bin nicht ich dieser Mann.»

«Wer dann?»

«Der Name, unter dem er bekannt ist, lautet Ivan Dragomiloff.» Hall sagte es ganz ruhig, und ebenso ruhig wurde es aufgenommen.

«Ich benötige eine genauere Personenbeschreibung», meinte Dragomiloff.

«Er ist gebürtiger Russe, glaube ich. Und ich weiß, dass er Einwohner von New York ist. Er ist blond, auffallend blond, und hat ungefähr Ihre Statur und Größe, Ihr Gewicht und Alter.»

Dragomiloffs hellblaue Augen musterten seinen Besucher lang und eindringlich. Endlich sprach er. «Ich wurde in der Provinz Walenko geboren. Wo wurde Ihr Mann geboren?»

«In der Provinz Walenko.»

Erneut musterte Dragomiloff den anderen mit unbewegtem Blick. «Ich sehe mich zu der Annahme gezwungen, dass Sie mich meinen.»

Hall nickte unmissverständlich.

«Das hat es noch nie gegeben, glauben Sie mir», fuhr Dragomiloff fort. «Ich bin perplex. Ganz ehrlich, ich habe nicht die leiseste Ahnung, warum Sie mir nach dem Leben trachten. Ich bin Ihnen noch nie begegnet. Wir kennen einander nicht. Mir fällt beim besten Willen kein Motiv ein. In jedem Fall aber scheinen Sie vergessen zu haben, dass ich eine Sanktionierung der Rechtmäßigkeit haben muss, bevor ich die Hinrichtung anordne.»

«Ich bin bereit, sie zu liefern», war Halls Antwort.

«Aber Sie müssen mich überzeugen.»

«Darauf bin ich vorbereitet. Weil ich nämlich geahnt habe, dass Sie genau das sind, als was Sie sich selbst bezeichnen, eine ethische Monstrosität, ist mir dieses Geschäft in den Sinn gekommen, und ich habe es Ihnen angetragen. Ich gehe davon aus, dass Sie, wenn ich Ihnen die Rechtmäßigkeit Ihrer Ermordung beweisen kann, diese auch ausführen. Habe ich recht?»

«Sie haben recht.» Dragomiloff machte eine Pause, dann

hellte sich sein Gesicht zu einem Lächeln auf. «Aber das wäre natürlich Selbstmord, und Sie wissen ja, dass das hier eine Attentatsagentur ist.»

«Sie würden den Auftrag einem Ihrer Mitglieder übergeben. Wie ich es verstehe, wäre er dann unter dem Pfand des eigenen Lebens gezwungen, den Auftrag auszuführen.»

Dragomiloff wirkte nun sogar erfreut. «Sehr richtig. Das zeigt nur, wie perfekt die Maschinerie ist, die ich geschaffen habe. Sie eignet sich für jede Eventualität, selbst für die unerwartetste, wie sie von Ihnen ersonnen wurde. Kommen Sie. Sie interessieren mich zusehends. Sie sind originell. Sie verfügen über Einbildungskraft, Phantasie. Bitte liefern Sie mir die ethische Sanktionierung meiner Entfernung aus dieser Welt.»

«Du sollst nicht töten», begann Hall.

«Verzeihen Sie», kam die Unterbrechung. «Wir benötigen eine Basis für unsere Diskussion, da sie sonst, wie ich fürchte, schnell ins Akademische abdriftet. Der Punkt ist doch: Sie müssen mir beweisen, dass ich ein Unrecht begangen habe, das meinen Tod rechtfertigt. Und ich werde der Richter sein. Welches Unrecht habe ich begangen? Bei welchem Menschen habe ich die Hinrichtung angeordnet, ohne dass es sich bei ihm um einen Verbrecher gehandelt hätte? Inwiefern habe ich gegen meine eigene Sanktionierung rechtmäßigen Verhaltens verstoßen oder auch nur unüberlegt oder unwillentlich Unrecht getan?»

«Ich verstehe, und ich ändere meinen Diskurs entsprechend. Lassen Sie mich als Erstes fragen, ob Sie für den Tod John Mossmans verantwortlich waren.»

Dragomiloff nickte.

«Er war ein Freund von mir. Ich kannte ihn mein ganzes

Leben lang. An ihm war nichts Schlechtes. Er hat niemandem etwas zuleide getan.»

Hall sprach hitzig, doch die erhobene Hand und das amüsierte Lächeln des anderen ließen ihn verstummen. «Vor ungefähr sieben Jahren baute John Mossman das Fidelity Building. Woher hatte er das Geld? Zu jener Zeit dehnte er, der sein Leben lang ein kleiner, konservativer Bankangestellter gewesen war, seine Aktivitäten auf zahlreiche große Unternehmungen aus. Sie erinnern sich an das Vermögen, das er hinterließ. Woher hatte er es?»

Hall wollte schon sprechen, doch Dragomiloff bedeutete ihm, dass er noch nicht fertig war.

«Nicht lange vor dem Bau des Fidelity Building startete die Combine, wie Sie sich erinnern werden, einen Angriff auf die Carolina Steel, trieb sie in den Bankrott und übernahm das Wrack dann für ein Butterbrot. Der Präsident von Carolina Steel beging daraufhin Selbstmord …»

«Um der Haft zu entgehen», warf Hall ein.

«Er wurde mit einem Trick dazu gebracht.»

Hall nickte und sagte: «Ich entsinne mich. Es war einer der Agenten der Combine.»

«Dieser Agent war John Mossman.»

Hall schwieg ungläubig, während der andere fortfuhr: «Ich versichere Ihnen, dass ich es Ihnen beweisen kann, und das werde ich auch tun. Aber seien Sie so freundlich und begnügen Sie sich vorerst mit den Erklärungen, die ich abgebe. Die Beweise folgen, und zwar zu Ihrer Zufriedenheit.»

«Nun gut. Sie haben Stolypin getötet.» [14]

«Nein, nicht schuldig. Das waren russische Terroristen.»

«Ich habe Ihr Wort darauf?»

«Sie haben mein Wort.»

Hall spielte im Geiste all die Attentate durch, die er aufgelistet hatte, und machte einen weiteren Versuch.

«James und Hardman, Präsident und Sekretär des Verbands der Bergleute Südwest ...»

«Die haben wir getötet», fiel ihm Dragomiloff ins Wort. «Und was war daran schlimm – also, schlimm für mich?»

«Sie sind Humanist. Die Sache der Arbeit wie auch die der Menschen muss Ihnen doch am Herzen liegen. Der Tod dieser beiden Gewerkschaftsführer war ein großer Verlust für die organisierte Arbeiterschaft.»

«Ganz im Gegenteil», erwiderte Dragomiloff. «Sie wurden 1904 getötet. In den sechs Jahren davor hatte der Verband nicht einen Sieg errungen und wurde zudem bei drei katastrophalen Streiks vernichtend geschlagen. Im ersten halben Jahr nach der Beseitigung dieser beiden Führer gewann der Verband den großen Streik von 1905, und von da an bis heute hat er unablässig erhebliche Gehaltszulagen erzielt.»

«Sie meinen ...?», fragte Hall.

«Ich meine, dass die Bergwerkschefs die Attentate nicht veranlasst haben. Ich meine, dass James und Hardman insgeheim bei ihnen auf der Gehaltsliste standen, und zwar mit hohen Summen. Ich meine, dass es eine Abordnung der Bergarbeiter war, die die Fakten des Verrats ihrer Anführer vor uns auf den Tisch legte und den Preis bezahlte, den wir für unsere Dienste verlangten. Wir machten es für fünfundzwanzigtausend Dollar.»

Winter Halls Verblüffung war ihm deutlich anzumerken, und er überlegte eine geraume Weile, bis er wieder zu sprechen begann.

«Ich glaube Ihnen, Mr. Dragomiloff. Morgen oder übermorgen würde ich mit Ihnen gern die Beweise durchgehen. Aber nur, damit alles seine formale Richtigkeit hat. Derweil muss ich mir einen anderen Weg überlegen, um Sie zu überzeugen. Die Liste der Attentate ist lang.»

«Länger, als Sie glauben.»

«Und ich bezweifle nicht, dass Sie für sie ähnliche Rechtfertigungen in petto haben. Nicht dass ich einen dieser Morde für rechtens hielte, aber ich glaube, dass sie in Ihren Augen rechtens waren. Ihre Angst, die Diskussion könnte uns zu sehr ins Akademische führen, hatte ihren guten Grund. Nur so kann ich hoffen, Sie zu kriegen. Wollen wir uns auf morgen vertagen? Möchten Sie mit mir zu Mittag essen? Oder wäre es Ihnen anderswo lieber?»

«Wieder hier, glaube ich, nach dem Mittagessen.» Dragomiloff schwenkte die Hand über die mit Büchern bedeckten Wände. «Wie Sie sehen, haben wir hier jede Menge Quellen, und wenn wir mehr haben wollen, können wir sie jederzeit aus der Filiale der Carnegie Library gleich um die Ecke holen lassen.»

Er drückte den Rufknopf, und beide erhoben sich, als der Diener eintrat.

«Glauben Sie mir, ich kriege Sie noch», versicherte Hall ihm zum Abschied.

Dragomiloff lächelte verschmitzt. «Das glaube ich nicht», sagte er. «Aber sollten Sie es schaffen, wäre das beispiellos.»

5

Über lange Tage und Nächte zog sich die Diskussion zwischen Hall und Dragomiloff hin. Anfangs auf ethische Fragen beschränkt, wurde sie rasch verbreitert und vertieft. Da Ethik der Schlussstein aller Wissenschaften war, sahen sie sich gezwungen, diese bis zu ihren ursprünglichen Fundamenten zu verfolgen. Dragomiloff verlangte von Halls *Du sollst nicht töten* eine strengere philosophische Sanktionierung, als die Religion dem Gebot verliehen hatte. Um sich dem anderen verständlich zu machen und für ihn verständig zu argumentieren, fanden sie es unabdingbar, die unverrückbaren Überzeugungen und teleologischen Ideale des jeweils anderen grundlegend zu erörtern und zu durchleuchten.

Es war der Kampf zweier Gelehrter, zudem noch pragmatischer Gelehrter, doch meistens ging der erstrebte Befund in der Erregung und im Aufeinanderprallen der Ideen unter. Hall war so fair, dem anderen zuzubilligen, dass auch auf dessen Seite ein lauteres Streben nach Wahrheit waltete. Dass sein Leben verwirkt war, wenn er verlor, hatte keinen Einfluss auf Dragomiloffs Argumentation. Zur Debatte stand einzig die Frage, ob seine Attentatsagentur eine rechtmäßige Einrichtung war.

Halls Hauptthese, von der er nie abwich und wohin er alle Argumentationswege lenkte, war die, dass in der Entwicklung der Gesellschaft nun die Zeit gekommen war, in der diese als Ganzes für ihre eigene Befreiung sorgen musste. Dabei gab er zu bedenken, dass die Zeiten vorbei seien, in denen ein einzelner Mann hoch zu Ross oder auch eine kleine Schar von Männern hoch zu Ross die Geschicke der Gesellschaft lenken konnte. Dragomiloff, darauf beharrte er, sei indes so einer, und die Attentatsagentur das Ross, auf dem er einherritt, vermöge dessen er urteilte, strafte und – innerhalb gewisser Grenzen stimmte das auch – die Gesellschaft in die von ihm intendierte Richtung drängte und stieß.

Dragomiloff wiederum bestritt nicht, dass er die Rolle des Mannes hoch zu Ross spielte, der für die Gesellschaft dachte, für die Gesellschaft entschied und die Gesellschaft lenkte; dagegen bestritt er, und zwar mit Nachdruck, dass die Gesellschaft als Ganzes sich je selbst führen könne und dass der gesellschaftliche Fortschritt trotz mancher Irrtümer und Fehler in einer solchen Führung des Ganzen aus sich selbst heraus liege. Und das war die entscheidende Frage, für deren Beantwortung sie die Geschichte durchforsteten und die gesellschaftliche Evolution des Menschen von den winzigsten bekannten Details primitiver Stammeseinheiten bis zur höchsten Zivilisationsform nachzeichneten.

Ja, sie dachten so pragmatisch, dass sie beide die gesellschaftliche Zweckdienlichkeit als entscheidendes Kriterium akzeptierten und darin übereinstimmten, dass diese in höchstem Maße ethisch war. Und anhand dieses Kriteriums trug am Ende Winter Hall den Sieg davon. Dragomiloff räumte seine Niederlage ein, und Hall reichte ihm in seiner Genugtuung und freudigen Erregung impulsiv die

Hand. Trotz seiner Bestürzung erwiderte Dragomiloff den festen Händedruck.

«Ich erkenne jetzt», sagte er, «dass ich nicht genügend Betonung auf die gesellschaftlichen Faktoren gelegt habe. Die Attentate sind weniger für sich genommen als vielmehr gesellschaftlich falsch. Ich würde sogar das noch relativieren. Von Individuum zu Individuum betrachtet, waren sie keineswegs falsch. Aber Individuen sind nicht einfach nur Individuen. Sie sind Teile einer Gesamtheit von Individuen. Hierin habe ich mich geirrt. Das wird mir nun einigermaßen klar. Ich war nicht im Recht. Und nun ...» Er verstummte und schaute auf die Uhr. «Es ist zwei. Wir haben lange zusammengesessen. Und nun bin ich bereit, die Schuld zu begleichen. Sie werden mir aber sicherlich noch Zeit geben, meine Angelegenheiten zu regeln, bevor ich meinen Agenten den Auftrag erteile?»

Hall, der in der Hitze der Debatte ihre Konsequenzen vergessen hatte, war verblüfft. «Das war nicht meine Absicht», sagte er. «Und ehrlich gesagt ist es mir auch völlig entfallen. Vielleicht ist es auch gar nicht mehr erforderlich. Sie sind nun von der Unrechtmäßigkeit der Attentate überzeugt. Und wenn Sie die Organisation einfach auflösten? Das würde genügen.»

Doch Dragomiloff schüttelte den Kopf. «Vertrag ist Vertrag. Ich habe von Ihnen einen Auftrag angenommen. Recht ist Recht, und ich bleibe dabei, hier greift die Doktrin der gesellschaftlichen Zweckdienlichkeit nicht. Das Individuum als solches hat sich noch einige Vorrechte bewahrt, und eines davon ist, dass es sein Wort hält. Und genau das muss ich auch. Der Auftrag wird ausgeführt. Es wird leider der letzte sein, den die Agentur annimmt.

Jetzt haben wir Samstagmorgen. Wenn Sie mir bis morgen Abend Zeit ließen, bis ich den Auftrag herausgebe?»

«Blödsinn!», rief Hall aus.

«Das ist kein Argument», lautete der ernsthafte Tadel. «Zudem ist unsere Diskussion beendet. Ich weigere mich, mir noch mehr anzuhören. Eines jedoch in aller Fairness: In Anbetracht der Schwierigkeiten, die mit einem Attentat auf mich verbunden sein werden, würde ich einen Aufschlag von wenigstens zehntausend Dollar vorschlagen.» Er hob die Hand zum Zeichen, dass er noch weitersprechen wollte. «Ach, glauben Sie mir, das ist noch bescheiden. Ich werde es meinen Agenten schwer machen, sodass das die ganzen fünfzigtausend und noch mehr wert sein wird …»

«Wenn Sie doch einfach nur die Organisation auflösten …»

Aber Dragomiloff schnitt ihm das Wort ab. «Die Diskussion ist beendet. Es ist jetzt meine Angelegenheit. Die Organisation wird in jedem Fall aufgelöst, aber ich warne Sie, gemäß unserer Einjahresregelung könnte ich entkommen. Wie Sie sich erinnern werden, habe ich Ihnen bei Abschluss unserer Vereinbarung versprochen, dass Ihnen das Honorar am Ende des Jahres zuzüglich fünf Prozent Zinsen zurückgezahlt wird, falls der Auftrag bis dahin nicht ausgeführt wurde. Sollte ich entkommen, werde ich Ihnen die Summe persönlich aushändigen.»

Doch Winter Hall wedelte ungeduldig mit der Hand. «Hören Sie», sagte er. «Ich bestehe auf einer Erklärung. Sie und ich, wir sind uns beim Fundament der Ethik einig. Da die gesellschaftliche Zweckdienlichkeit die Grundlage aller Ethik ist …»

«Verzeihung ...», wurde er unterbrochen, «... nur der gesellschaftlichen Ethik. Das Individuum ist unter bestimmten Gesichtspunkten immer noch ein Individuum.»

«Weder Sie noch ich», fuhr Hall fort, «akzeptieren den alten jüdischen Kodex ‹Auge um Auge›. Wir glauben nicht an die Idee der gerechten Strafe. Die Tötungen Ihrer Agentur waren zwar durch die Verbrechen der Opfer gerechtfertigt, aber Sie haben sie nicht als Strafe betrachtet. Sie haben Ihre Opfer als gesellschaftliche Übel gesehen, deren Beseitigung der Gesellschaft nützen würde. Sie haben sie aus dem gesellschaftlichen Organismus nach demselben Prinzip entfernt, nach dem ein Chirurg ein Krebsgeschwür herausschneidet. Diese Ihre Ansicht habe ich vom Beginn der Diskussion an begriffen.

Aber zurück zum Wesentlichen. Wir beide lehnen die Idee einer gerechten Strafe ab und betrachten das Verbrechen lediglich als eine gesellschaftsfeindliche Tendenz, das ist unsere zweckdienliche und willkürliche Wertung. Das Verbrechen ist daher eine gesellschaftliche Anomalie, vergleichbar einer Krankheit. Es *ist* eine Krankheit. Beim Kriminellen, beim Übeltäter, handelt es sich um einen kranken Menschen, und als ein solcher sollte er auch behandelt werden, damit man ihn von seiner Krankheit heilen kann.

Und nun komme ich zu Ihnen und meinem Punkt. Ihre Attentatsagentur war gesellschaftsfeindlich. Sie haben dennoch daran geglaubt. Daher waren Sie krank. Aber jetzt glauben Sie nicht mehr daran. Sie sind geheilt. Ihre Neigung ist nicht mehr gesellschaftsfeindlich. Ihr Tod ist nun nicht mehr zwingend erforderlich, ja er wäre nichts weiter als die Bestrafung für eine Krankheit, von der Sie ja schon geheilt sind. Lösen Sie die Organisation auf und steigen Sie aus dem Geschäft aus! Mehr brauchen Sie nicht zu tun.»

«Sind Sie nun fertig – ganz fertig?», fragte Dragomiloff verbindlich.

«Ja.»

«Dann lassen Sie mich antworten und die Diskussion abschließen. Ich habe meine Organisation in aller Rechtschaffenheit ersonnen und auch so geführt. Auch habe ich sie in ihrer jetzigen Form aufgebaut und perfektioniert. Ihre Grundlage waren bestimmte richtige Prinzipien. In all den Jahren ihres Bestehens wurde gegen kein einziges dieser Prinzipien verstoßen. Ein vorrangiges Prinzip war dabei jener Vertragspassus, mit dem wir unseren Kunden garantierten, dass wir jeden Auftrag, den wir annehmen, auch ausführen. Ich habe einen Auftrag von Ihnen angenommen. Ich habe vierzigtausend Dollar erhalten. Unsere Vereinbarung lautete, dass ich meine eigene Hinrichtung anordne, wenn Sie mir zu meiner Zufriedenheit bewiesen haben, dass die von der Agentur verübten Attentate falsch waren. Das haben Sie getan. Nun bleibt mir nur noch, die Vereinbarung zu erfüllen.

Ich bin auf diese Organisation stolz. Auch werde ich mit dem letzten Akt ihre Grundprinzipien nicht der Lächerlichkeit preisgeben, indem ich die Regeln breche, nach denen sie stets gearbeitet hat. Das, so meine ich, ist mein Recht als Individuum, und es steht in keinerlei Widerspruch zu gesellschaftlicher Zweckdienlichkeit. Ich habe nicht vor zu sterben. Sollte ich ein Jahr lang dem Tod entkommen, erlischt der Auftrag, den ich von Ihnen angenommen habe, automatisch, wie Sie wissen. Ich werde alles tun, um zu entkommen. Und nun kein Wort mehr. Mein Entschluss steht fest. Was die Auflösung der Agentur betrifft, welchen Ablauf würden Sie vorschlagen?»

«Nennen Sie mir die Namen und sämtliche Details aller Mitglieder. Dann setze ich sie von der Auflösung in Kenntnis ...»

«Aber erst nach meinem Tod oder nach Ablauf dieses Jahres», wandte Dragomiloff ein.

«Gut, nach Ihrem Tod oder nach Ablauf dieses Jahres werde ich es ihnen mitteilen, untermauert von der Drohung, mit meinen Informationen zur Polizei zu gehen.»

«Sie könnten getötet werden», lautete die Warnung.

«Ja, durchaus. Dieses Risiko muss ich eingehen.»

«Sie können es vermeiden. Wenn Sie ihnen ihre Absicht mitteilen, dann lassen Sie sie auch wissen, dass sämtliche Ihrer Informationen in einem halben Dutzend Städte hinterlegt sind und im Falle Ihres Todes der Polizei übergeben werden.»

Es war drei Uhr morgens, als endlich alle Einzelheiten zur Auflösung der Organisation fixiert waren. Danach herrschte für lange Zeit Stille, die schließlich von Dragomiloff gebrochen wurde.

«Wissen Sie, Hall, ich mag Sie. Sie sind selbst ein fanatischer Ethiker. Fast hätten Sie selbst diese Agentur ins Leben rufen können, ein größeres Kompliment als das kenne ich nicht, denn ich bin der festen Überzeugung, dass so eine Agentur eine beachtliche Leistung darstellt. Jedenfalls mag ich Sie nicht nur, ich weiß auch, dass ich Ihnen vertrauen kann. Sie würden Ihr Wort ebenso verlässlich halten wie ich meines. Nun, ich habe eine Tochter. Ihre Mutter ist tot, und im Falle meines Ablebens hätte sie keine Angehörigen mehr auf der Welt. Ich würde sie gern Ihrer Obhut anvertrauen. Sind Sie bereit, diese Verantwortung zu übernehmen?»

Hall nickte zustimmend.

«Sie ist eine erwachsene Frau, daher besteht keine Notwendigkeit für Vormundschaftspapiere. Aber sie ist unverheiratet, und ich werde ihr eine Menge Geld hinterlassen, dessen Anlage Sie besorgen müssten. Ich fahre heute Nachmittag zu ihr. Wollen Sie mitkommen? Es ist nicht weit, nur nach Edge Moor am Hudson.»

«Aber ich bin ja schon übers Wochenende zu Besuch in Edge Moor!», rief Hall aus.

«Schön. Wo in Edge Moor?»

«Das weiß ich nicht. Ich war noch nie dort.»

«Egal. Der Ort ist nicht groß. Zwei Stunden am Sonntagvormittag werden Sie erübrigen können. Ich komme mit dem Automobil zu Ihnen. Rufen Sie mich an und sagen Sie mir, wann ich wohin kommen soll. Meine Nummer ist Suburban-245.»

Hall notierte sich die Nummer und stand auf, um zu gehen.

Dragomiloff gähnte, als sie sich die Hand gaben.

«Ich wünschte, Sie würden es sich noch einmal überlegen», drängte der andere.

Doch Dragomiloff gähnte erneut, schüttelte den Kopf und brachte seinen Gast zur Tür.

6

Grunya steuerte das Automobil, mit dem sie Winter Hall vom Bahnhof von Edge Moor abgeholt hatte.

«Onkel ist wirklich sehr gespannt auf dich», versicherte sie ihm. «Er weiß noch nicht, wer du bist. Ich habe ihn damit geneckt, dass ich es ihm nicht verraten habe. Vielleicht ist er ja deswegen so gespannt auf dich, denn gespannt ist er jedenfalls.»

«Hast du es ihm gesagt?», fragte Hall bedeutungsvoll.

Grunya war plötzlich sehr mit dem Lenken des Wagens beschäftigt. «Was?», fragte sie.

Als Antwort legte Hall die Hand auf die ihre am Lenkrad. Sie schaute ihm einen Moment lang mit kühner Eindringlichkeit in die Augen. Dann überkam sie eine verräterische Röte, der feste Blick geriet ins Wanken, und mit gesenktem Blick widmete sie sich wieder dem Lenken.

«Das könnte seine Neugier erklären», bemerkte Hall ruhig.

«Da... daran habe ich gar nicht gedacht.»

Ihr Blick war von ihm abgewandt, dafür sah er die rosige Wärme auf ihren Wangen. Nach einer Pause machte er wieder eine Bemerkung. «Wie schade, so einen herrlichen Sonnenuntergang mit einer Unwahrhaftigkeit zu entweihen.»

«Du Mimose!», rief sie, doch die Art, wie sie es sagte, machte die Beschimpfung zum Liebesbeweis.

Und dann sah sie ihn abermals an und lachte, und er lachte mit ihr, und beide fanden, dass der Sonnenuntergang nicht besudelt und die Welt sehr schön war.

Erst als sie in die Auffahrt zum Bungalow einbogen, fragte er sie, in welcher Richtung Dragomiloffs Haus liege.

«Nie gehört», war ihre Antwort. «Dragomiloff? So jemand wohnt in Edge Moor bestimmt nicht. Warum?»

«Vielleicht neu zugezogen?», meinte er.

«Vielleicht. Da sind wir auch schon. Grosset, nehmen Sie doch Mr. Halls Koffer. Wo ist mein Onkel?»

«In der Bibliothek, er schreibt, Miss. Er hat gesagt, er wolle bis zum Abendessen nicht gestört werden.»

«Dann werdet ihr euch beim Abendessen sehen», sagte sie zu Hall. «Bis dahin dauert es ja auch nicht mehr lange. Zeigen Sie Mr. Hall sein Zimmer, Grosset.»

Eine Viertelstunde später betrat Winter Hall in Abwesenheit Grunyas das Wohnzimmer und sah sich dem Mann gegenüber, von dem er sich um drei Uhr morgens verabschiedet hatte.

«Was zum Teufel machen Sie denn hier?», entfuhr es Hall.

Die Haltung des anderen hingegen blieb gelassen. «Vermutlich darauf warten, vorgestellt zu werden», sagte er und hielt ihm die Hand hin. «Ich bin Sergius Constantine. Da hat Grunya uns beiden ja eine schöne Überraschung beschert.»

«Und Sie sind auch Ivan Dragomiloff?»

«Ja, aber nicht in diesem Haus.»

«Das verstehe ich nicht. Sie sprachen von einer Tochter.»

«Grunya ist meine Tochter, auch wenn sie sich für meine Nichte hält. Das ist eine lange Geschichte, die ich Ihnen nach dem Abendessen, wenn wir Grunya losgeworden sind, kurz erzählen werde. Aber jetzt möchte ich Ihnen sagen, dass die Situation schön ist, erfreulich und schön. Sie, den ich als denjenigen ausgewählt habe, der über meine Grunya wachen soll, sind, wie ich sehe, schon – wenn ich es recht sehe – ihr Liebhaber. Habe ich recht?»

«Ich ... ich weiß nicht, was ich sagen soll», stammelte Hall, ausnahmsweise einmal auf den Mund gefallen, im Kopf wie gelähmt von dieser äußerst ungeahnten Enthüllung.

«Habe ich recht?», wiederholte Dragomiloff.

«Sie haben recht», kam, endlich, die Antwort. «Ja, ich liebe ... sie ... ja, ich liebe Grunya. Aber kennt sie ... Sie?»

«Nur als ihren Onkel, Sergius Constantine, Chef der gleichnamigen Importfirma – da kommt sie. Wie schon gesagt, ich ziehe wie Sie Turgenjew Tolstoi vor. Natürlich soll das Tolstois Kraft nicht schmälern. Abstoßend ist Tolstois Philosophie für einen, der ... – ah, da bist du ja, Grunya.»

«Und schon miteinander bekannt gemacht», schmollte sie. «Ich hatte doch erwartet, bei einem so bedeutsamen Ereignis dabei sein zu dürfen.» Vorwurfsvoll wandte sie sich an Hall, während Constantine ihr den Arm um die Taille legte. «Warum hast du uns verschwiegen, dass du dich in solcher Windeseile umkleiden kannst?»

Sie hielt ihm ihre freie Hand hin. «Komm», sagte sie, «gehen wir zum Essen rein.»

Und so gingen die drei ins Esszimmer, Constantine, den Arm um sie gelegt, und sie Hand in Hand mit Hall.

Am Tisch ertappte Hall sich bei dem Wunsch, sich zu kneifen, um die Wirklichkeit, deren Teil er war, als unwirklich zu entlarven. Die Situation war fast zu grotesk, um real zu sein – Grunya, die er liebte, neckte ihren Vater und lächelte ihn gleich darauf wieder an, ihren Vater, den sie für ihren Onkel hielt und von dem sie sich nicht hätte träumen lassen, dass er der Gründer und Chef der gefürchteten Attentatsagentur war; er, Hall, den Grunya ebenfalls liebte, stimmte mit ein in die Sticheleien gegen den Mann, dem er fünfzigtausend Dollar gezahlt hatte, damit er seine eigene Hinrichtung anordnete; schließlich Dragomiloff selbst, ruhig, gleichmütig, von der allgemeinen Heiterkeit unbeeindruckt, bis seine habituelle Frostigkeit irgendwann zu echter Herzlichkeit auftaute.

Anschließend sang Grunya und spielte Klavier, bis Dragomiloff unter dem doppelten Vorwand, er erwarte einen Besucher und verspüre den Wunsch nach einem Gespräch unter Männern mit Hall, mit gespielter väterlicher Gönnerhaftigkeit andeutete, für ein junges Ding wie sie sei es nun doch langsam an der Zeit, schlafen zu gehen. Mit einem Abschiedsscherz wünschte sie allseits Gute Nacht und ging, und ihr perlendes Lachen war noch durch die offene Tür zu hören. Dragomiloff stand auf, schloss die Tür und kehrte zu seinem Platz zurück.

«Nun?», fragte Hall.

«Mein Vater war Heereslieferant im Russisch-Türkischen Krieg», lautete die Antwort. «Er hieß – ach, sein Name tut nichts zur Sache. Er machte ein Vermögen von sechs Millionen Rubel, das ich als sein einziger Sohn erbte. An der Universität kam ich mit radikalen Ideen in Berührung und schloss mich der ‹Russischen Jugend› an. Wir waren ein Häufchen Utopisten und Träumer, und natürlich gerieten wir in Schwierigkeiten. Ich saß mehrere Male im Gefängnis. Meine Frau starb an den Pocken, an derselben Krankheit zeitgleich ihr Bruder Sergius Constantine. Das alles ereignete sich auf meinem letzten Anwesen. Unsere damalige Verschwörung war aufgeflogen, und diesmal bedeutete das für mich Sibirien. Ich entkam denkbar einfach. Mein Schwager, ein entschiedener Konservativer, wurde unter meinem Namen begraben, und ich wurde zu Sergius Constantine. Da war Grunya noch ein Baby. Ich gelangte ziemlich unbehelligt außer Landes, allerdings fiel das, was von meinem Vermögen noch übrig war, den Behörden in die Hand. Hier in New York, wo es mehr russische Spione gibt, als Sie glauben, hielt ich die Fiktion meines Namens aufrecht. Da haben Sie's. Ich war sogar noch einmal in Russland, als mein eigener Schwager natürlich, und habe seine Besitztümer verkauft. Doch schon zu lange hatte ich die Fiktion aufrechterhalten; Grunya kannte mich als ihren Onkel, und so bin ich ihr Onkel geblieben. Das ist alles.»

«Aber die Attentatsagentur?», fragte Hall.

«In dem Glauben, sie sei rechtens, und angestachelt von der Unterstellung, wir Russen seien nur Denker und keine Macher, baute ich sie auf. Und sie funktioniert, reibungslos. Auch finanziell wurde sie ein Erfolg. Ich habe bewiesen, dass ich ebenso gut handeln wie träumen kann. Grunya dagegen nennt mich immer noch einen Träumer. Sie weiß nichts davon. Einen Moment.» Er ging ins Nebenzimmer und kehrte mit einem großen Umschlag in der Hand zurück.

«Und nun zu etwas anderem. Der Besuch, den ich erwarte, ist der Mann, dem ich den Auftrag zur Hinrichtung gebe. Ich wollte es eigentlich erst morgen tun, aber Ihre willkommene Anwesenheit beschleunigt die Sache. Hier sind meine Anweisungen an Sie.» Er reichte ihm den Umschlag. «Grunya muss laut Gesetz alle Papiere, Urkunden und dergleichen unterschreiben, Sie aber müssen sie beraten. Mein Testament liegt im Safe. Sie müssen vorübergehend meine Fonds für mich verwalten, bis ich entweder tot bin oder zurückkehre. Sollte ich um Geld oder etwas anderes telegraphieren, werden Sie der Anweisung folgen. In diesem Umschlag befindet sich der Geheimcode, den ich verwenden werde; es ist zugleich derjenige, der von der Organisation verwendet wird.

Es gibt einen großen Notfonds, den ich für die Agentur verwalte. Er ist Eigentum der Mitglieder. Ich setze Sie zu seinem Bevollmächtigten ein. Die Mitglieder greifen nach Bedarf darauf zu.» Dragomiloff schüttelte in vorgetäuschtem Bedauern den Kopf und lächelte. «Leider werde ich mich für sie als sehr teuer erweisen, bis sie mich kriegen.»

«Herrgott, Dragomiloff!», rief Hall. «Sie geben ihnen die Mittel des Krieges an die Hand. Eher sollten Sie ihnen den Zugang zu dem Fonds verwehren.»

«Das wäre nicht fair, Hall. Und ich bin nun einmal so gestrickt, dass ich fair spielen muss. Und ich erweise Ihnen die Ehre, zu glauben, dass Sie in dieser Angelegenheit ebenso fair spielen und alle meine Anweisungen befolgen. Nicht wahr?»

«Aber Sie verlangen von mir, den Männern Hilfe zu leisten, die Sie umbringen werden, Sie, den Vater der Frau, die ich liebe. Das ist doch absurd. Machen Sie der Sache ein Ende, sofort. Lösen Sie die Organisation auf und Schluss.»

Doch Dragomiloff blieb hart. «Mein Entschluss steht fest. Das wissen Sie. Ich muss tun, was ich für richtig halte. Sie werden also meine Anweisungen befolgen?»

«Sie sind ein Monstrum! Ein stures, halsstarriges Monstrum mit einer absurden, wahnwitzigen Selbstgerechtigkeit. Sie sind ein zerrüttetes Gelehrtenhirn, Ihre Ethik spielt verrückt, Sie sind ... sind ...» Doch Winter Hall versagte bei seiner Suche nach weiteren Superlativen; er geriet ins Stottern und verstummte schließlich.

Dragomiloff lächelte geduldig. «Sie werden meine Anweisungen befolgen. Habe ich recht?»

«Ja, ja, ja. Ich werde sie befolgen», rief Hall zornig. «Es ist doch ganz klar, dass Sie Ihren Willen bekommen. Man kann Sie ja offenbar nicht aufhalten. Aber warum noch heute Abend? Haben wir denn nicht morgen noch Zeit genug, mit diesem irrsinnigen Abenteuer zu beginnen?»

«Nein; ich möchte unbedingt gleich anfangen. Und Sie haben genau das richtige Wort gewählt: Abenteuer. Das ist es. Das hatte ich nicht mehr, seit ich ein Junge war, ein junger Bakuninist, der seine jugendlichen Träume von der allgemeinen Freiheit des Menschen hegte. Was habe ich denn seither getan? Ich war eine Denkmaschine. Ich habe erfolgreiche Unternehmen aufgebaut. Ich habe ein Vermögen gemacht. Ich habe die Attentatsagentur erdacht und geleitet. Das ist alles. Gelebt habe ich nicht. Keine Abenteuer erlebt. Ich war bloß eine Spinne, ein riesiges Gehirn, das in der Mitte eines Netzes saß und dachte und plante. Nun aber zerreiße ich das Netz. Ich begebe mich auf den Pfad des Abenteuers. Wissen Sie eigentlich, dass ich in meinem ganzen Leben noch keinen Menschen getötet habe? Auch habe ich nie mit angesehen, wie einer getötet wurde. Ich war noch nie bei einem Eisenbahnunglück dabei. Ich habe keine Vorstellung von Gewalt; ich, der ich die ungeheure Macht der Gewalt besitze, habe diese Macht einzig und allein im Einvernehmen mit anderen ausgeübt, beim Boxen und Ringen und derlei Disziplinen. Nun werde ich wieder leben, mit Körper und Geist, und eine neue Rolle spielen. Macht!»

Er streckte seine schmale weiße Hand von sich und betrachtete sie ungehalten. «Grunya wird Ihnen bestätigen, dass ich zwischen diesen Fingern einen Silberdollar verbiegen kann. Für mehr sollen sie nicht gut sein? – Nur um Dollars zu verbiegen? Bitte, Ihren Arm für einen Moment.»

Bloß mit Fingerspitzen und Daumen umfasste er Halls Unterarm auf halber Strecke zwischen Handgelenk und Ellbogen. Er drückte zu, und Hall erschrak über den heftigen Schmerz der Quetschung. Es war, als träfen sich Finger und Daumen durch Fleisch und Knochen hindurch. Im nächsten Moment wurde der Arm beiseitegeschleudert, und Dragomiloff lächelte grimmig. «Keine bleibenden Schäden», sagte er, «allerdings wird der Arm eine Woche lang grün und blau sein. Wissen Sie jetzt, warum ich aus dem Netz herauswill? Ich habe zwanzig Jahre lang vor mich hin vegetiert. Ich habe diese Finger benutzt, um meine Unterschrift unter Verträge zu setzen und in Büchern zu blättern. Von meinem Netz aus habe ich Männer auf den Pfad des Abenteuers geschickt. Nun werde ich gegen diese Männer antreten, und auch ich werde handeln. Es wird ein gigantisches Spiel werden. Ich war der Kopf, der die perfekte Maschine erschaffen hat. Sie ist mein Werk. Nie hat sie bei der Aufgabe versagt, den auserwählten Mann zu eliminieren. Jetzt bin ich der Auserwählte. Die Frage wird sein: *Ist sie mächtiger als ich, ihr Schöpfer?* Wird sie ihren Schöpfer vernichten, oder wird ihr Schöpfer sie überlisten?» Er hielt abrupt inne, schaute auf die Uhr und drückte eine Klingel.

«Lassen Sie den Wagen kommen», sagte er zu dem Diener, der daraufhin eingetreten war, «und stellen Sie den Koffer hinein, den Sie in meinem Schlafzimmer finden.»

Als der Diener den Raum verließ, sagte er zu Hall: «Und nun beginnt meine Hedschra[15]. Haas müsste jeden Augenblick hier sein.»

«Wer ist Haas?»

«Unser mit Abstand fähigstes Mitglied, ohne jede Ausnahme. Er ist immer mit unseren schwierigsten und gefährlichsten Aufträgen betraut worden. Er ist ein Ethikfanatiker, ein Danit[16]. Kein Racheengel kann schrecklicher sein als er. Er ist eine Flamme. Er ist kein Mann, er ist eine Flamme. Sie werden es selbst sehen. Da kommt er schon.»

Der Mann wurde hereingeführt. Hall war schockiert, als er sein Gesicht erblickte – ein verheertes, verwüstetes Gesicht, hohlwangig und eingefallen, in dem ein Augenpaar loderte, wie man es nur aus einem Albtraum kannte. Das Feuer darin schien das ganze Gesicht erfasst zu haben.

Hall erwiderte den Gruß und war überrascht von dem festen, beinahe grausam festen Händedruck. Er beobachtete gebannt die Bewegungen des Mannes, als der auf einem Stuhl Platz nahm. Sie waren katzengleich, und Hall schloss, dass er Muskeln wie ein Tiger haben musste, auch wenn dies das entstellte, versehrte Gesicht, das den Eindruck vermittelte, der übrige Körper sei bloß eine geschrumpfte, abgezehrte Hülle, Lügen strafte. Abgezehrt war der Körper wohl, doch Hall konnte die Wölbungen von Bizeps und Schultermuskulatur erkennen.

«Ich habe einen Auftrag für Sie, Mr. Haas», begann

Dragomiloff. «Es könnte womöglich der gefährlichste und schwierigste werden, den Sie jemals übernommen haben.»

Hall hätte schwören können, dass die Augen des Mannes bei dieser Mitteilung noch wilder loderten.

«Der Fall hat meine Sanktionierung erhalten», fuhr Dragomiloff fort. «Er ist rechtens, voll und ganz rechtens. Der Mann muss sterben. Die Agentur hat für seinen Tod fünfzigtausend Dollar erhalten. Unseren Usancen entsprechend geht ein Drittel dieser Summe an Sie. Aber er wird sich als so schwierig erweisen, fürchte ich, dass ich beschlossen habe: Ihr Anteil soll die Hälfte betragen. Hier haben Sie fünftausend für Spesen ...»

«Der Betrag ist ungewöhnlich», unterbrach ihn Haas, wobei er sich die Lippen leckte, als wären sie von der Flamme seines Wesens versengt.

«Ungewöhnlich ist der Mann, den Sie töten sollen», erwiderte Dragomiloff. «Sie werden umgehend Schwartz und Harrison als Unterstützung anfordern. Sollten Sie drei nach einer bestimmten Frist daran gescheitert sein ...»

Haas schnaubte ungläubig, und das Fieber, das ihn zu verzehren schien, brannte mit angefachter Hitze in seinem schmalen, unersättlichen Gesicht.

«Sollten Sie alle drei nach dieser Frist gescheitert sein, rufen Sie die gesamte Organisation zu Hilfe.»

«Wer ist der Mann?», fragte Haas, und er stieß die Worte fast wie ein Knurren hervor.

«Einen Moment noch.» An Hall gewandt, fuhr Dragomiloff fort. «Was werden Sie Grunya sagen?»

Hall überlegte eine Weile. «Eine Halbwahrheit wird ausreichen. Ich habe ihr die Organisation schon in groben Zügen skizziert, bevor wir beide uns kannten. Ich kann ihr sagen, dass Sie bedroht werden. Das wird genügen. Und ganz gleich wie die Sache ausgeht, den Rest braucht sie nicht zu erfahren.»

Dragomiloff stimmte mit einem Nicken zu. «Mr. Hall soll als Geschäftsführer fungieren», erklärte er Haas. «Er ist im Besitz des Geheimcodes. Sämtliche Anträge um Geld und sonstige Fragen sind an ihn zu richten. Halten Sie ihn permanent auf dem Laufenden.»

«Wer ist der Mann?», krächzte Haas erneut.

«Einen Augenblick noch, Mr. Haas. Eine Sache möchte ich Ihnen noch einprägen. Denken Sie an Ihren Eid. Ganz gleich wer diese Person auch sein mag, Sie wissen, dass Sie den Auftrag erledigen müssen. Sie wissen, dass Sie Ihr Leben auf gar keinen Fall aufs Spiel setzen dürfen. Sie wissen, was ein Scheitern bedeutet – dass alle Ihre Genossen darauf eingeschworen sind, Sie zu töten, wenn Sie scheitern.»

«Das weiß ich alles», unterbrach Haas ihn. «Es zu wiederholen ist unnötig.»

«Ich möchte, dass Ihnen das absolut klar ist. Ganz gleich wer diese Person …»

«Vater, Bruder, Frau – ja der Teufel höchstpersönlich oder auch Gott –, es ist mir klar. Wer ist der Mann? Wo finde ich ihn? Sie kennen mich. Wenn ich etwas zu erledigen habe, dann will ich es auch erledigen.»

Dragomiloff wandte sich mit einem Lächeln der Genugtuung an Hall. «Wie gesagt, ich habe unseren besten Agenten ausgewählt.»

«Wir verschwenden nur unsere Zeit», brummelte Haas ungeduldig.

«Nun gut», antwortete Dragomiloff. «Sind Sie bereit?»

«Ja.»

«Jetzt?»

«Jetzt.»

«Der Mann bin ich, Ivan Dragomiloff.»

Haas verschlug es den Atem, das hatte er nicht erwartet. «Sie?», flüsterte er, als wäre ihm lauteres Sprechen aus seiner Kehle gesengt worden.

«Ich», antwortete Dragomiloff bloß.

«Dann kann es keinen besseren Zeitpunkt geben …», sagte Haas rasch, und gleichzeitig schnellte seine Rechte zur Außentasche seines Mantels.

Aber noch rascher hatte Dragomiloff sich auf ihn gestürzt. Bevor Hall sich noch von seinem Stuhl erheben konnte, war bereits alles passiert und die Gefahr vorüber. Er sah, wie Dragomiloff beide Daumen, gekrümmt und hart, in die Höhlungen beiderseits von Haas' Halsansatz bohrte. Das ging alles so schnell, dass Haas' Hand beinahe gleichzeitig, im Moment des ersten Kontakts der Daumen, in ihrem Hinschnellen zu der Waffe in der Tasche erstarrte. Beide Hände fuhren hoch und umklammerten krampfartig die des anderen. Sein Gesicht war in ungläubigem und tiefstem Schmerz verzerrt. Eine Weile wand und krümmte er sich noch, dann fielen ihm die Augen zu, die Hände sanken herab, sein Körper erschlaffte, und Dragomiloff ließ ihn sachte zu Boden sinken; die Flamme war in Bewusstlosigkeit erloschen.

Dragomiloff rollte ihn auf den Bauch und band ihm mit einem Taschentuch die Hände auf den Rücken. Er arbeitete schnell, und dabei sagte er: «Das, Hall, war die erste Betäubungsmethode, die in der Chirurgie verwendet wurde. Sie funktioniert auf rein mechanische Weise. Die Daumen drücken auf die Halsschlagadern, wodurch die Blutzufuhr zum Gehirn unterbrochen wird. Die Japaner haben das jahrhundertelang bei ihren Operationen praktiziert. Hätte ich den Druck eine Minute oder länger angewandt, dann wäre der Mann jetzt tot. So aber wird er in wenigen Sekunden wieder das Bewusstsein erlangen. Sehen Sie! Er bewegt sich schon wieder.»

Er rollte Haas auf den Rücken; dessen Augen öffneten sich und starrten verwirrt auf Dragomiloffs Gesicht.

«Ich habe Ihnen ja gesagt, es ist ein schwieriger Fall, Mr. Haas», versicherte Dragomiloff ihm. «Bei Ihrem ersten Versuch sind Sie gescheitert. Ich fürchte, Sie werden noch viele Male scheitern.»

«So schnell lasse ich mich nicht unterkriegen», war die Antwort. «Nur begreife ich nicht, warum Sie unbedingt getötet werden wollen.»

«Aber ich will ja gar nicht getötet werden.»

«Und warum in aller Welt haben Sie mir dann den Auftrag erteilt?»

«Das ist meine Sache, Mr. Haas. Ihre ist es, dass Sie Ihr Bestes geben. Wie geht es Ihrem Hals?»

Der Liegende rollte den Kopf hin und her. «Es schmerzt», erklärte er.

«Diesen Trick sollten Sie auch lernen.»

«Jetzt kenne ich ihn ja», versetzte Haas, «und auch die genaue Stelle, wo die Daumen aufgesetzt werden müssen, ist mir sehr bewusst. Was haben Sie jetzt mit mir vor?»

«Ich fahre Sie mit dem Wagen weg und setze Sie am Straßenrand ab. Es ist eine milde Nacht, Sie werden sich also nicht erkälten. Würde ich Sie hier zurücklassen, könnte Mr. Hall Sie losbinden, bevor ich weg bin. Und nun darf ich Sie um die Waffe in Ihrer Manteltasche bitten.»

Dragomiloff beugte sich hinunter und zog aus der betreffenden Tasche eine automatische Pistole. «Für Großwild geladen, gespannt und schussbereit», sagte er, während er sie in Augenschein nahm. «Er hätte die Waffe lediglich mit dem Daumen entsichern und abdrücken müssen. Wollen Sie mich zum Wagen begleiten, Mr. Haas?»

Haas schüttelte den Kopf. «Hier ist es gemütlicher als am Straßenrand.»

Als Antwort beugte Dragomiloff sich über ihn und wandte nur leicht seinen schrecklichen Daumengriff am Hals an.

«Ich gehe ja schon», ächzte Haas.

Behände und scheinbar mühelos, obwohl ihm die Arme auf den Rücken gebunden waren, erhob sich der Liegende, womit er Hall eine Ahnung von den Tigermuskeln gab, mit denen er ausgestattet war.

«Schon gut», brummelte Haas. «Ich wehre mich nicht, und ich nehme auch meine Medizin. Aber Sie haben mich unvorbereitet erwischt, und eines sage ich Ihnen: Das schaffen Sie nicht noch einmal, und auch sonst nichts.»

Dragomiloff wandte sich zu Hall um. «Die Japaner rühmen sich sieben verschiedener Todesgriffe, ich allerdings kenne nur vier. Und dieser Mann träumt davon, er könne mich in einem Zweikampf besiegen. Mr. Haas, eines möchte ich Ihnen noch sagen. Sie sehen meine Handkante. Die Todesgriffe und alles andere einmal beiseitegelassen, könnte ich Ihnen, indem ich lediglich diese Handkante wie ein Hackmesser einsetze, Knochen brechen, Gelenke auskugeln und Sehnen zerreißen. Nicht übel für die Denkmaschine, für die Sie mich immer gehalten haben, nicht wahr? Kommen Sie, fangen wir an. Hier entlang zum Pfad des Abenteuers. Auf Wiedersehen, Hall.»

Die Haustür schloss sich hinter ihnen, und Winter Hall schaute sich wie benommen in dem modern eingerichteten Zimmer um, in dem er sich befand. Mehr denn je war er vom Eindruck der Unwirklichkeit erfüllt. Doch dort stand der Flügel, und da lagen die aktuellen Zeitschriften auf dem Lesetisch. In dem Bemühen, sich Orientierung zu verschaffen, überflog er sogar ihre vertrauten Namen. Er fragte sich, ob er wohl in einigen Minuten aus diesem Traum erwachen würde. Er betrachtete die Titel der Bücher in einem Tischregal – offenbar die Dragomiloffs. Da standen in einem völlig unangemessenen Nebeneinander Mahans *Problem of Asia*, Büchners *Kraft und Stoff*, Wells' *Mr. Polly*, Nietzsches *Jenseits von Gut und Böse*, Jacobs' *Many Cargoes*, Veblens *Theory of the Leisure Class*, Hydes *From Epicurus to Christ* und Henry James' neuester Roman[17] – ganz verlassen von diesem seltsamen Geist, der die Seite seines Bücherdaseins umgeblättert hatte und zu einem unfassbaren, wahnwitzigen Abenteuer aufgebrochen war.

7

«Es hat keinen Sinn, auf deinen Onkel zu warten», sagte Hall am nächsten Morgen zu Grunya. «Wir müssen früh-stücken und dann in die Stadt fahren.»

«Wir?», fragte sie mit unverhohlener Verwunderung. «Wozu?»

«Um zu heiraten. Vor seiner Abreise hat dein Onkel mich zu deinem inoffiziellen Vormund bestellt, und mir scheint, das Beste ist es, meine Stellung offiziell zu machen – das heißt, falls du keine wesentlichen Einwände hast.»

«Die habe ich allerdings», war ihre Antwort. «Erstens kann ich es nicht leiden, zu etwas gedrängt zu werden, selbst zu etwas so Erfreulichem wie zu einer Ehe mit dir. Und dann verabscheue ich Rätsel. Wo ist Onkel? Was ist passiert? Wo ist er hin? Hat er einen frühen Zug in die Stadt genommen? Und warum fährt er sonntags in die Stadt?»

Hall sah sie düster an. «Grunya, ich werde dir jetzt nicht sagen, du sollst tapfer sein und den ganzen Kokolores. Ich kenne dich, es ist daher unnötig.» Er bemerkte die wach-sende Bestürzung in ihrem Gesicht und fuhr rasch fort. «Ich weiß nicht, wann dein Onkel zurückkehrt. Ich weiß nicht, ob er überhaupt je wiederkommt oder ob du ihn je wiedersiehst. Hör mir zu. Du erinnerst dich doch an diese Attentatsagentur, von der ich dir erzählt habe?»

Sie nickte.

«Nun, die hat ihn als nächstes Opfer ausgewählt. Er ist geflohen, weiter nichts, in dem Versuch, dem Attentat zu entkommen.»

«O nein! Das ist ja ungeheuerlich!», rief sie. «Mein Onkel Sergius! Wir leben im zwanzigsten Jahrhundert. Da macht man so etwas nicht mehr. Das ist doch ein Scherz, den ihr beide mit mir treibt.»

Und Hall, der sich fragte, was sie wohl denken würde, wenn sie die ganze Wahrheit über ihren Onkel wüsste, lächelte grimmig. «Bei meiner Ehre, was ich sage, stimmt», versicherte er ihr. «Dein Onkel wurde als nächstes Opfer ausgewählt. Vielleicht erinnerst du dich, dass er gestern Nachmittag eine Menge geschrieben hat. Er ist gewarnt worden, und er hat seine Angelegenheiten geregelt und seine Anweisungen an mich abgefasst.»

«Aber die Polizei. Warum hat er sich denn nicht an die gewandt, damit sie ihn vor dieser Verbrecherbande schützt?»

«Dein Onkel ist ein eigenwilliger Mann. Er wollte rein gar nichts von der Polizei wissen. Ich musste ihm sogar versprechen, die Polizei aus dem Spiel zu lassen.»

«Aber ich nicht», unterbrach sie ihn und ging zur Tür. «Ich rufe sofort bei ihr an.»

Hall packte sie am Handgelenk, worauf sie zornig zu ihm herumfuhr.

«Hör zu, Liebes», sagte er besänftigend. «Ich weiß, das Ganze ist Wahnsinn. Es ist der schiere unfassbare Irrsinn. Doch es ist, wie es ist, wahr in jeder kleinen Einzelheit. Dein Onkel will nicht, dass die Polizei ins Spiel kommt. Es ist sein ausdrücklicher Wunsch. Es ist seine Anweisung an mich. Solltest du gegen seinen Wunsch verstoßen, dann deshalb, weil ich es versäumt habe, es dir zu sagen. Und ich bin mir sicher, nichts versäumt zu haben.»

Er ließ sie los, und sie blieb auf der Schwelle stehen. «Das kann doch nicht wahr sein!», rief sie aus. «Das ist ja unglaublich! Das ... das ... ach, du machst Witze!»

«Auch für mich klingt es unglaublich, und doch sehe ich mich veranlasst, es zu glauben. Dein Onkel hat gestern Abend noch einen Koffer gepackt und ist auf und davon. Ich habe ihn noch gesehen. Er hat mir seine und deine Angelegenheiten anvertraut. Hier sind seine diesbezüglichen Anweisungen.»

Hall zog seine Brieftasche hervor und holte mehrere Blätter Papier mit der unverwechselbaren Handschrift Sergius Constantines heraus. «Und hier ist auch ein Schreiben an dich. Er war ja in großer Eile. Komm wieder rein und lies es beim Frühstück.»

Es war eine bedrückende Mahlzeit; Grunya trank lediglich eine Tasse Kaffee, und Hall liebäugelte mit einem Ei. Endgültig überzeugt wurde Grunya von einem Telegramm, adressiert an Hall. Dass es verschlüsselt war und dass er den Geheimcode dazu besaß, überzeugte sie, nahm den Geschehnissen allerdings nichts von ihrer Rätselhaftigkeit.

«Werde von Zeit zu Zeit von mir hören lassen», dechiffrierte Hall.

«Liebe Grüße an Grunya. Sagen Sie ihr, Sie haben mein Einverständnis, sie zu heiraten. Alles Weitere hängt von ihr ab.»

«Mittels dieses Telegramms hoffe ich, über seine Schritte auf dem Laufenden zu bleiben», erklärte Hall. «Und jetzt lass uns heiraten.»

«Während er wie ein Tier durch die Welt gehetzt wird? Niemals! Man muss etwas unternehmen. Wir müssen etwas unternehmen. Ich dachte, du würdest dieses Mördernest vernichten. Vernichte es also und rette ihn.»

«Ich kann dir nicht alles erklären», sagte er begütigend. «Aber das ist Teil des Plans zu seiner Vernichtung. Ich habe es nicht so geplant, es ist mir entglitten. So viel darf ich dir immerhin verraten. Wenn dein Onkel es schafft, sich ihnen ein ganzes Jahr lang zu entziehen, ist er in Sicherheit, dann wird er nie mehr in Gefahr sein. Und ich glaube, dass er seinen Verfolgern so lange aus dem Weg gehen kann. Bis dahin werde ich alles in meiner Macht Stehende tun, um ihm zu helfen, auch wenn seine Anweisungen mich daran hindern, beispielsweise die, in der er verfügt hat, dass unter gar keinen Umständen die Polizei gerufen werden darf.»

«Wenn das Jahr um ist, heirate ich dich», war Grunyas letztes Wort.

«Nun gut. Und fährst du heute noch in die Stadt, oder bleibst du hier?»

«Ich fahre mit dem nächsten Zug.»

«Ich auch.»

«Dann fahren wir gemeinsam», sagte Grunya mit dem ersten Anflug eines Lächelns an dem Morgen.

Hall sollte an dem Tag viel zu bewältigen haben. Nachdem er sich in der Stadt von Grunya verabschiedet hatte, widmete er sich der Erledigung von Dragomiloffs Angelegenheiten und Anweisungen. Der Geschäftsführer von

S. Constantine & Co. misstraute Hall gründlich, trotz des in der Handschrift seines Arbeitgebers verfassten Briefs, den er ihm aushändigte. Und als Hall schließlich Grunya zur Bestätigung anrief, bezweifelte der Geschäftsführer, dass die Person am anderen Ende der Leitung tatsächlich Constantines Nichte war. Also sah Grunya sich veranlasst, persönlich vorbeizukommen und Halls Erklärungen zu beglaubigen.

Anschließend aßen er und Grunya zusammen zu Mittag, woraufhin er allein zu Dragomiloffs Wohnung ging, um sich dort einzurichten. Da er vermutete, dass Grunya nichts von den Räumlichkeiten wusste, in denen der Taubstumme herrschte, hatte Hall sie ausgehorcht und gemerkt, dass er recht gehabt hatte.

Der Taubstumme machte wenig Schwierigkeiten. Indem Hall sich ihm beim Sprechen zuwandte, damit er seine Lippen sehen konnte, merkte er, dass eine Verständigung mit ihm nicht schwieriger war als die mit einem gewöhnlichen Menschen. Der Stumme hingegen musste das, was er Hall mitteilen wollte, aufschreiben. Nachdem er Dragomiloffs Brief von Hall entgegengenommen hatte, hielt er ihn sich sogleich an die Nase und roch lange und sorgfältig daran. Dergestalt von dessen Echtheit überzeugt, akzeptierte er Hall als den vorübergehenden Hausherrn.

An jenem Abend empfing Hall drei Besucher. Der erste, ein rundlicher, leutseliger Mensch mit Koteletten, der sich als Burdwell ausgab, war einer der Agenten der Organisation. Dank der Liste mit den Merkmalen aller Mitglieder identifizierte ihn Hall, wenn auch nicht unter dem Namen, den der ihm genannt hatte.

«Sie heißen nicht Burdwell», sagte Hall.

«Zugegeben», war die Antwort. «Vielleicht können ja Sie mir sagen, wie mein Name lautet.»

«Das kann ich. Er lautet Thompson – Sylvanius Thompson.»

«Kommt mir bekannt vor», war die muntere Antwort. «Vielleicht können Sie mir ja noch mehr sagen.»

«Sie gehören seit fünf Jahren der Organisation an. Sie wurden in Toronto geboren. Sie sind siebenundvierzig Jahre alt. Sie waren Soziologieprofessor an der Barlington University, und Sie wurden zum Rücktritt gezwungen, weil Ihre ökonomischen Lehrmeinungen den Gründer aufbrachten. Sie haben zwölf Aufträge ausgeführt. Soll ich sie für Sie aufzählen?»

Sylvanius Thompson hob warnend die Hand. «Über solche Geschehnisse sprechen wir nicht offen.»

«In diesem Raum sehr wohl», erwiderte Hall.

Der ehemalige Soziologieprofessor bestätigte sogleich die Richtigkeit dieser Aussage. «Sinnlos, sie alle aufzuzählen», sagte er. «Nennen Sie mir den ersten und den letzten, dann weiß ich, dass ich mit Ihnen offen sprechen kann.»

Wieder zog Hall die Liste zurate. «Ihr erster war Sig Lemuels, ein Polizeirichter. Das war Ihre Aufnahmeprüfung. Ihr letzter war Bertram Festle, der angeblich ertrank, als er in Bar Point an Bord seiner Yacht gehen wollte.»

«Sehr gut.» Sylvanius Thompson verstummte, um sich eine Zigarre anzuzünden. «Ich wollte lediglich auf Nummer sicher gehen. Bisher habe ich hier nur den Chef angetroffen, es ist also nicht vorgekommen, dass ich hier mit einem Fremden zu tun hatte. Aber zum Geschäft. Ich hatte schon länger keinen Auftrag mehr, und die Mittel gehen zur Neige.»

Hall zog eine getippte Abschrift von Dragomiloffs Anweisungen hervor und las einen Absatz sorgfältig durch. «Momentan liegt nichts an», sagte er. «Aber hier haben Sie zweitausend Dollar, die Ihnen weiterhelfen werden. Das ist ein Vorschuss auf künftige Aufträge. Halten Sie engen Kontakt, Sie könnten jederzeit gebraucht werden. Die Agentur ist mit einer großen Sache befasst, da wäre es jederzeit möglich, dass alle Mitglieder gerufen werden. Ich bin sogar ermächtigt, Ihnen zu sagen, dass das Leben der Organisation selbst auf dem Spiel steht. Hier, bitte, Ihre Quittung.»

Der ehemalige Professor unterschrieb die Quittung, paffte seine Zigarre und machte keinerlei Anstalten zu gehen.

«Ermorden Sie gern Menschen?», fragte Hall offen.

«Ach, es macht mir nichts aus», antwortete Thompson, «ich kann indes nicht behaupten, dass es mir gefällt. Aber von irgendetwas muss man ja leben. Ich habe eine Frau und drei Kinder.»

«Finden Sie die Art, wie Sie sich Ihren Lebensunterhalt verdienen, richtig?», lautete Halls nächste Frage.

«Gewiss, sonst würde ich es ja nicht tun. Im Übrigen bin ich kein Mörder. Ich bin Henker. Kein Mensch wird von der Agentur je ohne Grund beseitigt – und damit meine ich ohne berechtigten Grund. Nur Erzverbrecher an der Gesellschaft werden beseitigt, wie Sie ja selbst wissen.»

«Ich kann Ihnen wohl sagen, Herr Professor, dass ich sehr wenig darüber weiß. Und das, obwohl ich die Agentur kommissarisch leite und nach strengsten Anweisungen handle. Sagen Sie, legen Sie nicht vielleicht unberechtigtes Vertrauen in Ihren Chef?»

«Ich kann Ihnen nicht folgen.»

«Ich meine, ethisches Vertrauen. Könnte er sich in seinem Urteil vielleicht irren? Könnte er nicht vielleicht zum Beispiel Sie auswählen, um einen Mann zu ermorden – pardon, zu exekutieren –, der kein Erzverbrecher an der Gesellschaft ist oder der womöglich die Missetaten, die ihm zur Last gelegt werden, gar nicht begangen hat?»

«Nein, junger Mann, das ist völlig ausgeschlossen. Wenn mir ein Auftrag angeboten wird – und ich gehe davon aus, dass das auch für die anderen Mitglieder gilt –, bitte ich als Erstes um die Beweise und wäge diese sorgfältig ab. Einmal habe ich bereits einen Auftrag wegen begründeter Zweifel abgelehnt. Gut, ich wurde dann eines Besseren belehrt, aber das Prinzip blieb gewahrt, verstehen Sie? Die Agentur würde kein Jahr überdauern, würde sie nicht unfehlbar auf Rechtmäßigkeit beruhen. Ich jedenfalls könnte meiner Frau nicht mehr in die Augen schauen oder meine unschuldigen Kinder auf den Arm nehmen, müsste ich fürchten, dass es sich mit der Agentur und den Aufträgen, die ich für sie ausführe, anders verhielte.»

Nach dem ehemaligen Professor kam als Nächstes ein fahler und hungrig wirkender Haas, um Fortschritte zu vermelden.

«Der Chef fährt Richtung Chicago», begann er. «Er ist mit seinem Wagen gut durch Albany gekommen und dann mit der ‹New York Central› geflüchtet. Sein Schlafwagenplatz war bis Chicago gebucht. Ich kam zu spät, um mich an seine Fersen zu heften, also habe ich Schwartz hier in der Stadt gekabelt, der dann den nächsten Zug genommen hat. Auch habe ich dem Leiter des Chicagoer Filiale telegraphiert – Sie kennen ihn?»

«Ja: Starkington.»

«Ich habe ihm die Lage geschildert und gesagt, er soll dem Chef zwei Männer hinterherschicken. Dann bin ich nach New York gefahren, um Harrison abzuholen. Wir brechen beide gleich morgen früh nach Chicago auf, falls bis dahin keine Nachricht von Starkington kommt, dass sie ihn erledigt haben.»

«Aber Sie haben Ihre Befugnisse überschritten», wandte Hall ein. «Ich habe selbst gehört, wie Drag... – wie der Chef Ihnen ausdrücklich gesagt hat, dass Schwartz und Harrison Sie unterstützen sollen und dass die Hilfe der übrigen Organisation erst dann angefordert werden soll, wenn Sie zu dritt gescheitert sind, und zwar nach beträchtlicher Zeit. Sie sind aber noch nicht gescheitert. Sie haben noch nicht einmal richtig angefangen.»

«Sie wissen offensichtlich nur wenig über unser System», erwiderte Haas. «Wir haben es immer so gehalten, dass wir, wenn eine Jagd uns in eine andere Stadt führt, die Mitglieder in dieser Stadt anfordern.»

Hall wollte gerade etwas erwidern, als der Taubstumme mit einem Telegramm an Dragomiloff hereinkam. Hall öffnete es und sah, dass es von Starkington war. Er dechiffrierte es und las es dann Haas vor.

«Ist Haas verrückt geworden? Habe Nachricht von Haas erhalten, dass Sie ihn beauftragt haben, Sie zu exekutieren, dass Sie nach Chicago kommen und ich zwei Mann abstellen soll, um Sie zu erledigen. Haas hat noch nie gelogen. Er muss verrückt sein. Er könnte sich als gefährlich erweisen. Regeln Sie das.»

«Genau das hat auch Harrison gesagt, als ich es ihm vor einer knappen Stunde auseinandergesetzt habe», lautete Haas' Kommentar. «Aber ich lüge nicht, und verrückt bin ich auch nicht. Sie müssen das klären.»

Mit Haas' Hilfe verfasste Hall eine Antwort.

«Haas ist weder verrückt, noch lügt er. Was er sagt, ist korrekt. Kooperieren Sie mit ihm wie erbeten.

Winter Hall, kommissarischer Sekretär.»

«Ich schicke es selbst ab», sagte Haas, erhob sich und ging.

Einige Minuten später rief Hall Grunya an, um ihr zu sagen, dass ihr Onkel in Richtung Chicago unterwegs sei. Dem folgte ein Gespräch mit Harrison, der unangemeldet kam, um zu verifizieren, was Haas ihm gesagt hatte, und danach beruhigt wieder ging.

Hall setzte sich, um die Sache allein zu überdenken. Er ließ den Blick über die von Büchern bedeckten Wände und Tische gleiten, worauf ihn wieder das alte Gefühl von Unwirklichkeit überkam. Wir war es möglich, dass es eine Attentatsagentur gab, die aus ethischen Wahnsinnigen bestand? Und wie war es möglich, dass er, der angetreten war, um diese Agentur zu vernichten, sie nun tatsächlich selbst von ihrer Zentrale aus leitete und die Verfolgung und mutmaßliche Tötung des Mannes organisierte, der die Agentur aufgebaut hatte, der Vater der Frau, die er liebte, und den er um dessen Tochter willen retten wollte – wie war das alles nur möglich?

Und wie zum Beweis, dass das alles tatsächlich wahr und wirklich war, traf vom Leiter der Chicagoer Filiale ein zweites Telegramm ein.

«Wer zum Teufel sind Sie?», wurde gefragt.

«Kommissarischer Sekretär, vom Boss eingesetzt», war Halls Antwort.

Einige Stunden später wurde Hall von einem dritten Telegramm aus Chicago geweckt.

«Alles regelwidrig. Verweigere jede weitere Kommunikation mit Ihnen. Wo ist Boss?
                                        Starkington.»

«Boss fort nach Chicago. Überwachen Sie ankommende Züge und lassen Sie sich von ihm Anweisungen an Haas sanktionieren. Es ist mir gleich, ob Sie kommunizieren oder nicht», kabelte Hall zurück.

Um die Mittagszeit des nächsten Tages trafen Starkingtons Depeschen in rascher und dichter Folge ein.

«Habe mit Boss gesprochen. Er sanktioniert alles. Bitte entschuldigen Sie. Er hat mir den Arm gebrochen und ist auf und davon. Habe die vier Chicagoer Mitglieder beauftragt, ihn zu fassen.»

«Gerade ist Schwartz gekommen.»

«Vermute, Boss fährt weiter nach Westen. Kable St. Louis, Denver und San Francisco, dass man nach ihm Ausschau hält. Es könnte teuer werden. Schicken Sie Geld für weitere Auslagen.»

«Dempsey hat drei gebrochene Rippen, rechter Arm gelähmt. Lähmung nicht dauerhaft. Boss entkommen.»

«Boss noch in Chicago, kann ihn aber nicht orten.»

«St. Louis, Denver und San Francisco haben geantwortet. Sie halten mich für verrückt. Würden Sie bitte alles aufklären?»

Diesem letzten Telegramm waren Depeschen von den drei erwähnten Städten vorangegangen; allesamt zweifelten sie an Starkingtons geistiger Zurechnungsfähigkeit, und Hall hatte ihnen dasselbe geantwortet wie zuvor Starkington.

Während dieses Durcheinander noch anhielt, schickte Hall, dem eine Idee gekommen war, Starkington ein Telegramm, mit dem er ein noch größeres Durcheinander anrichtete.

«Verfolgung von Boss stoppen. Berufen Sie eine Konferenz der Chicagoer Mitglieder ein und erwägen Sie dabei folgenden Vorschlag. Urteil der Exekution von Boss regelwidrig. Boss hat Urteil über sich selbst gefällt. Warum? Er muss verrückt sein. Es wird nicht rechtens sein, einen zu töten, der nichts Unrechtes getan hat. Welches Unrecht hat Boss begangen? Wo ist Ihre Sanktionierung?»

Dass das eine harte Nuss war und dass es Chicago die Hände band, ging aus der Antwort hervor.

«Haben es besprochen. Sie haben recht. Urteil von Boss über sich selbst ungültig. Boss hat nichts Unrechtes getan. Werden ihn in Ruhe lassen. Dempseys Arm geht's besser. Alle einig, dass Boss verrückt sein muss.»

Hall jubilierte. Er hatte diese ethischen Wahnsinnigen auf die Spitze ihres Wahnsinns getrieben. Dragomiloff war in Sicherheit.

An dem Abend ging Hall mit Grunya ins Theater und anschließend essen und heiterte sie bezüglich ihres Onkels mit nachdrücklichen Hoffnungen auf. Doch bei seiner Rückkehr erwartete ihn schon ein ganzes Bündel Telegramme.

«Haben Kabel von Chicago erhalten, Suche nach Boss einzustellen. Ihr letztes Kabel widerspricht dem. Was sollen wir daraus folgern?

St. Louis.»

«Chicago storniert Auftrag gegen Boss. Gemäß unseren Regeln wird nie ein Auftrag storniert. Was soll das?

Denver.»

«Wo ist Boss? Warum kommuniziert er nicht mit uns? Mit letztem Kabel ist Chicago von früherer Position abgewichen. Sind jetzt alle verrückt geworden? Oder ist es ein Scherz?

San Francisco.»

«Boss immer noch in Chicago. Hat Carthey in der State Street angesprochen. Wollte Carthey dazu bringen, ihn zu verfolgen. Hat dann Carthey verfolgt und ihn zurechtgewiesen. Carthey sagt, nichts zu machen. Boss sehr zornig. Besteht darauf, dass Mordauftrag ausgeführt wird.

Starkington.»

«Boss später noch einmal Carthey begegnet. Hat ihn grundlos angegriffen. Carthey unverletzt.

Starkington.»

«Boss war da. Hat mir heftige Vorwürfe gemacht. Habe ihm gesagt, Ihre Nachricht habe unsere Haltung verändert. Boss wütend. Ist er verrückt?

Starkington.»

«Ihre Einmischung verdirbt alles. Mit welchem Recht mischen Sie sich ein? Das muss richtiggestellt werden. Was haben Sie vor? Antworten Sie.

Drago.»

«Versuche, das Richtige zu tun. Sie können nicht gegen Ihre eigenen Regeln verstoßen. Mitglieder haben keine Sanktionierung, Tat auszuführen.»

So lautete Halls Antwort.

«Quatsch», war Dragomiloffs letztes Wort an jenem Abend.

8

Erst um elf Uhr am nächsten Morgen erhielt Hall Nachricht von Dragomiloffs nächstem Schritt. Sie kam vom Boss selbst.

«Habe diese Mitteilung an alle Filialen geschickt. Habe sie der Chicagoer Filiale persönlich übergeben, die sie sanktionieren wird. Glaube, unsere Organisation ist im Unrecht. Glaube, ihre bisherige Arbeit war unrecht. Glaube, dass jedes Mitglied, bewusst oder unbewusst, im Unrecht ist. Betrachten Sie dies als Ihre Sanktionierung und tun Sie Ihre Pflicht.»

Schon bald trafen die Kommentare der Filialen bei Hall herein, der sie lächelnd an Dragomiloff weiterleitete. Sie alle stimmten darin überein, dass keinerlei Grund vorlag, den Boss umzubringen.

«Ein Glaube ist kein Verbrechen», schrieb New Orleans zurück.

«Nicht Unrichtigkeit eines Glaubens stellt ein Verbrechen dar, sondern Unaufrichtigkeit eines Glaubens», lautete Bostons Beitrag zu dem Symposion.

«Aufrichtiger Glaube von Boss ist kein Unrecht», schluss-
folgerte St. Louis.

«Aus ethischer Unstimmigkeit folgt noch keine Sanktionierung», verkündete Denver.

Während San Francisco patzig anmerkte:

«Boss sollte sich jetzt einfach von Leitungsposition zurückziehen oder es vergessen.»

Dragomiloff antwortete mit einer weiteren Mitteilung an
alle. Sie lautete:

«Mein Glaube ist dabei, die Form von Taten anzuneh-
men. Da ich Organisation im Unrecht sehe, werde ich
persönlich Organisation zerschlagen. Werde persönlich
Mitglieder vernichten und mich, wenn nötig, an die Polizei wenden. Chicago wird das allen Filialen bestätigen.
Werde Filialen in Kürze noch stärkere Sanktionierung
für das Vorgehen gegen mich liefern.»

Hall wartete gespannt auf die Antworten, wobei er sich ein-
gestand, nicht absehen zu können, was diese Gesellschaft
rechtschaffener Wahnsinniger als Nächstes beschließen
würde. Es zeigte sich, dass die Meinungen auseinandergin-
gen. So schrieb San Francisco:

«Sanktionierung O. K. Erwarten Anweisungen.»

Denver meinte:

«Empfehlen Boss von Chicagoer Filiale, Boss auf Geisteszustand zu untersuchen. Wir haben gute Sanatorien hier.»

New Orleans klagte:

«Sind jetzt alle verrückt geworden? Wir sind ohne ausreichende Informationen. Klärt vielleicht jemand die Sache auf?»

Boston verkündete:

«Müssen in dieser Krise kühlen Kopf bewahren. Vielleicht ist Boss krank. Das muss schlüssig geklärt werden, bevor eine Entscheidung getroffen wird.»

Daraufhin kabelte Starkington den Vorschlag, dass Haas, Schwartz und Harrison nach New York zurückkehren sollten.

Hall erklärte sich damit einverstanden, doch kaum hatte er das Telegramm abgeschickt, gab ein nachfolgendes von Starkington der Lage einen neuen Dreh.

«Soeben wurde Carthey ermordet. Polizei sucht Täter, hat aber keine Anhaltspunkte. Wir glauben, Boss dafür verantwortlich. Bitte an alle Filialen weiterleiten.»

Hall als das Kommunikationszentrum aller Filialen ertrank nun förmlich in einer Flut von Telegrammen.

Vierundzwanzig Stunden später meldete Chicago eine noch bestürzendere Nachricht:

«Schwartz heute Nachmittag um drei erwürgt. Diesmal kein Zweifel, dass Boss der Täter. Polizei hinter ihm her. Wir auch. Ist spurlos verschwunden. An alle Filialen – Augen auf. Ärger absehbar. Handle ohne Sanktionierung durch Filialen, hätte diese aber gern gehabt.»

Und prompt gingen die Sanktionierungen bei Hall ein. Dragomiloff hatte sein Ziel erreicht. Endlich waren die ethischen Wahnsinnigen aufgerüttelt und ihm auf den Fersen.

Hall selbst steckte in einer Zwickmühle und verfluchte seine ethische Veranlagung, die ihn ein einmal gegebenes Versprechen halten ließ. Er war mittlerweile überzeugt, dass Dragomiloff tatsächlich verrückt war, nachdem er aus seinem beschaulichen Leben mit Büchern und Geschäften ausgebrochen und zu einem rasenden Mörder geworden war. Dass er einem Rasenden gleich mehrere Dinge versprochen hatte, führte ihn zu der Frage, ob er unter ethischen Gesichtspunkten das Recht hatte, dieses Versprechen zu brechen. Sein gesunder Menschenverstand sagte ihm, dass er es hatte – das Recht hatte, die Polizei zu informieren, das Recht, die Verhaftung aller Mitglieder der Attentatsagentur zu erwirken, das Recht zu allem, was die Mordorgie, die nun offenbar bevorstand, zu beenden versprach. Doch über seinem gesunden Menschenverstand stand sein Ethos, und zuweilen war er überzeugt davon, dass er selbst genauso wahnsinnig war wie diese Wahnsinnigen, mit denen er es da zu tun hatte.

Seine Verwirrung wurde dadurch noch gesteigert, dass Grunya ihm einen Besuch abstattete, nachdem es ihr gelungen war, mithilfe der Telefonnummer, die er ihr gegeben hatte, seine Adresse herauszufinden.

«Ich bin gekommen, um mich zu verabschieden», waren ihre einleitenden Worte. «Wie komfortabel du es hier hast. Und was für ein seltsamer Diener. Er hat kein Wort mit mir gesprochen.»

«Verabschieden?», fragte Hall. «Fährst du wieder nach Edge Moor?»

Sie schüttelte den Kopf und lächelte leichthin. «Nein, nach Chicago. Ich werde Onkel aufspüren und ihm beistehen, wenn ich es kann. Was war das Letzte, das du von ihm gehört hast? Ist er noch in Chicago?»

«Das Letzte …» Hall zögerte. «Ja, bei der letzten Depesche hatte er Chicago noch nicht verlassen. Aber du kannst ihm nicht beistehen, und es ist unklug, dass du gehst.»

«Ich gehe trotzdem.»

«Lass dir doch raten, Liebste.»

«Erst wenn das Jahr um ist – außer in geschäftlichen Angelegenheiten. Überhaupt wollte ich dir meine kleineren Verpflichtungen überlassen. Ich fahre heute Nachmittag mit dem ‹Twentieth Century›.»

Einwände waren bei Grunya zwecklos, und Hall war viel zu vernünftig, um sich mit ihr zu streiten, daher verabschiedete er sich von ihr, wie es sich für Liebende gehört, und blieb in der Zentrale der Attentatsagentur zurück, um deren irrwitzige Geschäfte zu führen.

In den darauffolgenden vierundzwanzig Stunden geschah nichts Besonderes. Aber dann brach eine Nachrichtenlawine los, ausgelöst von einer Meldung Starkingtons.

«Boss noch hier. Hat heute Harrison den Hals gebrochen. Polizei sieht keine Verbindung mit Schwartz. Erbitte Hilferuf an alle Filialen.»

94

Hall schickte den Ruf an alle und empfing eine Stunde später Folgendes von Starkington:

«Ist ins Krankenhaus eingedrungen und hat Dempsey umgebracht. Hat definitiv die Stadt verlassen. Haas hinter ihm her. St. Louis, seid gewarnt.»

«Rastenaff und Pillsworthy brechen sofort auf», teilte Boston Hall mit.

«Lucoville nach Chicago entsandt», kam von New Orleans.

«Schicken niemanden. Warten auf Eintreffen von Boss», riet St. Louis.

Und dann traf ein flehentliches Telegramm von Grunya aus Chicago ein:

«Hast du aktuelle Neuigkeiten?»

Er antwortete nicht darauf, erhielt aber schon bald ein weiteres von ihr:

«Bitte hilf mir, wenn du etwas weißt.»

Hall antwortete:

«Hat Chicago verlassen. Wahrscheinlich nach St. Louis weiter. Ich komme zu dir.»

Darauf erhielt wiederum er keine Antwort und musste nun über die Flucht des Attentäterbosses grübeln, verfolgt von dessen Tochter und den Attentätern aus vier Städten, auf dem Weg zum Nest der Attentäter, die ihn in St. Louis erwarteten.

Ein weiterer Tag verging und noch einer. Die Vorhut der Verfolger traf in St. Louis ein, aber dort gab es kein Lebenszeichen von Dragomiloff. Haas wurde als vermisst gemeldet. Grunya fand keine Spur ihres Onkels. Nur der Filialleiter blieb in Boston, und er teilte Hall mit, auch er werde kommen, sollte es so weitergehen. In Chicago war nun nur noch Starkington mit seinem gebrochenen Arm.

Aber am Ende weiterer achtundvierzig Stunden schlug Dragomiloff erneut zu. Rastenaff und Pillsworthy waren morgens in St. Louis eingetroffen. Beide wurden, jeweils von einer kleinkalibrigen Kugel durchbohrt, von Männern vom Amt des Leichenbeschauers aus ihrem Schlafwagenabteil geborgen. Die beiden Mitglieder aus St. Louis waren ebenfalls tot. Das berichtete der Leiter dieser Filiale als einziger Überlebender. Haas war wieder aufgetaucht, jedoch ohne eine Erklärung für sein viertägiges Verschwinden. Dragomiloff war erneut in der Versenkung verschwunden. Grunya war untröstlich und bombardierte Hall mit Telegrammen. Der Leiter der Bostoner Filiale teilte mit, er mache sich nun auf den Weg. Ebenso Starkington, trotz seiner Verletzung. San Francisco vermutete Denver als das nächste Ziel des Bosses und schickte als Verstärkung zwei Männer hin, während Denver derselben Ansicht war und seine zwei Männer in Bereitschaft hielt.

Das alles belastete den Notfonds der Agentur erheblich, und Hall wies den diversen Männern getreu seiner Direktiven klaglos eine Summe nach der anderen an. Wenn das in diesem Tempo weiterginge, schloss er, wären sie noch vor Ablauf des Jahres pleite.

Doch dann kehrte Ruhe ein. Da alle Mitglieder nach Westen gefahren waren und dort untereinander in Verbindung standen, gab es für Hall nichts mehr zu tun. Einen Tag lang ertrug er noch die Anspannung und das Nichtstun, dann schloss er die Zentrale der Agentur, nicht ohne finanzielle Vorkehrungen getroffen und dem Taubstummen Anweisungen für die Weiterleitung der Telegramme gegeben zu haben, und kaufte sich eine Fahrkarte nach St. Louis.

9

In St. Louis fand Hall die Lage unverändert vor. Dragomiloff war nicht wieder aufgetaucht, und jeder wartete darauf, dass etwas passierte. Hall nahm an einer Sitzung bei Murgweather teil. Murgweather war der Leiter der Filiale von St. Louis und bewohnte mit seiner Familie einen komfortablen Bungalow in der Vorstadt. Alle saßen schon beisammen, als Hall eintraf, und sofort erkannte er Haas, die schmale Flamme von einem Mann, und Starkington erkannte er daran, dass er den Arm geschient in einer Schlinge trug.

«Wer ist der Mann?», fragte Lucoville, das Mitglied aus New Orleans, als Hall vorgestellt wurde.

«Kommissarischer Sekretär der Agentur», erklärte ihm Murgweather.

«Das ist mir viel zu irregulär», blaffte Lucoville zurück. «Der gehört nicht zu uns. Er hat keinen getötet. Er hat keine einzige Prüfung der Organisation abgelegt. Es ist nicht nur unerhört, dass er bei uns auftaucht, seine Anwesenheit ist für Männer, die einer solch gefährlichen Berufung nachgehen, auch eine Bedrohung. Und in dem Zusammenhang möchte ich auf zwei Dinge hinweisen. Erstens ist er uns allen durch seinen Ruf bekannt. Über sein Wirken in der Welt weiß ich nichts Nachteiliges zu sagen. Ich habe seine Bücher mit Interesse und, wenn ich das sagen darf, Gewinn gelesen. Seine Beiträge zur Soziologie sind originär und originell. Andererseits ist er aber auch Sozialist. Man nennt ihn den ‹Sozialistenmillionär›. Was bedeutet das? Es bedeutet, dass er keinen Bezug zu uns und zu unseren Verhaltensgrundsätzen hat. Es bedeutet, dass er eine blinde Kreatur des Gesetzes ist. Das Gesetz ist sein Fetisch. Er kriecht im Sumpf der Unwissenheit herum und betet das Gesetz an. Für ihn sind wir, die wir über dem Gesetz stehen, Erzverbrecher wider das Gesetz. Daher verheißt seine Anwesenheit für uns nichts Gutes. Er wird uns um seines Fetischs willen zwangsläufig vernichten. Das liegt nur in der Natur der Sache. Er steht unter dem Diktat seines persönlichen und philosophischen Naturells.

Und zweitens fällt auf, dass er ausgerechnet jetzt, in dieser Krise der Organisation, bei uns eingedrungen ist. Wer hat für ihn gebürgt? Wer hat ihn in unsere Geheimnisse eingeweiht? Nur einer, nämlich der Boss, derjenige, der jetzt wild entschlossen ist, uns zu vernichten, der schon sechs unserer Mitglieder getötet hat und der droht, uns der Polizei zu melden. Es sieht nicht gut aus, gar nicht gut, weder für ihn noch für uns. Er ist der Feind in unseren eigenen Reihen. Ich schlage vor, ihn zu beseitigen …»

«Verzeihen Sie, mein lieber Lucoville», unterbrach ihn Murgweather. «Die Diskussion ist fehl am Platz. Mr. Hall ist mein Gast.»

«Wir haben alle den Kopf in der Schlinge», entgegnete das Mitglied aus New Orleans. «Gast hin oder her, es ist jetzt nicht die Zeit für Artigkeiten. Der Mann ist ein Spion. Er ist gewillt, uns zu vernichten. Das sage ich ihm hier ins Gesicht. Was hat er uns mitzuteilen?»

Hall ließ den Blick über das Rund misstrauischer Ge-

sichter schweifen und bemerkte, dass mit Ausnahme Lucovilles keiner aufgebracht war. Ja, sie waren wahrhaft verrückte Philosophen.

Murgweather unternahm einen Vermittlungsversuch,
wurde jedoch überstimmt.

«Was haben Sie uns zu sagen, Mr. Hall?», fragte Hanover, der Chef der Bostoner Filiale.

«Wenn Sie gestatten, dass ich mich setze, so antworte ich
Ihnen gern», erwiderte Hall.

Von allen Seiten regnete es Entschuldigungen, und er
wurde in einen großen Sessel platziert, den man in das
Rund hereingezogen hatte.

«Meine Antwort wird, wie die Anschuldigungen, aus
zwei Punkten bestehen», begann er. «Zum Ersten bin ich
tatsächlich gewillt, Ihre Organisation zu vernichten.»

Diese Erklärung wurde mit höflichem Schweigen quit-
tiert, und Hall kam der Gedanke, dass sie als Philosophen
und Verrückte immerhin konsequent waren. Ihre Gesichter verrieten keinerlei Gefühlsregung. Während seiner ganzen weiteren Ausführungen verharrten sie in gelehrtenhaf-
ter Aufmerksamkeit. Sogar Lucovilles Zornesausbruch
war rasch abgeflaut, und er saß nun ebenso ruhig da wie
die Übrigen.

«Warum ich gewillt bin, Ihre Organisation zu zerstören,
ist für den Moment ein zu weites Feld, um damit zu beginnen», fuhr Hall fort. «Vielleicht darf ich en passant
aber erwähnen, dass ich für das stark veränderte Verhalten
Ihres Bosses verantwortlich bin. Als ich merkte, was für
ein extremer Ethiker er war, gleich Ihnen allen, zahlte ich
ihm fünfzigtausend Dollar, womit er einen Auftrag gegen
sich selbst annahm. Ich lieferte ihm eine Sanktionierung,

natürlich eine ethische, und die Ausführung des Auftrags übertrug er in meinem Beisein Mr. Haas. Ist das richtig, Mr. Haas?»

«Ja.»

«Und in meinem Beisein hat der Boss Sie über meine Einsetzung als Sekretär informiert. Ist das richtig?»

«Ja.»

«Jetzt komme ich zum zweiten Punkt. Warum hat der Boss mir die Leitung der Agenturzentrale anvertraut? Die Antwort ist schlichtweg der Kern der Sache. Er wusste, dass meine Ethik wenigstens halb so wahnhaft ist wie die Ihre. Er wusste, dass es mir unmöglich sein würde, mein Wort zu brechen. Das habe ich mit meiner nachfolgenden Arbeit unter Beweis gestellt. Ich habe das Amt des kommissarischen Sekretärs nach besten Kräften ausgefüllt. Ich habe sämtliche Telegramme, alle die Gemeinschaft betreffenden Anrufe und Anweisungen weitergeleitet. Ich habe alle Bitten um Geld gewährt. Dies werde ich, wie vereinbart, auch in Zukunft tun, wenngleich ich alles, wofür Sie stehen, aus ethischen Gesichtspunkten verabscheue und mir davor graut. Ich tue, was ich für richtig halte. Ist das richtig?»

Die Pause, die darauf folgte, währte nur kurz. Lucoville erhob sich, ging zu ihm hin und reichte ihm ernst die Hand. Die anderen taten es ihm nach. Dann brachte Starkington die Bitte vor, man möge Dempseys Witwe sowie Harrisons Witwe und seinen Kindern aus dem Notfonds der Agentur eine angemessene Unterstützung zukommen lassen. Darüber gab es keine großen Diskussionen, und sowie die Summen festgelegt waren, schrieb Hall die Schecks aus und übergab sie Murgweather zur Weiterleitung.

Als Nächstes wurde die Frage der Krise angesprochen und wie mit dem abtrünnigen Boss am besten zu verfahren sei. Daran beteiligte Hall sich nicht, sodass er, zurückgelehnt in seinen Sessel, diese wunderlichen Verrückten beobachten und eingehend studieren konnte. Es waren ihrer sieben, und mit Ausnahme von Haas und Lucoville wirkten sie allesamt wie gelehrte Herren mittleren Alters aus dem Bürgertum. Er konnte sich nicht zu der Erkenntnis durchringen, dass sie samt und sonders kaltblütige Mörder waren, Auftragskiller. Ebenso unglaublich schien es, dass sie, die so gelassen dasaßen, Überlebende eines tödlichen Krieges waren, der gegen sie geführt wurde. Die Hälfte der Organisation war schon tot. Hanover war der einzige Überlebende aus Boston, Haas der aus New York, Starkington der aus Chicago und Murgweather, ihr backenbärtiger Gastgeber, der aus St. Louis.

«Ihr letztes Buch hat mir gut gefallen», flüsterte Halls Gastgeber ihm in einer Pause, sich zu ihm hinüberneigend, zu. «Ihre Argumentation für eine Gesellschaftsordnung auf der Basis von Fleiß im Gegensatz zu einer auf der Basis von Fertigkeit war unanfechtbar. Aber nach meinem Dafürhalten waren Ihre Ausführungen über das Gesetz des sinkenden Grenzertrags[18] eher dürftig. Da habe ich noch ein Hühnchen mit Ihnen zu rupfen.»

Und dieser Mann war ein Attentäter! – Sie alle waren Attentäter! Hall konnte es sich nur erklären, indem er sie alle als Wahnsinnige begriff. Und nach dem Treffen, auf der Fahrt mit der elektrischen Straßenbahn in die Stadt, saß er neben Haas und hörte in der Unterhaltung mit ihm zu seiner Verblüffung, dass dieser früher einmal Professor für Griechisch und Hebräisch gewesen war. Lucoville hatte sich als Experte für Orientalistik entpuppt. Hanover war, wie er erfuhr, einmal Rektor eines der exklusivsten Internate Neuenglands gewesen, während Starkington sich als ehemaliger Herausgeber einer Zeitung von erheblichem Renommee erwies.

«Aber warum sind Sie eigentlich zu dieser Lebensform übergewechselt?», fragte Hall.

Sie saßen außen auf der Plattform der Bahn, die inzwischen das Hotelviertel erreicht hatte. Die Theatervorstellungen waren gerade zu Ende, und die Gehsteige quollen über vor Menschen.

«Weil es rechtens ist», antwortete Haas, «und weil es sich damit besser lebt als mit Griechisch und Hebräisch. Könnte ich mein Leben noch einmal ...»

Doch Hall sollte das Ende dieses Satzes nicht mehr hören. Die Straßenbahn hielt gerade an einer Kreuzung, und Haas war plötzlich wie elektrisiert von etwas, was er gesehen hatte. Mit blitzenden Augen und ohne ein weiteres Wort oder eine Geste des Abschieds sprang er vom Waggon und verschwand in der wogenden Menge.

Am darauffolgenden Vormittag begriff Hall. In der Zeitung war die effekthascherische Schilderung eines rätselhaften Mordversuchs zu lesen. Haas lag mit durchlöcherter Lunge im Krankenhaus. Die Untersuchung der Ärzte hatte ergeben, dass er sein Leben einer Fehlstellung seines Herzens verdankte. Wäre es da gewesen, wo es eigentlich hätte liegen sollen, so der Zeitungsbericht, dann wäre es von der Kugel beziehungsweise dem Geschoss durchbohrt worden. Aber rätselhaft war etwas ganz anderes. Niemand hatte einen Schuss gehört. Haas war inmitten einer dichten Menschenmenge unvermittelt niedergesackt. Eine Frau, die in dem Gedränge gegen ihn gedrückt wurde, hatte ausgesagt, sie habe, kurz bevor er zu Boden ging, ein schwaches, wenn auch scharfes metallisches Klicken gehört. Ein Mann, der sich vor ihm befunden hatte, glaubte ebenfalls, das Klicken gehört zu haben, war sich aber nicht ganz sicher.

«Die Polizei steht vor einem Rätsel» – berichtete die Zeitung –, «ebenso das Opfer, das nicht von hier ist. Der Mann behauptet, niemanden zu kennen, der ihm nach dem Leben trachten wolle. Auch erinnert er sich nicht, das Klicken gehört zu haben. Er habe nur einen heftigen Stoß gespürt, als das merkwürdige Geschoss in ihn eindrang. Sergeant O'Connell glaubt, bei der Waffe müsse es sich um ein Luftgewehr gehandelt haben, was aber von Polizeichef Randall, der angibt, sich mit Luftgewehren auszukennen, bestritten wird, da eine solche Waffe in einer dichtgedrängten Menge nicht unbemerkt zum Einsatz kommen könne.»

«Das war zweifellos der Boss», versicherte Murgweather Hall wenige Minuten später. «Er ist noch da. Würden Sie bitte Denver, San Francisco und New Orleans davon in Kenntnis setzen? Diese Waffe ist eine Erfindung des Bosses. Er hat sie mehrmals Harrison geliehen, und der hat sie nach Gebrauch immer zurückgegeben. Eine Druckluftkammer wird unterhalb des Arms an den Körper geschnallt, oder wo sie eben am günstigsten sitzt. Der Entladungsmechanismus ist nicht größer als eine Spielzeugpistole und kann leicht in der Hand verborgen werden. Von nun an müssen wir sehr vorsichtig sein.»

«Ich bin nicht gefährdet», antwortete Hall. «Ich bin nur der kommissarische Sekretär und auch kein Mitglied.»

«Ich freue mich, dass Haas wieder genesen wird», sagte Murgweather. «Er ist ein höchst schätzenswerter Mann und ein echter Gelehrter. Ich hege die größte Bewunderung für seinen Intellekt, auch wenn er zuweilen ein wenig zu ernst ist, und ich fürchte, es bereitet ihm ein gewisses Vergnügen, Menschen umzubringen.»

«Ihnen nicht auch?», fragte Hall unvermittelt.

«Nein, und auch sonst keinem von uns, ausgenommen Haas. Er hat das entsprechende Naturell. Glauben Sie mir, Mr. Hall, auch wenn ich meine Aufträge für die Agentur getreulich erledigt habe und trotz meiner ethischen Überzeugung von der Richtigkeit der Taten, habe ich noch keine Hinrichtung ohne gewisse Skrupel ausgeführt. Ich weiß, es ist töricht, aber ich kann sie nicht überwinden. Bei meinem ersten Fall wurde mir sogar richtiggehend übel. Ich habe eine Abhandlung über das Thema verfasst, die natürlich nicht zur Veröffentlichung bestimmt ist, aber ein hochinteressantes Studiengebiet. Wenn Sie mögen, ich würde mich freuen, wenn Sie mich eines Abends einmal besuchen kämen und einen Blick darauf werfen würden, was ich geschrieben habe.»

«Danke, das werde ich tun.»

«Es ist schon eine merkwürdige Angelegenheit», fuhr Murgweather fort. «Die Heiligkeit des Menschenlebens ist ein gesellschaftliches Konzept. Der primitive Naturmensch hatte nie Skrupel, seinen Mitmenschen zu töten. Theoretisch sollte auch ich keine haben. Und dennoch habe ich sie. Die Frage ist: Wie entstehen sie? Hat die lange Entwicklung hin zur Zivilisation dieses Konzept den Gehirnzellen unserer Spezies eingekerbt? Oder liegt es an meiner Prägung in Kindheit und Adoleszenz, bevor ich zu einem mündig denkenden Wesen wurde? Oder liegt es womöglich an beidem? Es ist schon sehr merkwürdig.»

«Ganz gewiss», antwortete Hall trocken. «Aber was wollen Sie nun mit dem Boss machen?»

«Ihn töten. Etwas anderes bleibt uns nicht übrig, und sicherlich müssen wir dabei unser Recht auf Leben geltend machen. Allerdings ist das eine neue Situation für uns. Bislang waren sich die Männer, die wir beseitigten, der Gefahr, in der sie schwebten, nicht bewusst. Auch haben sie uns nie verfolgt. Der Boss hingegen kennt unsere Absicht, und überdies tötet er uns. Wir waren noch nie die Gejagten. Jedenfalls hatte er bisher mehr Glück als wir. Aber ich muss los. Ich bin um Viertel nach mit Hanover verabredet.»

«Aber haben Sie denn keine Angst?», fragte Hall.

«Wovor?»

«Dass der Boss Sie tötet?»

«Nein, das wäre nicht so schlimm. Sehen Sie, ich bin gut versichert, und durch mein Exempel habe ich eine weitverbreitete Vorstellung widerlegt, dass nämlich einer, der viele Menschen umgebracht hat, größere Angst zu sterben hat. Das stimmt aber nicht. Ich habe es bewiesen. Mit jedem, dem ich den Tod gebracht habe – laut meiner Zählung waren es achtzehn –, ist mir der Tod ein wenig leichter erschienen. Die Skrupel, von denen ich gesprochen habe, sind die Skrupel des Lebens. Sie gehören zum Leben, nicht zum Tod. Ich habe zu diesem Thema ein paar separate Gedanken niedergeschrieben. Falls Sie einen Blick darauf werfen wollen ...»

«Ja, gern», versicherte Hall ihm.

«Dann also bis heute Abend. Sagen wir um elf. Sollte ich von dieser Verpflichtung aufgehalten werden, lassen Sie sich in mein Arbeitszimmer führen. Ich werde Ihnen das Manuskript wie auch die Abhandlung auf den Lesetisch legen. Lieber wäre es mir, wenn ich sie Ihnen vorlesen könnte, aber falls ich verhindert bin, notieren Sie alle kritischen Einwände, die Ihnen dazu einfallen.»

10

«Ich weiß, du verschweigst mir so einiges, und ich verstehe nicht, warum. Du bist doch sicher bereit, mir zu helfen, Onkel Sergius zu retten?» Grunyas letzter Satz klang flehentlich, und ihre Augen waren warm von der goldenen Glut, die ausnahmsweise einmal nicht Halls Herz erreichte.

«Onkel Sergius hat offenbar nicht viel an Rettung nötig», murmelte er finster.

«Was willst du denn jetzt damit sagen?», rief sie aus, sogleich misstrauisch geworden.

«Nichts, nichts, sei versichert, nur dass er bis jetzt entkommen ist.»

«Aber woher willst du denn wissen, dass er entkommen ist?», hakte sie nach. «Könnte er nicht schon tot sein? Seit er Chicago verlassen hat, hat man nichts mehr von ihm gehört. Woher willst du wissen, dass diese Rohlinge ihn nicht getötet haben?»

«Man hat ihn hier in St. Louis gesehen …»

«Aha!», unterbrach sie ihn aufgebracht. «Ich wusste doch, du verschweigst mir etwas! Sei jetzt ehrlich!»

«Ja», gestand Hall. «Aber auf Anweisung deines Onkels hin. Glaub mir, du kannst ihm von keinerlei Nutzen sein. Du würdest ihn nicht einmal finden. Es wäre klug, wenn du nach New York zurückkehren würdest.»

Über eine Stunde lang forschte sie ihn noch aus, während er sie vergebens beschwor, danach trennten sie sich in wechselseitiger Gereiztheit.

Um Punkt elf drückte Hall die Klingel an Murgweathers Bungalow. Ein etwas verschlafenes Dienstmädchen von vierzehn oder fünfzehn, anscheinend aus dem Schlaf gerissen, ließ ihn ein und führte ihn in Murgweathers Arbeitszimmer.

«Er ist da drin», sagte sie, öffnete die Tür und ging.

Am anderen Ende des Zimmers, teilweise im Licht einer Leselampe, aber mehr im Schatten, saß Murgweather am Tisch, auf dem seine verschränkten Arme ruhten und auf diesen wiederum sein geneigter Kopf. «Wohl eingeschlafen», dachte Hall im Näherkommen. Er sprach ihn an, fasste ihn an der Schulter, doch keine Reaktion. Er fühlte dem freundlichen Attentäter die Hand, sie war kalt. Ein Fleck auf dem Boden und eine Perforation der Hausjacke unterhalb der Schulter sagten alles. Murgweathers Herz saß an der richtigen Stelle. Ein offenes Fenster unmittelbar dahinter gab Aufschluss darüber, wie die Tat ausgeführt worden war.

Hall zog den Stapel Manuskripte unter den Armen des Toten hervor. Er war umgebracht worden, während er das gerade von ihm Geschriebene durchsah. *Einige beiläufige Gedanken über den Tod* lautete der Titel; Hall suchte weiter, bis er die Abhandlung gefunden hatte: *Eine vorläufige Erklärung bestimmter eigentümlicher Wesenszüge.*

Es wäre für Murgweathers Familie gar nicht gut, wenn solch belastendes Material bei der Leiche gefunden würde, dachte Hall. Er verbrannte alles im Kamin, drehte die Lampe herunter und schlich leise aus dem Haus.

Am folgenden Morgen erzählte ihm Starkington in seinem Zimmer davon, aber erst am Nachmittag brachten die Zeitungen die Nachricht. Hall bekam es mit der Angst zu tun. Man hatte die kleine Bedienstete verhört, und dass sie ihre verschlafenen Augen doch gut genutzt hatte, zeigte sich in ihrer hervorragenden Beschreibung des Besuchers, den sie am Vorabend um elf Uhr eingelassen hatte. Die von ihr genannten Details waren nahezu photographisch exakt. Hall stand abrupt auf und betrachtete sich im Spiegel. Ein Irrtum war ausgeschlossen. Das Spiegelbild, das er da vor sich sah, entsprach genauestens dem Mann, nach dem die Polizei fahndete. Bis hin zur Krawattennadel war er es.

Er durchwühlte rasch sein Gepäck und zog Dinge an, mit denen er sich so unähnlich wie nur möglich war. Dann schlüpfte er aus dem Seiteneingang des Hotels und in ein Taxi, wonach er etliche Geschäfte aufsuchte und sich von Kopf bis Fuß neu einkleidete.

Zurück im Hotel, sah er, dass ihm gerade noch die Zeit blieb, um einen Zug nach Westen zu erreichen. Zum Glück erwischte er noch Grunya am Telefon, um sie über seine Abreise zu informieren. Auch gestattete er sich die Vermutung, dass Dragomiloffs nächster Auftritt in Denver stattfinden würde, und riet ihr, nachzukommen.

Endlich im Zug und jenseits der Stadtgrenzen, atmete er leichter und vermochte die Lage ruhiger zu überdenken. Auch er, befand er, war nun auf dem Pfad des Abenteuers, und auf einem irrwitzig verschlungenen dazu. Hatte er anfangs die Absicht gehabt, die Attentatsagentur zur Strecke zu bringen und zu vernichten, war in die Tochter von deren Chef verliebt, war kommissarischer Sekretär der

Agentur geworden und wurde nun polizeilich gesucht, wegen Mordes an einem der Mitglieder, der in Wahrheit vom Boss der Agentur getötet worden war. «Mir reicht's vorerst mit praktischer Soziologie», sagte er bei sich. «Wenn ich das hinter mir habe, beschränke ich mich auf die Theorie. Dann gibt's nur Stubensoziologie.»

Im Depot in Denver wurde er von einem traurigen Harkins begrüßt, dem Leiter der dortigen Filiale. Erst als sie in seinem Automobil saßen und stadtauswärts sausten, rückte Harkins mit dem Grund seiner Trauer heraus. «Warum haben Sie uns nicht gewarnt?», sagte er vorwurfsvoll. «Sie haben ihn entwischen lassen, und wir waren so sicher, dass mit ihm schon in St. Louis abgerechnet würde, dass wir nicht vorbereitet waren.»

«Dann ist er also hier?»

«Hier? Großer Gott! Ehe wirs uns versahen, waren zwei erledigt ... Bostwick, der wie ein Bruder für mich war, und Calkins aus San Francisco. Und nun ist auch Harding verschwunden, der andere aus San Francisco. Es ist furchtbar.» Er verstummte erschauernd. «Bostwick und ich waren gerade eine Viertelstunde vorher auseinandergegangen, als es geschah. Er war so munter und fröhlich. Und erst sein kleines Zuhause, das so von Liebe erfüllt war! Seine gute Frau ist untröstlich.» Tränen liefen Harkins über die Wangen, sie machten ihn richtiggehend blind, sodass er langsamer fahren musste. Hall war neugierig. Hier hatte er einen neuartigen Wahnsinnigen vor sich, einen sentimentalen Attentäter.

«Aber warum ist das denn so furchtbar?», fragte er. «Sie haben doch anderen auch den Tod gebracht. Das ist doch in allen Fällen dasselbe Phänomen.»

«Aber hier ist es anders. Er war mein Freund, mein Kamerad.»

«Wahrscheinlich hatten auch andere, die Sie getötet haben, Freunde und Kameraden.»

«Aber wenn Sie ihn in seinem kleinen Haus gesehen hätten», jammerte Harkins weiter. «Er war ein vorbildlicher Ehemann und Vater. Er war ein guter Mann, ein ganz hervorragender Mann, ein Heiliger, so friedfertig, er hätte keiner Fliege etwas zuleide getan.»

«Aber was ihm widerfahren ist, war doch nur das, was er auch anderen hat widerfahren lassen», wandte Hall ein.

«Nein, nein, das ist etwas ganz anderes!», rief Harkins hitzig aus. «Wenn Sie ihn nur gekannt hätten. Ihn zu kennen hieß, ihn zu lieben. Jeder liebte ihn.»

«Zweifellos auch seine Opfer?»

«Ja – hätten sie die Gelegenheit dazu gehabt, sie hätten ihn zwangsläufig auch geliebt», erklärte Harkins vehement. «Wenn Sie nur wüssten, wie viel Gutes er getan hat, und das fortwährend. Seine vierbeinigen Freunde liebten ihn. Sogar die Blumen liebten ihn. Er war Präsident des Tierschutzverbandes. Er war der tatkräftigste unter den Anti-Vivisektionisten[19]. Er für sich genommen war schon eine Institution zur Verhinderung von Grausamkeit gegen Tiere.»

«Bostwick ... Charles N. Bostwick», murmelte Hall. «Ja, ich erinnere mich. Mir sind einige seiner Zeitschriftenartikel aufgefallen.»

«Wer kennt ihn nicht?», fiel Harkins ekstatisch ein und brach gleich wieder ab, um sich die Nase zu schnäuzen. «Er war eine gewaltige Kraft des Guten, eine gewaltige

Macht des Guten. Wenn es ginge, ich würde auf der Stelle freudig mit ihm tauschen, nur damit er wieder auf der Welt ist.»

Von seiner Liebe zu Bostwick einmal abgesehen, erlebte Hall ihn als einen lebhaften, intelligenten Mann. Er hielt vor einem Telegraphenamt an.

«Ich habe ihnen gesagt, sie sollen mir alle Nachrichten vom Vormittag zurücklegen», erklärte er beim Aussteigen.

Eine Minute später war er wieder da, und gemeinsam entschlüsselten sie mithilfe des Geheimcodes das Telegramm, das er erhalten hatte. Es stammte von Harding und war in Odgen abgeschickt worden. Es lautete:

«Nach Westen. Boss an Bord. Warte auf Gelegenheit. Werde es schaffen.»

«O nein», wandte Hall ein. «Der Boss wird Harding kriegen.»

«Harding ist ein kräftiger, aufgeweckter Bursche», versicherte Harkins.

«Ich sage Ihnen, ihr macht euch gar nicht klar, mit wem ihr es da zu tun habt.»

«Wir sind uns darüber im Klaren, dass das Leben der Organisation auf dem Spiel steht und dass wir es mit einem abtrünnigen Boss zu tun haben.»

«Wäre euch die Lage wirklich klar, dann würdet ihr euch einen hohen Baum suchen, hinaufklettern und die Organisation in die Binsen gehen lassen.»

«Aber das wäre doch grundverkehrt», protestierte Harkins ernst.

Hall warf verzweifelt die Hände in die Luft.

«Um doppelt sicher zu gehen», fuhr der andere fort, «werde ich den Kameraden in St. Louis unverzüglich sagen, dass sie kommen sollen. Falls Harding scheitert ...»

«Was er wird.»

«Fahren wir weiter nach San Francisco. Inzwischen ...»

«Inzwischen bringen Sie mich bitte zurück zum Bahnhof», unterbrach ihn Hall mit einem Blick auf die Uhr. «Dort geht bald ein Zug nach Westen. Wir treffen uns in San Francisco, im ‹St. Francis Hotel›, falls Sie nicht vorher dem Boss über den Weg laufen. Sollte das der Fall sein ... nun, dann leben Sie wohl, für jetzt und immerdar.»

Vor Abfahrt des Zuges blieb Hall noch Zeit, eine Nachricht an Grunya zu schreiben, die Harkins ihr im Zug übergeben sollte. Darin teilte er ihr mit, dass ihr Onkel seine Flucht nach Westen fortsetzte, und empfahl ihr, in San Francisco im «Fairmont Hotel» abzusteigen.

11

In Reno, Nevada, wurde Hall eine Depesche überbracht. Sie stammte von dem sentimentalen Attentäter aus Denver.

«Mann in Winnemucca in Stücke gerissen. Muss sich um Boss handeln. Sofort zurückkommen. Alle Mitglieder nach Denver. Müssen uns neu organisieren.»

Doch Hall grinste nur und fuhr in seinem Zug weiter nach Westen. Seine gekabelte Antwort lautete:

«Lieber Leiche identifizieren. Haben Sie Dame Brief übergeben?»

Drei Tage später, im «St. Francis Hotel», hörte Hall erneut vom Leiter des Büros in Denver. Dieses Telegramm kam aus Winnemucca, Nevada.

«Mein Fehler. Es war Harding. Boss sicher unterwegs nach San Francisco. Dortige Zweigstelle informieren. Komme auch. Brief abgeschickt. Dame im Zug geblieben.»

Doch in San Francisco fand Hall keine Spur von Grunya. Auch Breen und Alsworthy, die beiden dortigen Mitglieder, konnten ihm nicht weiterhelfen. Hall fuhr sogar nach Oakland und machte den Schlafwagen ausfindig, in dem sie gereist war, sowie den schwarzen Schaffner des Waggons. Kaum in San Francisco angekommen, war sie sogleich verschwunden.

Nach und nach trafen die Attentäter ein – Hanover aus Boston, Haas, der Hungrige mit dem Herzen am falschen Fleck, Starkington aus Chicago, Lucoville aus New Orleans, John Gray aus New Orleans und Harkins aus Denver. Zusammen mit den Leuten aus der Filiale von San Francisco waren sie insgesamt acht. Mehr hatten innerhalb der Vereinigten Staaten nicht überlebt. Wie sie alle wohl wussten, zählte Hall nicht. Zwar war er der kommissarische Sekretär der Organisation, der die Mittel auszahlte und die Telegramme versandte, aber er gehörte nicht zu ihnen, und so war sein Leben auch nicht von ihrem verrückten Führer bedroht.

Was Hall in der Ansicht bestärkte, dass sie allesamt wahnsinnig waren, war die gleichbleibende Freundlichkeit, die sie ihm entgegenbrachten, und das Vertrauen, das sie in ihn setzten. Sie wussten, dass er die Ursache ihrer Schwierigkeiten war, sie wussten, dass er es auf die Vernichtung der Attentatsagentur abgesehen und fünfzigtausend Dollar für den Tod ihres Bosses bezahlt hatte, und dennoch schenkten sie Hall ihre Anerkennung für das, was er als sein rechtmäßiges Vorgehen betrachtete, und für den besonderen Zug ethischen Wahns, der irgendwo in seinem Inneren brannte und ihn veranlasste, ihnen mit Fairness zu begegnen. Er hinterging sie nicht. Er verwaltete ihre Gelder ordnungsgemäß, und er erledigte sämtliche Pflichten als kommissarischer Sekretär zu ihrer Zufriedenheit.

Haas ausgenommen, der trotz seiner Griechisch- und Hebräischkenntnisse in seiner Mordlust zu sehr einem Tiger glich, musste Hall diese hochgelehrten Irren einfach mögen, die aus der Ethik einen Fetisch gemacht hatten und ihre Mitmenschen mit derselben Kühle und Zielstrebigkeit umbrachten, mit der sie mathematische Probleme lösten, Übersetzungen von Hieroglyphen anfertigten oder chemische Analysen in den Teströhrchen ihrer Labore durchführten. Am meisten mochte er John Gray. Der stille Engländer, in Erscheinung und Gebaren ein Landedelmann, hatte radikale Ansichten über die Funktion des Dramas. Während der Wochen des Wartens, als es weder von Dragomiloff noch Grunya ein Zeichen gab, gingen Gray und Hall häufig ins Theater, und für Hall erwies sich ihre Freundschaft als literarische Erziehung. Während dieser Zeit vertiefte Lucoville sich in Korbflechterei, wobei er sich in besonderem Maße dem wiederkehrenden Drei-Fische-Muster widmete, das in den Körben der Ukiah-Indianer so weitverbreitet war. Harkins malte Aquarelle von Blättern, Moosen, Gräsern und Farnen im Stil der japanischen Tradition. Breen, ein Bakteriologe, setzte seine langjährigen Forschungen über den Parasiten des Maiszünslers fort. Alsworthys Hobby war die drahtlose Telefonie, und er teilte sich mit Breen ein Labor in der Mansarde. Hanover, der unverzüglich die städtischen Bibliotheken aufsuchte, umgab sich mit wissenschaftlichen Werken und arbeitete am vierzehnten Kapitel eines gewichtigen Bandes, dem er den Titel *Physische Zwänge der Farbästhetik* gegeben hatte. Eines warmen Nachmittags las er Hall das erste und das dreizehnte Kapitel vor, wovon dieser sogleich einschlief.

Die beiden Monate der Untätigkeit hätte es nicht gegeben und die Attentäter wären in ihre Heimatstädte zurückgekehrt, wären sie nicht von einer wöchentlichen Botschaft Dragomiloffs zum Bleiben veranlasst worden. Regelmäßig jeden Sonntagabend wurde Alsworthy angerufen, und durch die Leitung hörte er die unverwechselbare, ton- und farblose Stimme des Bosses. Beharrlich wiederholte er die eine Aufforderung, die überlebenden Mitglieder der Attentatsagentur sollten die Organisation auflösen. Hall, der bei einer ihrer Sitzungen zugegen war, unterstützte den Vorschlag. Sie aber hörten ihm nur aus Höflichkeit zu, war er doch keiner von ihnen, und zudem stand er mit der Meinung, die er bekundete, allein da.

Wie sie es sahen, gab es keinerlei Möglichkeit für sie, ihren Eid zu brechen. Gegen die Regeln der Agentur war noch nie verstoßen worden. Nicht einmal Dragomiloff hatte dies getan. In strenger Befolgung der Regeln hatte er Halls fünfzigtausend Dollar angenommen, sich selbst und sein Handeln als gesellschaftlich schädlich eingestuft, das Urteil über sich gesprochen und Haas auserwählt, das Urteil zu vollstrecken. Wer seien sie denn, fragten sie, dass sie sich weniger rechtmäßig als ihr Boss verhielten. Eine Organisation aufzulösen, die sie für gesellschaftlich gerechtfertigt hielten, wäre ein ungeheuerliches Unrecht. Wie Lucoville sagte: «Das würde jeder Moral Hohn sprechen und uns auf die Ebene der Tiere stellen. Sind wir etwa Tiere?»

«Nein! Nein! Nein!», hatten da die Mitglieder leidenschaftlich gerufen.

«Sie sind doch alle wahnsinnig», erklärte Hall. «Genauso wahnsinnig wie Ihr Boss.»

«Alle Moralisten werden für wahnsinnig erklärt», erwiderte Breen. «Vielmehr, um genau zu sein, von der breiten Masse ihres jeweiligen Zeitalters. Kein der Verachtung unwürdiger Moralist kann gegen seinen Glauben handeln. Jede Kreuzigung, jedes Märtyrertum ist von den wahren Moralisten freudig hingenommen worden. Nur so konnten sie ihrer Lehre Macht verleihen. Glaube! Das ist es! Und, wie es im Jargon unserer Gegenwart heißt: Sie haben es gebracht. Sie hatten ihren Glauben an ein Recht, das ihrer Vorstellung entsprach. Was ist das Leben eines Mannes gegen die lebendige Wahrheit seines Denkens? Eine Lehre ohne Vorbild ist nichtig. Sind wir etwa Lehrer, die davor zurückschrecken, Vorbilder zu sein?»

«Nein! Nein! Nein!», erscholl die Zustimmung unisono.

«Wir als wahre Denker und nach dem Recht Lebende wagen es nicht im Denken, viel weniger noch im Handeln, die hehren Prinzipien zu negieren, die wir uns selbst vorgeben», sagte Harkins.

«Anders können wir auch gar nicht zum Licht emporsteigen», fügte Hanover hinzu.

«Wir sind nicht wahnsinnig», rief Alsworthy. «Wir sind Männer, die klar sehen. Wir sind Hohepriester am Altar des rechten Verhaltens. Mit demselben Recht könnten wir unseren guten Freund Winter Hall wahnsinnig nennen. Ist Wahrheit Wahnsinn und sind wir davon erfasst, ist Winter Hall es nicht ebenso? Er hat uns ethische Irre genannt. Was war und ist denn sein Verhalten anderes als ethischer Irrsinn? Warum hat er uns nicht bei der Polizei angezeigt? Warum ist er, der unsere Ansichten verabscheut, weiterhin unser Geschäftsführer? Er ist noch nicht einmal wie wir an formelle Verträge gebunden. Er hat lediglich den Kopf gesenkt und sich bereit erklärt, die Dinge zu tun, die unser abtrünniger Boss von ihm erbeten hat. In der gegenwärtigen Kontroverse gehört er beiden Seiten an, der Boss vertraut ihm, wir vertrauen ihm, und er verrät weder die eine noch die andere. Wir kennen und mögen ihn. Ich für mein Teil finde an ihm nur zwei Dinge unerquicklich: erstens sein Gesellschaftsbild und zweitens sein Bestreben, unsere Organisation zu zerstören. Aber was die Ethik betrifft, so gleicht er jedem von uns wie ein Ei dem anderen.»

«Auch ich bin zutiefst gerührt», murmelte Hall traurig. «Ich gebe es zu. Ich gestehe es. Sie sind so liebenswerte Irre, und ich bin so schwach oder stark oder töricht oder klug – was, weiß ich nicht –, dass ich mein Wort einfach nicht brechen kann. Dennoch wünschte ich, ich könnte Ihnen allen mein Denken nahebringen, so wie ich es auch bei Ihrem Boss getan habe.»

«Ach, wirklich?», rief Lucoville. «Warum hat der Boss sich dann nicht aus der Organisation zurückgezogen?»

«Weil er das Honorar, das ich ihm für seinen Tod gezahlt habe, angenommen hat», antwortete Hall.

«Und genau aus denselben Gründen sind wir verpflichtet, ihn umzubringen», machte Lucoville unmissverständlich klar. «Sind wir weniger moralisch als unser Boss? Unserer Übereinkunft gemäß waren wir ab dem Moment, da unser Boss das Honorar annahm, verpflichtet, seine Vereinbarung mit Ihnen in die Tat umzusetzen. Dabei spielte es keine Rolle, worin diese Vereinbarung bestand. Sie beinhaltete zufällig den Tod unseres Bosses.» Er zuckte die Achseln. «Was meinen Sie? Unser Boss muss sterben, sonst sind wir keine Vorbilder für das, was wir als rechtens erachten.»

«Da haben Sie's, immer kommen Sie auf die Moral zurück», klagte Hall.

«Warum denn nicht?», schloss Lucoville würdevoll. «Die Welt gründet auf Moral. Ohne Moral ginge die Welt unter. Schon den Elementen wohnt Redlichkeit inne. Zerstört man die Moral, zerstört man auch die Schwerkraft. Selbst die Steine würden auseinanderfliegen. Das gesamte siderische System würde in die Unvorstellbarkeit des Chaos verdunsten.»

12

Eines Abends wartete Hall im «Poodle Dog Café» vergeblich auf John Gray, mit dem er zum Essen verabredet war.
Wie immer war danach ein Theaterbesuch geplant. Doch
John Gray kam nicht, und um halb neun kehrte Hall ins
«St. Francis Hotel» zurück, unterm Arm ein Bündel ak-
tueller Zeitschriften, um früh zu Bett zu gehen. An dem
Gang der Frau, die vor ihm zum Fahrstuhl schritt, war etwas Vertrautes, und so atmete er rasch durch und schloss
zu ihr auf.

«Grunya», sagte er leise, als der Aufzug losfuhr.

Sie schaute ihn aus bekümmerten Augen erschrocken an,
und gleich darauf hatte sie mit beiden Händen die seine
umfasst und drückte sie, als suchte sie Kraft darin. «Ach,
Winter», hauchte sie. «Bist du es? Deswegen bin ich doch
zum ‹St. Francis› gekommen. Ich dachte, hier würde ich
dich finden. Ich brauche dich so sehr. Onkel Sergius ist verrückt, völlig verrückt. Er hat mir gesagt, ich soll für eine
lange Reise packen. Morgen fahren wir mit dem Schiff ab.
Er hat mich genötigt, das Haus zu verlassen und in ein Hotel in der Innenstadt zu kommen, und mir versprochen,
später oder eben morgen früh auf dem Dampfer zu mir zu
stoßen. Ich habe für ihn Zimmer reserviert. Aber irgendetwas wird passieren. Er hat einen schrecklichen Plan, das
weiß ich. Er …»

«Welches Stockwerk, Sir?», unterbrach der Fahrstuhl-
führer.

«Fahren Sie wieder runter», wies Hall ihn an, denn außer ihnen befand sich niemand in der Kabine.

«Warte!», sagte er warnend. «Wir gehen in den ‹Palm
Room› und reden dort.»

«Nein, nein», rief sie aus. «Gehen wir lieber auf die Stra-
ße. Ich möchte ein Stückchen laufen. Ich brauche frische
Luft. Ich will denken können. Hältst du mich für verrückt,
Winter? Sieh mich an. Sehe ich so aus?»

«Pscht», befahl er und drückte ihr den Arm. «Warte
noch. Wir besprechen gleich alles. Warte.»

Sie war offenkundig im Zustand großer Erregung, und
wie sie auf der Abwärtsfahrt im Fahrstuhl um Fassung
rang, war zwar beachtlich, aber auch bedauernswert.

«Warum hast du dich nicht mit mir in Verbindung gesetzt?», fragte er, als sie auf dem Trottoir waren und zur
Ecke Powell gingen, von wo aus er ihrer beider Schritte
über den Union Square lenken wollte. «Was ist mit dir passiert, als du in San Francisco ankamst? Du hast doch in
Denver meine Nachricht erhalten. Warum bist du nicht
zum ‹St. Francis› gekommen?»

«Ich habe jetzt nicht die Zeit, es dir zu sagen», hastete
sie weiter. «Mir zerspringt gleich der Kopf. Ich weiß nicht
mehr, was ich glauben soll. Alles ist wie im Traum. Solche
Dinge sind doch nicht möglich. Onkel ist ja nicht mehr bei
Sinnen. Manchmal bin ich mir vollkommen sicher, dass es
so etwas wie eine Attentatsagentur gar nicht gibt. Dass sie
eine Phantasie von Onkel Sergius ist. Auch du hattest diese
Phantasie. Wir leben im zwanzigsten Jahrhundert. So etwas Furchtbares kann es doch gar nicht geben. Ich … ich

frage mich manchmal, ob ich vielleicht Typhus gehabt habe oder ob ich noch jetzt im Fieberwahn liege, um mich herum Schwestern und Ärzte, und diesen Albtraum selbst deliriere. Sag mir, sag, bist auch du ein phantasierter Geist – die Vision eines kranken Hirns?»

«Nein», sagte er ernst und langsam. «Du bist wach und völlig gesund. Du bist du selbst. Gerade überquerst du mit mir die Powell Street. Der Asphalt ist rutschig. Spürst du es nicht unter den Sohlen? Sieh nur die Schneeketten an dem Fahrzeug da. Du bist bei mir untergehakt. Was da vom Pazifik herüberweht, ist realer Nebel. Die Leute dort auf den Bänken sind real. Du siehst den Bettler, der mich um Geld bittet. Er ist real. Siehst du, ich gebe ihm einen realen halben Dollar. Sehr wahrscheinlich wird er ihn für realen Whiskey ausgeben. Ich habe seinen Atem gerochen. Du auch? Er war real, sei versichert, sehr real. Und auch wir sind real. Bitte werde dir dessen bewusst. Was also bekümmert dich? Erzähl mir alles.»

«Gibt es wirklich eine Organisation von Attentätern?»

«Ja», antwortete er.

«Woher willst du das wissen? Ist es nicht eher eine Vermutung? Bist du nicht vielleicht doch von Onkels Wahnsinn angesteckt?»

Hall schüttelte traurig den Kopf. «Ich wünschte, es wäre so. Leider weiß ich es aber mit Bestimmtheit.»

«Woher denn?», rief sie, wobei sie sich die Finger ihrer freien Hand fest gegen die Schläfe presste.

«Weil ich der kommissarische Sekretär der Attentatsagentur bin.»

Sie schreckte zurück, entriss ihm fast den Arm, zurückgehalten lediglich von seinem beruhigenden Druck.

«Du gehörst zu der Mörderbande, die Onkel Sergius umbringen will!»

«Nein, zu der gehöre ich nicht. Ich bin lediglich für deren Finanzen zuständig. Hast du ... äh, hat dir denn dein Onkel etwas über die ... äh ... die Bande erzählt?»

«Ach, endlose Tiraden. Er ist so gestört, dass er glaubt, er habe sie aufgebaut.»

«Das hat er auch», sagte Hall bestimmt. «Er ist verrückt, daran besteht kein Zweifel, und dennoch hat er die Attentatsagentur gegründet und auch geleitet.»

Erneut fuhr sie zurück und mühte sich, ihren Arm loszubekommen.

«Und gleich gibst du wohl auch noch zu, dass du der Agentur fünfzigtausend Dollar im Voraus für seinen Tod gezahlt hast?», fragte sie.

«Es stimmt. Ich gebe es zu.»

«Wie konntest du nur?», stöhnte sie.

«Hör zu, Grunya, Liebste», flehte er. «Du hast noch nicht alles gehört. Du verstehst es nicht. Als ich das Honorar zahlte, wusste ich noch nicht, dass er dein Vater war ...» Er brach abrupt ab, entsetzt darüber, dass ihm das herausgerutscht war.

«Ja», sagte sie mit wachsender Ruhe, «das hat er mir auch gesagt, dass er mein Vater ist. Das habe ich auch für Phantasterei gehalten. Fahr fort.»

«Tja, also, ich wusste nicht, dass er dein Vater ist, auch nicht, dass er geisteskrank ist. Als ich es schließlich erfuhr, habe ich ihn beschworen. Aber er ist wahnsinnig. Sie alle sind wahnsinnig. Und im Moment plant er eine neuerliche Wahnsinnstat. Sag mir, was du vermutest. Vielleicht können wir es noch verhindern.»

«Hör zu!» Sie schmiegte sich eng an ihn und redete schnell mit leiser, beherrschter Stimme. «Es bedarf noch vieler Erklärungen von uns beiden für uns beide. Aber erst zu der Gefahr. Als ich in San Francisco eintraf, ging ich, warum, weiß ich nicht, außer dass ich eine Vorahnung hatte, als Erstes ins Leichenschauhaus, dann klapperte ich die Krankenhäuser ab. Und ich habe ihn gefunden, im Deutschen Krankenhaus, mit zwei schlimmen Stichwunden. Er sagte, er habe sie von einem der Attentäter zugefügt bekommen ...»

«Ein Mann namens Harding», steuerte Hall eine Vermutung bei. «Es geschah in der Wüste von Nevada in der Nähe von Winnemucca in einem Eisenbahnwaggon.»

«Ja, ja, so heißt das. Das hat er gesagt.»

«Du siehst, wie alles zusammenpasst», beschwor Hall sie. «Da steckt zwar eine Menge Wahnsinn drin, aber sogar der Wahnsinn ist real, aber zumindest sind du und ich normal.»

«Ja, lass mich rasch fortfahren.» Mit neu gefasstem Vertrauen drückte sie seinen Arm. «Oh, wir haben einander ja so viel zu erzählen. Onkel schwört auf dich. Aber das will ich jetzt gar nicht sagen. Ich habe ein möbliertes Haus gemietet, oben auf dem Rincon Hill, und sobald die Ärzte es zuließen, habe ich Onkel Sergius dahin gebracht. Dort haben wir nun die letzten Wochen gelebt. Onkel ist wieder vollständig genesen – Vater, vielmehr Vater. Er *ist* ja mein Vater. Das glaube ich mittlerweile, denn anscheinend muss ich wohl alles glauben. Und ich will es nun glauben ... es sei denn, ich wache auf und merke, dass alles ein Albtraum war. In den letzten Tagen hat On... – Vater im Haus herumgewerkelt. Heute, wo alles für unsere Reise nach Honolulu gepackt ist, hat er das Gepäck an Bord des Dampfers bringen lassen und mich in einem Hotel einquartiert. Nun kenne ich mich ja nicht bei Sprengstoffen aus, ich habe nur hier und da ein bisschen darüber gelesen, trotzdem weiß ich, dass er das Haus vermint hat. Er hat den Keller aufgegraben. Er hat die Wände des großen Wohnzimmers aufgerissen und wieder zugemauert. Ich weiß, dass er hinter den Trennwänden Drähte gezogen hat, und ich weiß, dass er heute Vorkehrungen getroffen hat, um einen Draht vom Haus zu einem Gebüsch auf dem Gelände nahe am Tor zu verlegen. Vielleicht kannst du dir ja denken, was er vorhat.»

Hall fiel gerade ein, dass John Gray die Theaterverabredung nicht eingehalten hatte.

«Heute Abend soll dort etwas passieren», fuhr Grunya fort. «Onkel beabsichtigt, am späteren Abend zu mir ins ‹St. Francis› zu kommen, oder eben morgen früh auf den Dampfer. Bis dahin ...»

Doch Hall hatte sich nun zum Handeln durchgerungen und dirigierte sie am Arm aus dem Park zu der Ecke, wo eine Reihe Droschken wartete. «Bis dahin», sagte er zu ihr, «müssen wir schnellstens zum Rincon Hill. Er wird sie töten. Das müssen wir verhindern.»

«Wenn nur er nicht getötet wird», murmelte sie. «Diese Feiglinge! Diese Feiglinge!»

«Entschuldige, Liebes, aber das sind keine Feiglinge. Es sind tapfere Männer und dazu noch die liebenswertesten Burschen unter der Sonne, wenn auch ein bisschen eigenartig. Sie zu kennen heißt, sie zu mögen. Es wurde schon zu viel getötet.»

«Sie wollen meinen Vater töten.»

«Und er sie», erwiderte Hall. «Vergiss das nicht. Und es geschieht auf seinen Befehl hin. Er ist ein total verrückter Kerl, und sie sind mindestens genauso verrückt wie er. Komm! Schnell, bitte! Schnell! Sie versammeln sich jetzt gerade in dem verminten Haus. Wir könnten sie noch retten – oder auch ihn, wer weiß?»

«Rincon Hill – Zeit ist Geld – Sie wissen, was das heißt», sagte er zu dem Droschkenfahrer, während er Grunya beim Einsteigen behilflich war. «Fahren Sie los! Geben Sie Vollgas! Lassen Sie das Pflaster schmoren, was immer Sie wollen, solange Sie uns nur auf schnellstem Wege hinbringen!»

Rincon Hill, einst das aristokratische Wohnviertel San Franciscos, erhebt sein Haupt verblühter Vornehmheit aus dem Dreck und Gedränge des großen Arbeiterghettos, das sich südlich der Market Street erstreckt. Am Fuß des Hügels bezahlte Hall die Droschke, dann machten er und Grunya sich an den leichten Anstieg. Obwohl noch früher Abend, nicht später als halb zehn, waren kaum Leute unterwegs. Hall drehte sich einmal kurz um und sah eine vertraute Gestalt durch den Lichtkegel einer Straßenlaterne gehen. Er zog Grunya in die Häuserschatten der Seitenstraße und wartete; wenige Minuten später wurde er mit dem Anblick von Haas belohnt, der da in seinem eigentümlich mühelosen, katzengleichen Gang vorbeischritt. Sie liefen weiter, immer einen halben Block hinter ihm, und als sie sahen, wie er oben auf der Hügelkuppe im Licht der nächsten Straßenlampe über einen niedrigen, altmodischen Eisenzaun sprang, stupste Grunya Hall bedeutungsvoll am Arm. «Das ist das Haus, unser Haus», flüsterte sie. «Schau ihn dir an. Er ahnt ja nicht, dass er in den Tod geht.»

«Und ich glaube es nicht», flüsterte Hall skeptisch zurück. «Meiner Ansicht nach handelt es sich bei Mr. Haas um einen extrem schwer zu tötenden Typus.»

«Onkel Sergius ist sehr vorsichtig. Ich habe noch nie erlebt, dass er einen Fehler macht. Er hat alles arrangiert, und wenn dein Mr. Haas durch die Haustür geht ...» Sie verstummte.

Hall packte sie heftig am Arm. «Er nimmt gar nicht die Haustür, Grunya. Sieh doch. Er schleicht nach hinten.»

«Es gibt keinen Hintereingang», sagte sie. «Der Hügel fällt steil zum nächsten Gartengrundstück ab, das über zehn Meter tiefer liegt. Er wird gleich wieder nach vorn geschlichen kommen. Der Garten ist sehr klein.»

«Der hat etwas vor», murmelte Hall, als die dunkle Gestalt tatsächlich wieder zum Vorschein kam. «Ah, ha! Mr. Haas! Sie sind ja ein ganz Schlauer! Siehst du, Grunya, er ist in das Gebüsch beim Tor gekrochen. Wurde der Draht dorthin verlegt?»

«Ja, es ist das einzige Gebüsch, das dicht genug ist, dass sich ein Mensch darin verbergen kann. Da kommt jemand. Ob das wohl wieder einer der Attentäter ist?»

Ohne zu zögern, gingen Hall und Grunya am Haus vorbei bis zur nächsten Ecke. Der Mann, der aus der Gegenrichtung gekommen war, bog zu Dragomiloffs Haus ein und stieg die Stufen zur Tür hinauf. Sie hörten, wie sie kurz darauf geöffnet und wieder geschlossen wurde.

Grunya wollte unbedingt an Halls Seite bleiben. Es sei schließlich ihr Haus, sagte sie, und sie kenne jeden Zoll davon. Außerdem habe sie ja noch den Hauptschlüssel, es sei daher nicht nötig zu klingeln.

Die Diele war erleuchtet, sodass die Hausnummer deutlich zu lesen war, und so gingen sie kurzerhand am Gebüsch vorbei, in dem Haas sich versteckt hielt, schlossen die Haustür auf und traten ein. Hall hängte seinen Hut an den Ständer und streifte die Handschuhe ab. Hinter der Tür zur Rechten war Stimmengewirr zu hören. Sie blieben davor stehen und lauschten.

«Schönheit ist eben *doch* eine Notwendigkeit», hörten sie eine Stimme die Unterhaltung dominieren.

«Das ist Hanover, das Mitglied aus Boston», flüsterte Hall.

«Schönheit ist absolut», fuhr die Stimme fort. «Das menschliche Leben, alles Leben strebt zur Schönheit. Es ist kein Fall von paradoxer Anpassung[20]. Schönheit hat nicht zum Lebenden hingestrebt. Schönheit war schon in der Welt, als es den Menschen noch gar nicht gegeben hat. Schönheit wird in der Welt bleiben, wenn der Mensch längst daraus verschwunden ist und aufgehört hat zu sein. Schönheit ist – nun, sie ist Schönheit, weiter nichts, das erste Wort und das letzte, und sie hängt nicht von kleinen madengleichen Menschen ab, die im Schlamm dahinkriechen.»[21]

«Metaphysik», hörten sie Lucoville höhnen. «Die pure illusionäre Metaphysik, mein lieber Hanover. Wenn einer anfängt, die flüchtigen Erscheinungsformen einer ephemeren Evolution als absolut zu etikettieren ...»

«Sie sind selbst Metaphysiker», unterbrach ihn Hanover. «Sie würden behaupten, dass alles lediglich im Bewusstsein existiert, dass, wenn das Bewusstsein zerstört wird, auch die Schönheit zerstört wird, dass das Ding selbst, das Daseinsprinzip, zu dem das sich entwickelnde Leben hinstrebt, zerstört ist. Wo wir doch wissen, wir alle, und auch

Sie sollten es wissen, dass einzig das Prinzip Bestand hat.[22] Wie Spencer so richtig über den ewigen Wandel von Kraft und Stoff im alternierenden Rhythmus von Entstehung und Auflösung gesagt hat: ‹Stets dasselbe im zugrundeliegenden Prinzip und doch nie dasselbe im konkreten Ergebnis.›[23]»

«Neue Normen, neue Normen», platzte Lucoville dazwischen. «Neue Normen, die stets in aufeinanderfolgenden und unterschiedlichen Entwicklungen erscheinen.»

«Die Norm selbst!», rief Hanover triumphierend. «Haben Sie das schon bedacht? Sie selbst haben doch eben bestätigt, dass die Norm bestehen bleibt. Was also ist die Norm? Sie ist das Ewige, das Absolute, das außerhalb des Bewusstseins Stehende, Vater und Mutter des Bewusstseins.»

«Einen Augenblick», rief Lucoville erregt.

«Pah!» Hanover fuhr mit wahrem Gelehrtendogmatismus fort. «Sie versuchen, den alten, längst widerlegten Berkeley'schen Idealismus wiederaufleben zu lassen.[24] Metaphysik – um Generationen hinter der Zeit zurück. Die moderne Lehre betont, wie Sie doch wissen sollten, dass das Ding aus sich selbst heraus existiert. Das Bewusstsein, das Ding sehen und erkennen, das ist bloß ein Akzidens. Sie, mein lieber Lucoville, sind der Metaphysiker.»

Es wurde geklatscht und beifällig geraunt.

«In der eigenen Falle gefangen», hörten sie eine sanfte Stimme in einem unverwechselbaren britischen Akzent rufen.

«John Gray», flüsterte Hall Grunya zu. «Wäre das Theater nicht so hoffnungslos kommerzialisiert, er würde es revolutionieren.»

«Wortklauberei», setzte nun Lucoville zu seiner Erwiderung an. «Haarspalterei, rhetorische Spitzfindigkeiten, eine Vermischung von Begriffen und Ideen. Wenn ihr Burschen mir nur zehn Minuten gäbet, dann würde ich euch meine Anschauungen darlegen.»

«Hör nur!», flüsterte Hall. «Unsere liebenswürdigen Attentäter, verehrungswürdige Philosophen. Würdest du sie nun eher für Wahnsinnige oder für grausame und brutale Mörder halten?»

Grunya zuckte die Schultern. «Die mögen die Schönheit erstreben, wie sie nur wollen, doch ich kann nicht vergessen, dass sie danach streben, Onkel Sergius – meinen Vater – zu töten.»

«Aber siehst du denn nicht? Sie sind von Ideen besessen. Für sie zählt das bloße menschliche Leben nichts – nicht einmal ihr eigenes. Sie sind vom Denken unterjocht. Sie leben in einer reinen Ideenwelt.»

«Zu fünfzigtausend pro Idee», erwiderte sie.

Nun zuckte er die Schultern. «Komm», sagte er. «Gehen wir rein. Nein, lass mich vorgehen.»

Er drehte den Türknauf und trat ein, gefolgt von Grunya. Das Gespräch brach abrupt ab, und sieben Männer, die bequem über den Raum verteilt saßen, starrten die beiden Eindringlinge an.

«Sie hier, Hall?», sagte Harkins, offenkundig verärgert. «Sie sollten doch hier herausgehalten werden. Und wir haben Sie auch herausgehalten. Und dennoch sind Sie hier, noch dazu mit einer – verzeihen Sie –, mit einer Fremden.»

«Und wenn es nach Ihnen gegangen wäre, dann wäre ich auch ausgeschlossen geblieben», antwortete Hall. «Warum so heimlich?»

«Es geschah auf Anordnung des Bosses. Er hat uns hierher beordert. Und da wir seine Anweisungen befolgt und Sie nicht eingeweiht haben, ist unsere einzige Schlussfolgerung, dass er Sie hereingelassen hat.»

«O nein», lachte Hall. «Sie dürfen uns ruhig auch einen Platz anbieten. Das, meine Herren, ist Miss Constantine. Miss Constantine, Mr. Gray, Mr. Harkins, Mr. Lucoville, Mr. Breen, Mr. Alsworthy, Mr. Starkington und Mr. Hanover – mit der einen Ausnahme von Mr. Haas die noch lebenden Mitglieder der Attentatsagentur.»

«Das ist ein Vertrauensbruch!», rief Lucoville zornig. «Hall, ich bin enttäuscht!»

«Sie verstehen nicht, lieber Freund Lucoville. Das ist Miss Constantines Haus. In Abwesenheit ihres Vaters sind Sie ihre Gäste, Sie alle.»

«Wir haben es so verstanden, dass dies Dragomiloffs Haus ist», erwiderte Starkington. «Er selbst hat es uns gesagt. Wir sind getrennt voneinander hergekommen, aber da wir nun alle hier versammelt sind, können wir nur folgern, dass bei Straße und Hausnummer kein Irrtum vorliegt.»

«Es ist beides zugleich», erwiderte Hall mit ruhigem Lächeln. «Miss Constantine ist Dragomiloffs Tochter.»

Sofort waren Grunya und Hall von den anderen umringt, Hände wurden ihr hingereckt. Sie aber legte die rechte auf den Rücken und trat dabei einen Schritt zurück. «Sie wollen meinen Vater ermorden», sagte sie zu Lucoville. «Da ist es mir unmöglich, Ihnen die Hand zu geben.»

«Hier, ein Sessel, nehmen Sie doch Platz, liebe Dame», sagte Lucoville, dem Starkington und Gray halfen, den Sessel heranzuschaffen. «Wir fühlen uns hochgeehrt ... die

Tochter unseres Bosses ... wir wussten gar nicht, dass er eine Tochter hat ... sie ist uns willkommen ... jede Tochter unseres Bosses ist uns willkommen ...»

«Aber Sie wollen ihn doch ermorden», erneuerte sie ihre Einwände. «Sie sind Mörder.»

«Wir sind seine Freunde, glauben Sie mir. Wir stehen für eine Freundschaft, die höher und tiefer ist als Leben und Tod. Meine liebe Dame, das menschliche Leben ist nichts – weniger als eine Bagatelle. Das Leben! Ach, unser Leben ist ein bloßes Faustpfand im Spiel der gesellschaftlichen Entwicklung. Wir bewundern Ihren Vater, wir respektieren ihn; er ist ein großer Mann. Er ist ... vielmehr, er *war* unser Boss.»

«Und dennoch wollen Sie ihn ermorden», beharrte sie.

«Und zwar auf seinen Befehl hin. Setzen Sie sich doch bitte.» Lucovilles Artigkeiten hatten insofern Erfolg, als sie sich tatsächlich in den Sessel sinken ließ. «Ihr Freund da, Mr. Hall», fuhr er fort. «Ihn stellen Sie nicht als Freund infrage. Ihn nennen Sie keinen Mörder. Und dennoch hat er das Honorar über fünfzigtausend Dollar für den Tod Ihres Vaters hinterlegt. Und sehen Sie, meine liebe Dame, er hat schon die Hälfte unserer Organisation vernichtet. Dennoch lasten wir es ihm nicht an. Er ist unser Freund. Wir ehren ihn, weil wir ihn als einen Mann kennengelernt haben, als einen grundehrlichen Mann, einen Mann, der sein Wort hält, einen Ethiker von nicht geringem Rang.»

«Ist es nicht wunderbar, Miss Constantine!», fiel Hanover ekstatisch ein. «Eine Freundschaft, die den Tod wohlfeil macht! Die Herrschaft des Rechts! Die Verehrung des Rechts! Gibt einem das nicht Hoffnung? Denken Sie darüber nach! Es beweist, dass die Zukunft uns gehört, dass die

Zukunft dem recht denkenden, recht handelnden Mann und der recht denkenden und recht handelnden Frau gehört, dass solch leidenschaftliche, hilflose Regungen und animalische Sehnsüchte des tierischen Lehms, Eigenliebe und die Liebe zum eignen Fleisch und Blut sich auflösen wie Morgennebel in der Sonne der höheren Rechtschaffenheit! Die Vernunft – und, hören Sie: die *richtige Vernunft* – triumphiert! Eines Tages wird die gesamte Menschenwelt sich versöhnen, nicht nach Maßgabe des Fleisches und des bodenlosen Sumpfs, sondern nach Maßgabe der erhabenen, richtigen Vernunft!»

Grunya senkte den Kopf und warf als Eingeständnis verzweifelter Ratlosigkeit die Arme hoch.

«Die sind unwiderstehlich, nicht wahr?», frohlockte Hall, indem er sich über sie beugte.

«Das ist das Chaos des Superdenkens», sagte sie hilflos. «Das ist der reine Ethikwahn.»

«Ich hab's dir ja gesagt», antwortete er. «Sie sind alle verrückt, wie dein Vater, wie du und ich es insofern sind, als ihr Denken uns berührt. Also, wie findest du nun unsere liebenswerten Attentäter?»

«Ja, wie finden Sie uns?», strahlte Hanover über seine Brillengläser hinweg.

«Ich kann nur sagen», erwiderte sie, «dass Sie nicht so aussehen – wie Attentäter, meine ich. Was Sie betrifft, Mr. Lucoville, so werde ich Ihnen die Hand geben, Ihnen allen werde ich die Hand geben, wenn Sie mir versprechen, die Absicht, meinen Vater zu töten, aufzugeben.»

«Sie haben, Miss Constantine, noch einen langen Weg vor sich, um zum Licht aufzusteigen», schalt Hanover sie voller Bekümmerung.

«Töten? Töten?», fragte Lucoville aufgebracht. «Warum diese Angst vorm Töten? Der Tod ist nichts. Nur die Tiere, die Kreaturen des Sumpfs, fürchten den Tod. Meine liebe Dame, wir stehen jenseits des Todes. Wir sind reife Intelligenzen, wir wissen alles über Gut und Böse. Es macht uns nicht mehr aus, getötet zu werden, als selbst zu töten. Töten – nun, das geschieht in jedem Schlachthaus und in jedem Fleischverarbeitungsbetrieb im ganzen Land. Es ist so gewöhnlich, dass es fast schon vulgär ist.»

«Wer hat denn noch nie eine Mücke erschlagen?», brüllte Starkington. «Mit einem grausamen Hieb einer fleischesgenährten, todesgenährten Hand einen höchst wunderbaren, fühlenden, glänzenden Flugmechanismus zerquetscht? Sollte dem Tod etwas Tragisches anhaften – denken Sie an die zerquetschte Mücke, das luftige, anmutige Flugwunder, zerdrückt und zerschmettert, wie noch kein Flieger es je erlebt hat, nicht einmal MacDonald, der fünfzehntausend Fuß in die Tiefe gesprungen ist.[25] Haben Sie je eine Mücke studiert, Miss Constantine? Es würde sich lohnen. Nun, die Mücke ist unter den Erscheinungen alles Lebendigen ebenso wunderbar wie der Mensch.»

«Aber *einen* Unterschied gibt es», warf Gray ein.

«Dazu wollte ich noch kommen. Und was ist der Unterschied? Schlagen Sie die Mücke tot.» Er legte eine Kunstpause ein. «Nun, sie wird totgeschlagen, nicht wahr? Das ist es dann. Sie ist erledigt. Es gibt keine Erinnerung an sie. Aber schlagen Sie einen Menschen tot, dann bleibt etwas von ihm – über Generationen hinweg. Aber was? Kein wandelnder Organismus, kein hungriger Magen, kein Kahlkopf oder ein Mund voll schmerzender Zähne, sondern Gedanken – große, edle Gedanken. Das ist der Unterschied. Gedanken! Erhabene Gedanken! Rechte Gedanken! Vernünftige Redlichkeit!»

«Halt!», schrie Hanover; er sprang erregt auf und wedelte mit den Händen. «Totschlagen – und ich akzeptiere Ihr Wort, Starkington, wenngleich es krude ist, aber ausdrucksstark. Totschlagen – und ich warne Sie, Starkington –, schlagen Sie auch nur die winzigste Pigmentzelle aus dem durchscheinenden Flügelflor einer frisch geschlüpften Mücke tot, dann wird die Totalität des Universums von seinen zentralen Sonnen bis hin zu den Sternen und weit darüber hinaus erschüttert. Vergessen Sie nicht, dass in dieser Pigmentzelle und noch im letzten der Milliarden Atome, die zusammen diese Pigmentzelle bilden, und in jedem einzelnen der zahllosen Myriaden Körperchen, die eines dieser Milliarden Atome bilden, eine kosmische Redlichkeit steckt.»

«Hören Sie, meine Herren», sagte Grunya. «Weswegen sind Sie hier? Ich meine nicht im Universum, sondern hier in diesem Haus. Ich unterschreibe alles, was Mr. Hanover so beredt über die Pigmentzelle des Mückenflügels gesagt hat. Es ist offenkundig nicht richtig, eine Mücke totzuschlagen. Aber wie im Namen der Zurechnungsfähigkeit, können Sie, die Sie doch einen Mord anstreben, Ihre Anwesenheit hier mit der Ethik vereinbaren, die Sie gerade vorgetragen haben?»

Wie im Chor ertönte ein einziger Aufschrei der Begütigung.

«He! Ruhe!», brüllte Hall dagegen an, wandte sich dann an seine Begleiterin und gebot ihr streng: «Grunya, hör auf. Du lässt dich hinreißen. Noch fünf Minuten, und du bist genauso schlimm wie sie. Schluss mit dem Streit, Leute. Lassen Sie es dabei bewenden. Vergessen Sie es. Kommen wir zur Sache. Wo ist der Boss, Miss Constantines Vater? Sie sagten, er habe Sie hierher bestellt. Warum sind Sie hier? Um ihn zu töten?»

Hanover wischte sich die Stirn, schreckte aus seinem leidenschaftlichen Denken hoch und nickte. «Das ist unsere wohlbegründete Absicht», sagte er ruhig. «Natürlich ist uns Miss Constantines Anwesenheit hier unangenehm. Ich fürchte, wir werden sie bitten müssen, sich zurückzuziehen.»

«Sie sind ein Unmensch», versicherte sie dem sanftmütigen Gelehrten ernst. «Ich werde hier bleiben. Und Sie werden meinen Vater nicht töten. Das garantiere ich Ihnen.»

«Warum ist dann der Boss nicht hier?», fragte Hall.

«Weil es noch nicht so weit ist. Er hat uns angerufen, persönlich mit uns gesprochen, und er hat gesagt, er wolle uns um Punkt zehn Uhr hier in diesem Zimmer treffen. Es ist jetzt kurz vor zehn Uhr.»

«Vielleicht kommt er ja gar nicht», meinte Hall.

«Er hat uns sein Wort gegeben», war die schlichte, aber restlos überzeugende Antwort.

Hall schaute auf die Uhr. Sie zeigte wenige Sekunden bis zehn. Und noch bevor diese Sekunden abgelaufen waren, ging auch schon die Tür auf, und Dragomiloff, blond und farblos, in einem grauen Reiseanzug, trat ein und ließ seine seidigen Augen von hellstem Blau über die Versammlung schweifen. «Seien Sie mir gegrüßt, liebe Freunde und Brüder», sagte er mit seiner monotonen, gleichförmigen Stimme. «Wie ich sehe, sind Sie alle hier, mit Ausnahme von Haas. Wo ist Haas?»

Die Attentäter, außerstande zu lügen, schauten einander in verlegener Verwirrung an.

«Wo ist Haas?», wiederholte Dragomiloff.

«Wir ... hm ... wir wissen es nicht genau, das ist es: nicht genau», setzte Harkins stockend an.

«Nun, ich weiß es schon, und zwar genau», fiel Dragomiloff ihm ins Wort. «Ich habe Sie alle vom obersten Fenster aus kommen sehen. Ich habe jeden Einzelnen von Ihnen erkannt. Haas ist ebenfalls eingetroffen. Er steckt jetzt in dem Gebüsch am Tor rechts vom Weg, genau einen Meter dreißig vom unteren Scharnier des Tors entfernt. Ich habe es neulich ausgemessen. Glauben Sie, dass das meine Absicht war?»

«Wir wollten Ihre Absichten nicht vorwegnehmen, lieber Boss», meldete Hanover sich sanft, aber mit logischer Emphase. «Wir haben Ihre Einladung und Ihre Anweisungen sorgsam erörtert und sind dann zu dem einmütigen Schluss gelangt, dass wir keinen Wort- oder Vertrauensbruch begingen, wenn wir Haas dorthin beorderten. Erinnern Sie sich noch an Ihre Anweisungen?»

«Vollkommen», bestätigte Dragomiloff. «Warten Sie kurz, ich will sie noch einmal durchgehen.» In der nun folgenden halben Minute des Schweigens las er seine Anweisungen, dann hellte sich sein Gesicht fast zu einem zufriedenen Strahlen auf. «Sie haben recht», erklärte er. «Sie haben sich keinen Verstoß gegen das vorschriftsmäßige Verhalten zuschulden kommen lassen. Und nun, liebe Kameraden, sind durch das Eindringen meiner Tochter und des Mannes, der Ihr kommissarischer Sekretär ist und dereinst, so hoffe ich, mein Schwiegersohn, alle unsere Pläne zunichtegemacht.»

«Was war das Ziel Ihres Plans?», fragte Starkington unvermittelt.

«Sie zu vernichten», lachte Dragomiloff. «Und das Ziel Ihres Plans?»

«Sie zu vernichten», räumte Starkington ein. «Und das werden wir auch. Wir bedauern Miss Constantines Anwesenheit, ebenso die von Mr. Hall. Die beiden waren nicht eingeladen. Natürlich können sie sich zurückziehen.»

«Nicht mit mir!», rief Grunya. «Sie kaltblütige, unmenschliche, berechnende Ungeheuer! Das ist mein Vater, und ich mag ja bodenloser Sumpf sein oder was Ihnen sonst gefällt, aber ich werde mich nicht zurückziehen, und Sie werden ihm nichts antun.»

«Sie müssen mir auf halbem Weg entgegenkommen», drängte Dragomiloff. «Wir wollen ausnahmsweise einmal in Betracht ziehen, dass wir auf beiden Seiten gescheitert sind. Ich möchte Ihnen eine Waffenruhe vorschlagen.»

«Nun gut», räumte Starkington ein. «Eine Waffenruhe von fünf Minuten, in denen keine offene Kampfhandlung unternommen und niemand den Raum verlassen soll. Wir würden uns gern drüben am Klavier beraten. Einverstanden?»

«Ja, gewiss. Aber zuvor wollen Sie bitte zur Kenntnis nehmen, wo ich stehe. Meine Hand liegt auf diesem Buch in diesem Regal. Ich werde mich nicht von der Stelle rühren, bis Sie beschlossen haben, welchen Weg Sie einzuschlagen gedenken.»

Die Attentäter zogen sich ans hintere Ende des Raums zurück und berieten sich flüsternd.

«Komm», flüsterte auch Grunya ihrem Vater zu. «Du musst nur zur Tür hinaus und fliehen.»

Dragomiloff lächelte nachsichtig. «Das verstehst du nicht», sagte er voller Sanftheit.

Sie ballte leidenschaftlich die Fäuste und rief: «Du bist genauso wahnsinnig wie sie.»

«Aber Grunya, Liebes», beschwor er sie, «ist das nicht ein schöner Wahnsinn – falls du auf diese irrige Bezeichnung Wert legst? Hier herrscht das Denken, hier herrscht das Recht. Das erscheint mir als die höchste Vernunft und Beherrschung. Was den Menschen von den tiefer stehenden Tieren unterscheidet, ist Beherrschung. Schau dir diese Szene an. Dort stehen sieben Männer, die mich töten wollen. Hier stehe ich und will sie töten. Dennoch einigen wir uns durch das Wunder des gesprochenen Worts auf eine Waffenruhe. Wir haben Vertrauen zueinander. Das ist ein schönes Beispiel für hohe moralische Mäßigung.»

«Jeder Einsiedler, der auf einer Säule lebt oder mit den Schlangen in einer Höhle am Meer, ist ein schönes Beispiel dafür», erwiderte sie ungehalten. «Mäßigungen, wie sie in geschlossenen Anstalten praktiziert werden, sind oft sehr beachtlich.»

Doch Dragomiloff weigerte sich, in einen Streit hineingezogen zu werden, und lächelte und scherzte, bis die Attentäter zurückkehrten. Wie zuvor war Starkington ihr Sprecher. «Wir sind zu dem Beschluss gelangt», sagte er, «dass es unsere Pflicht ist, Sie zu töten, lieber Boss. Uns bleibt noch eine Minute. Wenn sie abgelaufen ist, werden wir zur Tat schreiten. Auch möchten wir in dieser kurzen Spanne Zeit unsere beiden ungeladenen Gäste erneut bitten, sich zurückzuziehen.»

Grunya schüttelte hartnäckig den Kopf. «Ich bin bewaffnet», drohte sie und zog eine kleine automatische Pistole hervor, wobei sich ihre Unerfahrenheit darin zeigte, dass sie den Sicherungsbügel nicht umlegte.

«Äußerst bedauerlich», entschuldigte sich Starkington. «Aber wir werden trotzdem mit unserer Arbeit beginnen müssen ...»

«... sofern nichts Unvorhergesehenes eintritt?», meinte Dragomiloff.

Starkington blickte kurz seine Kameraden an, die nickten, und sagte dann: «Gewiss, sofern nichts Unvorhergesehenes ...»

«... und hier haben wir das Unvorhergesehene», unterbrach Dragomiloff ihn ruhig. «Sie sehen meine Hände, lieber Starkington. Sie halten keine Waffen. Gedulden Sie sich eine Minute. Sie sehen das Buch, auf dem meine linke Hand ruht. Hinter diesem Buch befindet sich am Regal ein Druckknopf. Ein fester Stoß gegen das Buch, und es drückt auf den Knopf. Der Raum ist ein Dynamitlager. Muss ich noch mehr sagen? Ziehen Sie den Teppich beiseite, auf dem Sie stehen – ja, so. Und nun heben Sie vorsichtig die lose Diele an. Sie sehen die Stangen, die da eine neben der anderen liegen. Sie sind alle miteinander verbunden.»

«Sehr interessant», murmelte Hanover und spähte durch seine Brille auf das Dynamit hinab. «Ein so einfach bewerkstelligter Tod! Eine heftige chemische Kettenreaktion, würde ich sagen. Eines Tages werde ich, wenn mir noch die Zeit dazu bleibt, eine Studie über Sprengstoffe schreiben.»

Und da erkannten Hall und Grunya, dass die Philosophen-Attentäter wirklich keine Angst vor dem Tod hatten. Wie sie es für sich in Anspruch nahmen, waren sie Fleischlichem nicht verhaftet. Die Liebe zum Leben hatte keine Macht über ihre Gedankengänge. Als Einziges kannten sie die Liebe zum Denken.

«Darauf wären wir nie gekommen», versicherte Gray Dragomiloff. «Aber was wir nicht erraten konnten, haben wir erahnt. Deshalb haben wir Haas draußen postiert. Uns mögen Sie entrinnen, ihm nicht.»

«Da fällt mir ein, Kameraden», sagte Dragomiloff, «ich habe auch einen Draht zu der Stelle auf dem Gelände verlegt, wo Haas jetzt lauert. Wir wollen hoffen, dass er nicht versehentlich an den Knopf gerät, den ich dort versteckt habe, sonst fliegen wir alle samt unseren Theorien in die Luft. Vielleicht geht doch einer von Ihnen hinaus und holt ihn herein. Und wo wir schon dabei sind, wollen wir eine weitere Waffenruhe vereinbaren. Unter den gegebenen Umständen sind Ihnen die Hände gebunden.»

«Sieben Leben für eines», sagte Harkins. «Rein rechnerisch ist das abstoßend.»

«Es ist schlecht fundierte Ökonomie», pflichtete Breen ihm bei.

«Und wie wäre es», fuhr Dragomiloff fort, «wir schlössen die Waffenruhe bis ein Uhr, und Sie alle würden mit mir zu Abend essen?»

«Wenn Haas einverstanden ist», sagte Alsworthy. «Ich hole ihn gleich.»

Haas war einverstanden, und wie eine ganz normale Freundesschar verließen sie gemeinsam das Haus und fuhren mit der Elektrischen in die Vorstadt.

13

In einem Nebenzimmer des «Poodle Dog» saßen die acht
Attentäter und Dragomiloff, Hall und Grunya bei Tisch.
Und was für ein heiteres, beinahe festliches Abendessen es
wurde, obwohl Harkins und Hanover Vegetarier waren,
Lucoville alles Gekochte mied und gleich einem Ochsen
einen riesigen Teller Salat, rohe Steckrüben und Möhren
verschlang und Alsworthy das Mahl mit Nüssen, Rosinen
und Bananen begann, damit fortfuhr und auch beschloss.
Breen wiederum, der aussah wie ein Dyspeptiker, ließ
sich ein dickes englisches Steak schmecken und erschauerte, als man ihm Wein anbot. Dragomiloff und Haas nahmen einen dünnen heimischen Rotwein, während Hall,
Gray und Grunya zusammen einen halben Liter leichten
Rheinwein tranken. Starkington hingegen begann mit
zwei Martini-Cocktails und steckte das Gesicht während
des Mahls immer wieder in einen riesigen Humpen Würzburger[26].

Das Gespräch war unverblümt, wenngleich die allgemei-
ne Stimmung einträchtig und herzlich war.

«Wir hätten Sie erwischt», sagte Starkington zu Dragomiloff, «wäre Ihre Tochter nicht zur Unzeit dazugekom-
men.»

«Mein lieber Starkington», erwiderte Dragomiloff, «sie
hat vielmehr Sie gerettet. Ich hätte Sie alle sieben erledigt.»

«O nein», meldete sich Breen zu Wort. «Wie ich es sehe, führte der Draht zu dem Gebüsch, in dem Haas sich versteckt hielt.»

«Dass er ausgerechnet dort war, ist Zufall, purer Zufall», antwortete Dragomiloff ziemlich gelassen, konnte jedoch nicht verhehlen, dass er ein wenig geknickt war.

«Seit wann zählt denn der Zufall nicht mehr zu den Faktoren der Evolution?», begann Hanover dozierend.

«Sie hätten das nie hingekriegt, Boss», sagte Haas im selben Moment, da Lucoville von Hanover wissen wollte: «Seit wann wird der Zufall denn als eigener Faktor klassifiziert?»

«Wahrscheinlich ist Ihr Dissens lediglich Definitionssache», sagte Hall friedensstiftend. «Dieser Spargel kommt aus der Dose, Hanover. Wussten Sie das?»

Hanover vergaß den Streit und lehnte sich empört zurück. «Ich esse niemals etwas aus der Dose! Sind Sie sicher, Hall? Sind Sie ganz sicher?»

«Fragen Sie den Kellner. Er wird es Ihnen bestätigen.»

«Schon gut, lieber Haas», sagte Dragomiloff. «Beim nächsten Mal kriege ich es bestimmt hin, dann werden Sie auch nicht mehr im Weg stehen. Dann werden Sie sich am anderen Ende des Drahts befinden.»

«Ach, ich verstehe das nicht, wirklich nicht», rief Grunya. «Das ist doch alles ein schlechter Witz. Das kann überhaupt nicht real sein. Da sitzen Sie alle wie die besten Freunde da, essen und trinken zusammen und reden einträchtig darüber, wie Sie einander umbringen wollen.» Und an Hall gewandt: «Weck mich, Winter. Das ist doch alles ein Traum.»

«Ich wünschte, es wäre so.»

Zu Dragomiloff sagte sie: «Ach, Onkel Sergius, weck mich!»

«Du bist wach, liebe Grunya.»

«Wenn ich wach bin», fuhr sie energisch, beinahe wütend fort, «dann seid ihr eben die Schlafwandler. Wacht auf! Ach, wacht doch auf! Gäbe es doch ein Erdbeben, irgendetwas, einerlei, wenn es euch nur wachrütteln würde. Vater, du kannst das doch. Zieh den Auftrag für deinen Tod zurück, den du selbst erteilt hast.»

«Aber sehen Sie denn nicht, dass er das nicht kann», sagte Starkington über die Tischecke hinweg zu ihr.

Am anderen Ende des Tisches schüttelte Dragomiloff den Kopf. «Du möchtest doch nicht, dass ich mein Wort breche, Grunya?»

«Ich habe keine Angst davor, etwas zu brechen – egal was!», fiel ihm Hall ins Wort. «Der Auftrag ist von mir ausgegangen. Ich storniere ihn. Geben Sie mir meine fünfzigtausend zurück oder spenden Sie sie meinetwegen. Es ist mir egal. Ich möchte nur nicht, dass Dragomiloff getötet wird.»

«Sie vergessen sich», erinnerte ihn Haas. «Sie sind lediglich ein Kunde der Agentur. Und als Sie die Agentur in Anspruch nahmen, haben Sie bestimmte Dinge akzeptiert. Ebenso hat die Agentur bestimmte Dinge akzeptiert. Sie mögen den Wunsch verspüren, Ihre Vereinbarung rückgängig zu machen, aber das liegt nicht mehr in Ihrer Hand. Vielmehr ist das nun allein Sache der Agentur, und die Agentur macht ihre Vereinbarungen nicht rückgängig. Sie hat noch nie eine rückgängig gemacht und wird es auch nie tun. Gibt es kein bedingungsloses Vertrauen in das gegebene Wort, ist das gegebene Wort nicht genauso unverbrüchlich wie das, was die Welt im Innersten zusammenhält, so existiert keine Hoffnung mehr im Leben, und die Schöpfung zerfällt durch die ihr innewohnende Falschheit in Chaos. Wir verwerfen diese Falschheit. Das beweisen wir durch unser Handeln, das die Endgültigkeit des gegebenen Wortes bekräftigt. Habe ich recht, Kameraden?»

Der Beifall war einhellig, und Dragomiloff erhob sich halb von seinem Stuhl, beugte sich über den Tisch und reichte Haas die Hand. Ausnahmsweise einmal war Dragomiloffs sonst so unbeirrbar monotone Stimme von einer Gefühlsemphase durchdrungen, als er stolz verkündete: «Die Hoffnung der Welt! Die höhere Rasse! Der Gipfel der Evolution! Die Rechtsherrscher und Königsdenker! Die Verwirklichung aller Träume und Bestrebungen; der Schleim ist zum Licht emporgekrochen; die Berührung und die Verheißung des Göttlichen sind in Erfüllung gegangen!»

Hanover verließ seinen Platz und schlang in einer Ekstase geistiger Bewunderung und Verbundenheit die Arme um den Boss.

Grunya und Hall schauten einander verzweifelt an.

«Königsdenker», murmelte er hilflos.

«Unsere Anstalten sind voll von Königsdenkern», war ihr zorniger Kommentar.

«Logik!», höhnte er.

«Auch ich werde ein Buch schreiben», fügte sie hinzu. «Es wird den Titel *Die Logik des Wahnsinns oder Warum Denker verrückt werden* tragen.»

«Niemals zuvor hat unsere Logik eine tiefere Bestätigung erfahren», sagte Starkington zu ihr, nachdem der Jubel der Königsdenker verklungen war.

«Sie tun Ihrer Logik Gewalt an», gab Grunya zurück. «Das werde ich Ihnen beweisen ...»

«Mit den Mitteln der Logik?», schaltete sich Gray unvermittelt ein und sorgte für allgemeines Gelächter, in das Grunya widerwillig einstimmen musste.

Hall bat um Gehör, indem er feierlich die Hand hob. «Wir müssen noch debattieren, wie viele Engel auf einer Nadelspitze tanzen können.»[27]

«Schämen Sie sich!», rief Lucoville. «Das ist vorsintflutlich. Wir sind Gelehrte, keine Scholastiker ...»

«Und das können Sie», setzte Grunya nach, «ebenso leicht beweisen wie die Engel und die Nadel und alles andere dazu.»

«Sollte ich jemals aus diesem Schlamassel mit Ihnen herauskommen», erklärte Hall, «dann schwöre ich der Logik ab. Nie wieder!»

«Ein Eingeständnis intellektueller Erschöpfung», befand Lucoville.

«Nur meint er es ja nicht so», warf Harkins ein. «Er kann gar nicht anders als logisch denken. Es ist sein Erbe – das Erbe der Menschheit. Es unterscheidet den Menschen von den niederen ...»

«Halt!», warf Hanover ein. «Sie vergessen, dass das ganze Universum auf Logik gründet. Ohne Logik könnte das Universum gar nicht bestehen. In jeder seiner Fasern waltet die Logik. Logik ist im Molekül, im Atom, im Elektron. Ich habe eine Abhandlung dabei, hier in der Tasche, die ich Ihnen vorlesen werde. Ich habe sie ‹Elektronische Logik› genannt. Sie ...»

«Da kommt der Kellner», unterbrach Hall ihn unwirsch. «Er sagt natürlich, dass der Spargel aus der Dose kommt.»

Hanover hörte auf, in seiner Tasche zu kramen, um eine Tirade gegen den Kellner und die Geschäftsleitung des «Poodle Dog» zu ventilieren.

«Das war aber nicht logisch», lächelte Hall, nachdem der Kellner den Raum verlassen hatte.

«Und warum nicht, bitte?», fragte Hanover mit einer gewissen Schroffheit.

«Weil es nicht die Jahreszeit für frischen Spargel ist.»

Ehe Hanover sich davon erholen konnte, fiel schon Breen über ihn her.

«Sie sagten vorhin, Hanover, Sie interessierten sich für Sprengstoffe. Ich möchte Ihnen gern die Quintessenz der allgemeinen Logik darstellen – die unwiderlegbare Logik der Elemente, die Logik der Chemie, die Logik der Mechanik, die Logik der Zeit, alle unauflöslich verschmolzen in einem der hübschesten Geräte, die der sterbliche Geist jemals ersonnen hat. Ich bin so sehr Ihrer Meinung, dass ich Ihnen nun die vernunftlose Logik der Materie des Universums demonstriere.»

«… warum vernunftlos?», fragte Hanover schwächlich, noch immer vor dem ungegessenen Spargel erschaudernd. «Halten Sie das Elektron der Vernunft für unfähig?»

«Das weiß ich nicht, ich habe noch nie ein Elektron gesehen. Aber gehen wir doch um der Hypothese willen davon aus, dass es Vernunft hat. Jedenfalls werden Sie mir zustimmen, dass es die schärfste Logik, die absoluteste und unerschütterlichste Logik ist, die Sie je gesehen haben. Sehen Sie sich das an.» Breen war zu seinem Mantel gegangen, der an der Wand hing, und hatte ein flaches, längliches Päckchen herausgezogen. Ausgewickelt ähnelte es einer aufklappbaren Taschenkamera mittlerer Größe.

Mit vor Bewunderung funkelnden Augen hielt er es hoch. «Mein Gott, Hanover!», rief er aus. «Ich glaube, Sie haben recht. Sehen Sie nur! – Der Eloquente, der Bezwinger misstönender Zungen und widerstreitender Überzeugungen, der absolute Richter. Wenn er zu sprechen beginnt, verstummen Könige und Kaiser, Schieber und Irreführer, die Schriftgelehrten und Pharisäer und alle Falschdenker – sie verstummen auf ewig.»

«So lassen Sie es sprechen», grinste Haas. «Vielleicht wird es Hanover ja zum Schweigen bringen.»

Das Gelächter verebbte, als Breen, das Gerät in der Hand, sichtbar nachdachte. Und in der Stille sahen sie, wie er zu seinem Handlungsplan gelangte.

«Nun gut», sagte er. «Dann wollen wir es also sprechen lassen.» Er zog aus der Westentasche eine normal wirkende, metallische Uhr. «Das ist eine Weckuhr», fuhr er fort. «Mechanik mit siebzehn Steinen, Schweizer Elgin-Werk. Mal sehen. Es ist jetzt Mitternacht. Unsere Waffenruhe» – er wandte sich Dragomiloff zu – «läuft um Punkt ein Uhr ab. Sehen Sie, ich stelle sie auf exakt eine Minute nach eins.» Er deutete auf eine Öffnung in dem kameraartigen Gerät. «Schauen Sie auf diesen Schlitz. Er ist eigens dazu konstruiert, diese Uhr aufzunehmen – hören Sie, ich sagte eigens konstruiert. Ich führe die Uhr ein, sehen Sie? Haben Sie das metallene Klicken gehört? Das ist die automatische Sperrvorrichtung. Keine Macht der Welt kann die Uhr da wieder herausholen. Auch ich nicht. Das Dekret ist erlassen. Es kann nicht widerrufen werden. Das alles habe ich, mit Ausnahme der Stimme, selbst konstruiert. Die Stimme ist die Nakatodakas, des großen Japaners, der letztes Jahr verstorben ist.»

«Eine phonographische Aufnahme», klagte Hanover. «Ich dachte, Sie hätten etwas über Sprengstoffe gesagt.»

«Nakatodakas Stimme ist ein Sprengstoff», erklärte Breen. «Wenn Sie sich erinnern, Nakatodaka wurde im Labor von seiner eigenen Stimme getötet.»

«Formose!»,[28] sagte Haas und nickte. «Jetzt erinnere ich mich.»

«Ich auch», sagte Hall zu Grunya. «Nakatodaka war ein großer Chemiker.»

«Aber ich dachte, er habe das Geheimnis mit ins Grab genommen», sagte Starkington.

«Das dachte jeder», lautete Breens Antwort. «Aber die Formel wurde von der japanischen Regierung entdeckt und von einem Revolutionär aus dem Kriegsministerium gestohlen.» Seine Stimme war von Stolz durchdrungen. «Das ist die erste Formose, die je auf amerikanischem Boden hergestellt wurde. Ich habe sie hergestellt.»

«Mein Gott!», rief Grunya aus. «Und wenn sie hochgeht, fliegen wir alle in die Luft!»

Breen nickte in äußerster Befriedigung. «So wird es kommen, wenn Sie hierbleiben», sagte er. «Die Leute in der Nachbarschaft werden glauben, es sei ein Erdbeben gewesen oder eine neuerliche anarchistische Gräueltat.»

«Halten Sie sie an!», befahl sie.

«Das kann ich nicht. Das ist ja das Schöne daran. Wie ich Hanover sagte, da ist die Logik der Chemie, die Logik der Mechanik und die Logik der Zeit, sie alle unauflöslich miteinander verschmolzen. Keine Macht der Welt kann diese Verschmelzung aufhalten. Jeder diesbezügliche Versuch würde lediglich die Explosion beschleunigen.»

Grunya starrte Hall hilflos an und fasste ihn an der

Hand, Hanover dagegen flatterte und schwebte in einer fortgesetzten Ekstase um die Höllenmaschine herum und betrachtete sie hocherfreut durch seine Brille. «Wunderbar! Wunderbar! Breen, ich beglückwünsche Sie. Jetzt können wir die Angelegenheiten der Nationen regeln und die Welt auf eine höhere, edlere Basis heben. Hebräisch ist ein Zeitvertreib. Das hier ist Effizienz. Ich werde mich nun ausschließlich dem Studium der Sprengstoffe widmen – Lucoville, Sie sind widerlegt. In den Elementen steckt eben *doch* eine Moral, ebenso wie Vernunft und Logik.»

«Sie vergessen, mein lieber Hanover», entgegnete Lucoville, «dass hinter diesem Mechanismus, hinter der Chemie und der Abstraktion der Zeit der menschliche Geist steckt, der ersinnt, beherrscht, verwertet ...»

Doch er wurde von Hall unterbrochen, der seinen Stuhl zurückgeschoben hatte und aufgesprungen war. «Ihr Wahnsinnigen! Ihr sitzt so da wie die dickfelligen Elefanten! Ist euch denn nicht klar, dass das verdammte Ding bald hochgeht?»

«Erst eine Minute nach eins», versicherte Hanover ihm begütigend. «Außerdem hat Breen uns noch immer nicht seine Absichten kundgetan.»

«Der Geist des Menschen, der hinter unbewusster Materie und blinder Gewalt steht und sie beseelt», stichelte Lucoville.

Starkington beugte sich zu Hall hin und sagte mit gedämpfter Stimme: «Verlagern Sie diese Szene mal auf eine Bühne vor Publikum von der Wall Street! Das gäbe eine Massenpanik.»

Doch Hall ignorierte diese Bemerkung. «Hören Sie, Breen, was genau haben Sie vor? Ich jedenfalls und auch

Miss Constantine, wir verschwinden jetzt von hier, und zwar sofort.»

«Es ist noch reichlich Zeit», erwiderte der Hüter von Nakatodakas Stimme. «Ich sage Ihnen, was ich vorhabe. Der Waffenstillstand läuft um eins ab. Ich stehe zwischen unserem lieben Boss und der Tür. Durch die Wände kann er nicht. Ich bewache die Tür. Die anderen können gehen. Ich aber bleibe mit ihm hier. Der Vernichtungsschlag ist unabwendbar. Nichts kann ihn mehr aufhalten. Eine Minute nach Ablauf der Waffenruhe wird der letzte Auftrag, den die Agentur angenommen hat, ausgeführt sein. Verzeihen Sie, lieber Boss, einen Moment. Ich habe Ihnen gesagt, dass nicht einmal ich den Prozess, der nun in dieser Apparatur abläuft, stoppen kann. Aber beschleunigen kann ich ihn. Sie sehen meinen Daumen, der leicht auf dieser Vertiefung ruht? Er berührt nur leicht einen Knopf. Ein Daumendruck, und die Maschine explodiert sofort. Als ehrenhafter und logischer Mensch und Kamerad können Sie sehen, dass jeder Versuch Ihrerseits, durch diese Tür zu gelangen, uns alle in die Luft jagen würde, samt Ihrer Tochter und dem kommissarischen Sekretär. Daher werden Sie sitzen bleiben. Hanover, der Plan ist unfehlbar. Ich werde hierbleiben und eine Minute nach eins mit dem Boss sterben. Sie finden die Formel in der obersten Schublade des Aktenschranks in meinem Schlafzimmer.»

«Tu doch was!», beschwor Grunya Hall. «Du musst etwas tun.»

Hall, der sich wieder gesetzt hatte, stand erneut auf, schob dabei das Weinglas zur Seite und legte eine Hand auf den Tisch.

«Meine Herren.» Er sprach leise, dennoch verschaffte ihm seine Stimme sogleich die respektvolle Aufmerksamkeit der anderen. «Bis jetzt haben mir die Ideale, die Ihre Handlungen bestimmten, Respekt abgenötigt, trotz meiner Abscheu vor dem Töten. Nun jedoch muss ich Ihre Beweggründe in Zweifel ziehen.»

Er wandte sich an Breen, der ihn bedächtig musterte.

«Sagen Sie», fuhr Hall fort, «finden Sie, dass Sie persönlich die Auslöschung verdienen? Wenn Sie Ihr Leben dafür geben, Ihren Boss zu ermorden, dann verstoßen Sie gegen den Grundsatz, dem zufolge jeder Tod durch Ihre Hand durch die Verbrechen des Opfers gerechtfertigt sein muss. Welcher Verbrechen sind Sie so schuldig, dass dieses Urteil – das Sie über sich selbst gefällt haben – ein gerechtes ist?»

Breen lächelte über diese raffinierte Argumentation. Die anderen hörten höflich zu.

«Sehen Sie», erklärte der Bakteriologe heiter, «wir von der Attentatsagentur nehmen die Möglichkeit unseres eigenen Todes bei der Ausführung eines Auftrags in Kauf. Das ist unser ganz normales Berufsrisiko.»

«Zufälliger Tod ja, als Ergebnis des Unerwarteten», war Halls ruhige Antwort. «Hier jedoch sprechen wir von einem geplanten Tod, und zwar dem eines Unschuldigen – Ihrem eigenen. Das ist ein Verstoß gegen Ihre Prinzipien.»

Einen Augenblick lang herrschte nachdenkliche Stille.

«Damit hat er ganz recht, Breen», meldete sich Gray schließlich. Er hatte den Wortwechsel mit gerunzelter Stirn verfolgt. «Ich fürchte, Ihre Lösung ist kaum akzeptabel.»

«Und», schaltete sich Lucoville ein, «bedenken Sie dies: Breen könnte, indem er den Tod eines Unschuldigen herbeiführt, seinen eigenen Tod mit der Vernachlässigung der Prinzipien rechtfertigen.»

«A priori», blaffte Haas ungehalten. «Fadenscheinig. Sie argumentieren qua Zirkelschluss. Bis er stirbt, ist er nicht schuldig, und wenn er nicht schuldig ist, verdient er auch nicht den Tod.»

«Wahnsinnig!», flüsterte Grunya. «Sie sind alle wahnsinnig!»

Fassungslos starrte sie auf die munteren Gesichter um die Festtafel herum. In ihren Augen lag der intensive Glanz von Gelehrten während eines Seminars. Keiner schien auch nur im Mindesten von dem Wissen berührt, dass eine tödliche Bombe die Minuten abtickte. Breen hatte den Daumen von dem kleinen Knopf seitlich an der Waffe genommen. Seine Blicke richteten sich gespannt auf die Sprecher, die seinen Vorschlag diskutierten.

«Eine mögliche Lösung gibt es», bemerkte Harkins langsam und beugte sich für seinen Diskussionsbeitrag vor. «Breen hat, indem er die Bombe während einer Waffenruhe scharf machte, eine Abmachung missachtet. Damit sage ich nicht, dass allein das schon eine so schwere Strafe verdient, wie er sie erwägt, aber gewiss hat er sich einer Tat schuldig gemacht, die jenseits der strengen Moral unserer Organisation liegt ...»

«Genau!», schrie Breen mit funkelnden Augen. «Das stimmt, und das ist auch die Antwort! Indem ich den Vernichtungsschlag während einer Waffenruhe in Gang gesetzt habe, habe ich eine Sünde begangen. Ich bekenne mich schuldig und verdiene den Tod.» Sein Blick streifte die Wanduhr. «In genau dreißig Minuten ...»

Doch diese Unaufmerksamkeit Dragomiloff gegenüber

erwies sich als tödlich. Schnell wie eine zuschnappende Kobra suchten und fanden die kräftigen Hände des Ex-bosses der Agentur lebenswichtige Nerven in Breens Hals. Der japanische Todesgriff wirkte sofort; als die anderen noch in verblüfftem Schrecken zusahen, erschlaffte Breens Hand auf der kleinen Bombe, und er glitt leblos zu Boden. Fast mit derselben Bewegung hatte Dragomiloff seinen Mantel gepackt und stand bereits an der Tür.

«Wir sehen uns auf dem Schiff, liebste Grunya», murmelte er noch, dann war er draußen, bevor die anderen etwas tun konnten.

«Ihm nach!», schrie Harkins und sprang auf. Doch John Grays hochgewachsene Gestalt verstellte ihm den Weg.

«Wir haben Waffenruhe!», erinnerte Gray ihn nachdrücklich. «Breen hat sie gebrochen und für seine Missachtung teuer bezahlt. Wir dagegen sind durch unsere Ehre noch weitere zwanzig Minuten gebunden.»

Starkington, der am einen Ende des langen Tisches die gesamte Diskussion gelassen verfolgt hatte, hob nun den Kopf und sprach. «Die Bombe», bemerkte er ruhig. «Wir werden unseren Disput leider verschieben müssen. Es sind noch exakt» – er schaute auf die Wanduhr – «achtzehn Minuten bis zu ihrer geplanten Detonation.»

Haas beugte sich neugierig nieder und löste die kleine Kassette aus Breens schlaffer Hand. «Es muss doch eine Möglichkeit geben ...»

«Breen hat versichert, dass es keine gibt», entgegnete Starkington trocken. «Ich glaube ihm. Bei seinen wissenschaftlichen Erklärungen war Breen stets unmissverständlich klar.» Er stand auf. «Als Leiter des Chicagoer Büros muss ich den Oberbefehl über unsere stark dezimierten

Kräfte übernehmen. Harkins, Sie und Alsworthy bringen die Bombe so schnell wie möglich zur Bucht. Wir können sie nicht hier lassen, wo sie im Fall einer Explosion Unschuldige töten würde.»

Er wartete, während die beiden ihre Mäntel nahmen und sich mit dem tödlich tickenden Behältnis Formose auf den Weg machten.

«Unser allseits geachteter Exboss hat ein Schiff erwähnt», fuhr er gleichmütig fort. «Ich hatte angenommen, dass er deswegen nach San Francisco gekommen ist; seine Aussage hat das lediglich bestätigt. Da wir uns nicht dazu erniedrigen können, den Namen des Dampfers seiner reizenden Tochter zu entlocken, müssen wir andere Vorkehrungen treffen. Haas …?»

«Am Vormittag laufen nur drei Dampfer mit der Flut aus», erwiderte Haas nahezu mechanisch, während Grunya über die Fülle von Informationen staunte, die sich hinter der gewölbten Stirn verbargen. «Wir sind noch Männer genug, um sie alle mit Leichtigkeit zu überprüfen.»

«Gut», willigte Starkington ein. «Es sind …?»

«Die ‹Argosy› in Oakland, die ‹Eastern Clipper› an Jansen's Wharf und die ‹Takku Maru› am Commercial Dock.»

«Schön. Dann übernehmen Sie, Lucoville, die ‹Argosy›. Haas, die ‹Takku Maru› sollte Ihnen mehr entsprechen. Gray die ‹Eastern Clipper›.»

Die drei Männer sprangen auf, doch Starkington bedeutete ihnen, sich wieder zu setzen. «Es ist noch etwas Zeit bis zur Flut, meine Herren», meinte er gelassen. «Außerdem dauert unsere Waffenruhe noch zwölf Minuten.» Er blickte auf Breens Leiche, die verdreht auf dem Fußboden lag. «Wir müssen auch Vorkehrungen treffen, unseren lieben Freund hier wegzubringen. Ein bedauerlicher Herz-schlag, würde ich sagen. Hanover, wenn Sie den Anruf tä-tigen wollen ... Danke.»

Seine Hand griff über den Tisch nach der Weinkarte. «Danach würde ich einen Brandy empfehlen, einen kräfti-gen. Möglichst einen aus Spanien. Ein passendes Getränk, das man zum Abschluss einer Mahlzeit zu sich nimmt. Wir wollen, meine Herren, auf den Abschluss eines äu-ßerst schwierigen Auftrags trinken. Und wir wollen, meine Herren, auf den Mann anstoßen, der den Auftrag ermög-licht hat.»

Hall wollte gegen diesen makabren Scherz auf seine Kos-ten protestieren, doch bevor er noch etwas sagen konnte, ertönte schon Starkingtons ruhige Stimme: «Meine Her-ren, auf Ivan Dragomiloff!»

14

Winter Hall hatte, unter Zuhilfenahme einer vollen Brieftasche, wenig Schwierigkeiten, den Zahlmeister zu überzeugen, dass an Bord der «Eastern Clipper» noch Kabinen zur Verfügung standen, selbst für Nachzügler. Er war noch rasch wegen einer Tasche ins Hotel gegangen, hatte eine knappe Notiz hinterlassen mit der Maßgabe, sie gleich morgens nachzusenden, und eine besorgte Grunya an der Gangway angetroffen. Während er seine finanziellen Vorkehrungen für die Passage traf, verschwand Grunya nach unten, um ihren Vater über Halls Anwesenheit auf dem Schiff zu informieren.

Ein schelmisches Lächeln huschte über Dragomiloffs Züge. «Hast du etwa erwartet, ich sei zornig, meine Liebe?», fragte er. «Empört? Oder auch nur überrascht? Zwar ist die Vorstellung einer Reise allein mit meiner neu gefundenen Tochter eine Freude, eine noch größere ist es aber, mit ihr zu reisen, wenn sie glücklich ist.»

«Du hast mich immer glücklich gemacht, Onkel ... ich meine, Vater», schmollte sie, allerdings augenzwinkernd.

Dragomiloff lachte. «Es kommt die Zeit, meine Liebe, in der das Glück, das ein Vater schenken kann, beschränkt ist. Und nun werde ich, wenn es dir recht ist, zu Bett gehen. Es war ein anstrengender Tag.»

Grunya gab ihm einen zärtlichen Kuss und öffnete die

Tür, als die Erinnerung sie überfiel. «Vater», rief sie aus. «Die Attentatsagentur! Sie wollen jedes Schiff überprüfen, das mit der Morgenflut ausläuft.»

«Aber natürlich», sagte er sanft. «Das haben sie doch als Erstes getan.» Er küsste sie erneut und schloss die Tür hinter ihr.

Sie stieg aufs Oberdeck, wo sie Hall antraf. Hand in Hand standen sie an der Reling und schauten auf die Lichter der schlafenden Stadt. Seine Hand drückte die ihre.

«Muss es denn wirklich ein volles Jahr sein?», fragte er traurig.

«Es sind doch nur noch drei Monate», lachte sie. «Sei nicht so ungeduldig.» Ihr Lachen verebbte. «In Wahrheit gilt dieser Ratschlag doch eher mir.»

«Grunya!»

«Es stimmt», gestand sie. «Ach, Winter, ich möchte dich so gern heiraten!»

«Liebling! Der Kapitän kann uns schon morgen trauen!»

«Nein. Ich bin genauso verrückt wie ihr alle. Ich habe mein Wort gegeben und werde es nicht zurücknehmen.» Sie sah ihn besonnen an. «Ich heirate dich erst, wenn das Jahr um ist. Und sollte meinem Vater vorher etwas zustoßen ...»

«Ihm wird nichts zustoßen», beruhigte Hall sie.

Sie sah ihn unverwandt an. «Und doch wirst du mir nicht versprechen, alles daranzusetzen, damit nichts Schlimmes geschieht.»

«Mein Liebling, das kann ich nicht.» Hall starrte über die Reling auf das dunkle Wasser darunter. «Diese Wahnsinnigen – und in dieser Kategorie muss ich deinen Vater mit einschließen – werden niemandem gestatten, ihr gefährliches Spiel zu durchkreuzen. Und genau das ist es für sie doch: ein Spiel.»

«Das keiner gewinnen kann», pflichtete sie ihm traurig bei und schaute dann auf ihre Uhr. «Es ist sehr spät. Ich muss mich wirklich schlafen legen. Sehen wir uns morgen früh?»

«Das lässt sich auf einem kleinen Dampfer kaum vermeiden», lachte er, neigte den Kopf und küsste sie leidenschaftlich auf die Finger.

Dragomiloff war es in seiner Kabine zu warm; er entriegelte das Bullauge und öffnete es weit. Sein Kajüte ging auf den Pier und eine geschlossene Reihe unergründlicher Speicher hinaus, erhellt lediglich von einer Kette kleiner Glühbirnen, die schwach in der Nachtbrise schwangen. Dieses Manöver brachte kaum Linderung; die Nacht draußen war schwül und still.

Er stand in der Dunkelheit seines Zimmers an den Messingrahmen des Bullauges gelehnt und holte tief Luft. Seine Gedanken schweiften zurück auf die vergangenen neun Monate und die Fluchten, die ihm mit knapper Not geglückt waren. Er fühlte sich erschöpft, geistig und körperlich erschöpft. «Das Alter», dachte er. Die einzige Variable in der Gleichung des Lebens, die zu beherrschen oder zu bestimmen jenseits der Macht des Geistes war. Immerhin lagen zehn Tage bar aller Sorgen vor ihm, zehn angenehme Tage auf dem Schiff, während deren er sich erholen konnte. Wie er so dastand, hörte er plötzlich eine vertraute Stimme, die von unten aus dem Schatten heraufdrang.

«Sind Sie sicher? Dragomiloff? Es ist aber sehr wahrscheinlich, dass er sich unter den Passagieren befindet.»

«Ganz sicher», sagte der Zahlmeister. «Wir haben niemanden dieses Namens an Bord. Sie können davon ausgehen, dass wir alles in unserer Macht Stehende täten, um die Bundesbehörden zu unterstützen.»

Im Schutz seiner verdunkelten Kajüte grinste Dragomiloff. Seine Müdigkeit war verflogen, alle Sinne waren angespannt, und er horchte aufmerksam. Gray war so schlau gewesen, sich als Bundespolizist auszugeben, aber Gray hatte sich seiner Stellung in der Agentur auch immer als äußerst würdig erwiesen.

«Es bestünde noch die Möglichkeit, dass er nicht unter seinem wirklichen Namen reist», hakte Gray nach. «Er ist eher klein, wirkt schwächlich – was er allerdings nicht ist, glauben Sie mir –, und er reist mit seiner Tochter, einer ziemlich schönen jungen Dame namens Grunya.»

«Wir haben allerdings einen Herrn, der mit seiner Tochter reist ...»

Dragomiloffs Lächeln wurde breiter. In dem Dunkel seines Zimmers ließ er schon seine kleinen, kräftigen Finger spielen.

Auf dem Pier unten trat eine kurze Stille ein, dann sagte Gray nachdenklich: «Ich würde das gern weiter überprüfen, wenn es Ihnen nichts ausmacht. Könnten Sie mir seine Kabinennummer geben?»

«Selbstverständlich. Einen Moment, Sir. Da haben wir sie – 31 – auf dem Unterdeck.» Es folgte eine Pause des Zögerns. «Aber falls Sie sich geirrt haben ...»

«Dann entschuldige ich mich.» In Grays Stimme lag eine Kälte. «Den Bundesbehörden liegt nichts daran, unschuldige Menschen in Verlegenheit zu bringen. Dennoch muss ich meiner Pflicht nachkommen.»

Die schattenhaften Gestalten am Fuß der Gangway trennten sich; die größere schob sich an der anderen vorbei und erklomm leichtfüßig die schräge Treppe. «Ich finde es schon, danke. Sie brauchen Ihren Posten nicht zu verlassen.»

«Gewiss, Sir. Ich hoffe ...»

Doch da war Gray schon außer Hörweite. Flink betrat er das Schiffsdeck und lief rasch zu einer Tür, die zu einem inneren Korridor führte. Drinnen schaute er sogleich nach den Nummern der ihm nächstgelegenen Kabinen. Die Tür vor ihm trug die 108; ohne zu zögern, wandte er sich zur Treppe und stieg hinab. Dort unten waren die Nummern zweistellig. Er lächelte in sich hinein und schlich den stillen Gang entlang, wobei er auf jede Tür schaute.

Die Nummer 31 lag hinter einer Biegung im Gang, ein wenig zurückgesetzt. Gray drückte sich gegen die Wand der Nische und überdachte seinen nächsten Schritt. Er unterschätzte Dragomiloff nicht, denn der hatte ihn nicht nur die Schönheit von Logik, Ethik und Moral gelehrt, sondern auch, wie man einem Mann mit einem einzigen jähen Hieb den Hals brach. Unvermittelt erbebte das Schiff, und er erstarrte, doch es waren nur die großen Maschinen darunter, die sich zu drehen begannen, weil man sie für die bevorstehende Ausfahrt warm laufen ließ.

In der Stille des verlassenen Korridors erwog Gray, seinen Revolver zu benutzen, verwarf den Gedanken aber gleich wieder. In dem engen Raum wäre das Geräusch ohrenbetäubend, und die Flucht würde sich desto schwieriger gestalten. Stattdessen zog er ein schmales, scharfes Messer aus einem Holster am Unterarm und prüfte die Klinge kurz mit dem Daumen. Mit dem Ergebnis zufrieden, umklammerte er es fest, die Klinge aufwärtsgerichtet, während die andere Hand, in der ein Dietrich lag, nach dem Schloss tastete.

Mit einem raschen Blick vergewisserte er sich, dass er sich allein auf dem Korridor befand; alle Passagiere schliefen. So lautlos wie nur möglich schob er den Dietrich ins Schloss und drehte ihn langsam.

Zu seiner Überraschung wurde die Tür jäh nach innen aufgerissen. Noch bevor er das Gleichgewicht wiedererlangt hatte, wurde er in den Raum gezogen, und kräftige Finger umklammerten die Hand, in der er das Messer hielt. Doch Grays Reaktionen waren immer blitzschnell gewesen. Statt zurückzuweichen, stürmte er mit aller Wucht samt seinem Angreifer nach vorn, den Schwung des anderen mit seinem Gewicht verstärkend. Ineinander verkeilt stürzten die beiden Männer gegen die Koje unterm Bullauge. Mit jähem Ruck hatte Gray sich aufgerichtet, zur Seite gedreht, das Messer wieder fest im Griff der Faust. Auch Dragomiloff war rasch auf den Beinen, die Hände ausgestreckt, die straff gespannten Finger auf der Suche nach einer Lücke, um seinem Widersacher den Todesgriff zu versetzen.

Einen Augenblick lang standen sie einander keuchend im Abstand von einem Meter gegenüber. Die kleinen elektrischen Lichter auf dem Pier warfen unheimliche Schattenmuster in der Kabine. Dann zuckte Grays Arm blitzschnell vor, das Messer pfiff im Dunkeln. Doch es stieß nur ins Leere; Dragomiloff hatte sich fallen lassen, und als der Arm des anderen über ihm war, griff er danach, packte zu und verdrehte ihn. Mit einem unterdrückten Aufschrei ließ Gray das Messer fallen und sackte auf den kleineren

Mann, wo er mit der freien Hand nach dessen Kehle tastete.

Sie kämpften in lautloser Verbissenheit, zwei ausgebildete Attentäter, beide sich der Fähigkeiten des anderen bewusst, beide von der Rechtmäßigkeit des Todes des jeweils anderen überzeugt wie auch von dessen Unausweichlichkeit. Alle Griffe und Gegengriffe der beiden erfolgten unwillkürlich, gleichermaßen verheerend und einander ebenbürtig in der Beherrschung der japanischen Tötungskunst. Das Dröhnen der riesigen, langsam stampfenden Kolben unter ihnen wurde immer lauter. In der Kajüte wogte der Kampf unerbittlich hin und her, ein Griff dem anderen gleich, ihr keuchender Atem im mächtigeren Getöse der Schiffsmaschinen nun untergehend.

Ihre ausschlagenden Beine trafen die offene Tür, sie flog mit lautem Knall zu. Gray versuchte, sich freizustrampeln, und spürte auf einmal, wie ihm sein verlorenes Messer gegen das Schulterblatt drückte. Den gekrümmten Rücken anspannend, schnellte er vor, wehrte Dragomiloffs Angriff mit einer Hand ab, während er mit der anderen nach der Waffe tastete. Und dann fanden seine Finger sie. Er wirbelte herum, befreite sich, holte mit der Klinge zu einem tödlichen Hieb aus und stieß tückisch zu. Er spürte, wie sie in etwas Weiches eindrang, und für einen kurzen Moment ließ die Anspannung nach. Und genau in diesem Moment fanden Dragomiloffs begierige Finger die Stelle, nach der sie gesucht hatten. Gray sank zurück, und ehe er starb, zogen seine Finger mit einer letzten Anstrengung das Messer aus der Kojenmatratze.

Dragomiloff erhob sich taumelnd und starrte düster auf die schattenhafte Gestalt seines alten Freundes, der da am

Fuß der schmalen Koje lag. Er lehnte sich gegen das geschlossene Bullauge und rang nach Luft; er merkte, wie viel er im Lauf der Jahre von seiner Kampfkraft eingebüßt hatte. Müde rieb er sich das Gesicht. Immerhin, dachte er, hatte er Grays Angriff überlebt, und Gray war nicht weniger tödlich als alle anderen Mitglieder auch.

Ein plötzliches Klopfen an der Tür holte ihn jäh ins Hier und Jetzt zurück. Er bückte sich rasch, rollte die Leiche aus dem Blickfeld unter die Koje und postierte sich lautlos neben der Tür. «Ja?»

«Mr. Constantine? Könnte ich Sie einen Augenblick sprechen, Sir?»

«Einen Moment.» Dragomiloff knipste das Kabinenlicht an; ein kurzer Blick quer durch den Raum ließ nichts allzu Belastendes erkennen. Er rückte einen Stuhl gerade, breitete die Decke aus, um die aufgeschlitzte Matratze zu bedecken, und zog sich einen Morgenmantel über. Erneut schaute er sich um. Zufrieden, dass alles vorzeigbar war, öffnete er die Tür einen Spaltbreit und gähnte dem Zahlmeister ausgiebig ins Gesicht. «Ja? Was gibt's?»

Der Zahlmeister machte ein betretenes Gesicht. «Ein Mr. Gray, Sir. War der bei Ihnen?»

«Ach, der. Ja, der war da. Wirklich dumm, mich damit zu behelligen, wissen Sie. Er suchte nach einem Mr. Dragomovitch oder so ähnlich. Er hat sich entschuldigt und ist wieder gegangen. Warum?»

«Das Schiff legt gleich ab. Meinen Sie, er könnte eben erst noch an Land gegangen sein? Während ich herunterkam?»

Wieder gähnte Dragomiloff und schaute den Zahlmeister kühl an. «Da bin ich wirklich überfragt. Aber wenn Sie mich jetzt entschuldigen wollen, ich bräuchte wirklich etwas Schlaf.»

«Gewiss, Sir. Verzeihen Sie. Vielen Dank.»

Dragomiloff schloss die Tür ab und schaltete wieder das Licht aus. Er setzte sich auf den kleinen Stuhl, mit dem die Kajüte ausgestattet war, und starrte gedankenverloren auf das Bullauge. Morgen würde es zu spät sein, dann würden die Stewards die Kabinen reinigen wollen. Sogar frühmorgens konnte es schon zu spät sein; Spaziergänger auf den Decks waren um diese Zeit nichts Ungewöhnliches. Es musste jetzt geschehen, trotz aller Risiken, die damit verbunden waren. Geduldig lehnte er sich zurück und erwartete die Abfahrt des Schiffs.

Vom Deck drangen Stimmen herüber, als die Leinen losgemacht wurden und man sich auf dem Schiff zum Ablegen bereit machte. Das Dröhnen der Maschinen wurde lauter, ein leichtes Beben teilte sich der Kabine mit. Von oben drang schwaches Fußgetrappel herab; Matrosen rannten hin und her, holten die Trossen ein, gehorchten den Erfordernissen des stählernen Ungeheuers, das sie über den Ozean bringen sollte.

Die Rufe an Deck wurden spärlicher. Dragomiloff entriegelte vorsichtig das Bullauge und steckte den Kopf hindurch. Die Wasserkluft zwischen Pier und Schiff wurde langsam breiter, die entlang den Speichern aufgereihten Lichter schwanden in die Ferne. Er horchte aufmerksam nach Schritten über ihm; da waren keine. Also kehrte er zu seiner Aufgabe zurück, rollte die Leiche aus ihrem Versteck heraus, bückte sich, hob sie mit Leichtigkeit an und setzte sie auf die Koje. Ein letzter forschender Blick bestätigte ihm, dass die Luft rein war. Er bugsierte die schlaffen

Arme durch das Bullauge und drückte die Leiche ins Freie. Sie fiel und schlug mit einem leisen Klatschen auf. Dragomiloff wartete, ob Laute von oben kämen. Es kamen keine. Mit tiefen Furchen im Gesicht verriegelte er das Bullauge, zog die Vorhänge fest zu und machte wieder Licht.

Bevor er sich hinlegte, war noch ein letzter Blick nötig, denn Dragomiloff war ein gewissenhafter Mensch. Das Messer wurde in einem Koffer verstaut, die Tasche verschlossen. Der Schlitz in der Matratze wurde mit dem Laken verdeckt, das er nochmals umschlug und feststopfte. Dann wurde noch der Teppich gerade gezogen. Erst als der Raum wieder sein voriges Erscheinungsbild angenommen hatte, entspannte sich Dragomiloff und begann langsam, sich zu entkleiden.

Es war eine bewegte Nacht gewesen, aber auch ein Schritt weiter auf seinem unerbittlichen Weg.

15

Lucoville klopfte zweimal an Starkingtons Hotelzimmer-
tür, trat, als die Tür aufging, ein und legte wortlos eine
Zeitung auf den Tisch. Starkingtons Blick fiel sofort auf
die dicken schwarzen Schlagzeilen, und rasch las er den
schauerlichen Bericht.

ZWEI TOTE BEI RÄTSELHAFTER EXPLOSION

15. Aug.: Heute in den frühen Morgenstunden ereignete
sich in der Worth Street nahe der Bucht eine rätselhafte
Explosion, die den tragischen Tod zweier nicht identifi-
zierter Männer forderte. Die Polizei konnte keinen Hinweis auf die Ursache der heftigen Detonation entdecken,
durch welche in der näheren Umgebung Fenster zerstört
wurden und die zwei Männern, welche zur Zeit der Explosion dort unterwegs gewesen sein sollen, das Leben
kostete.

Die Wucht der Detonation machte die Identifizierung
der beiden Opfer unmöglich. Die zerfetzten Teile einer
kleinen Metallkassette waren die einzigen ungewöhn-
lichen Dinge, die gefunden wurden, aber die Polizei gibt
an, wegen ihrer Größe könne sie unmöglich eine Rolle bei der Tragödie gespielt haben. Gegenwärtig räumen
die Behörden ein, vor einem Rätsel zu stehen.

«Harkins und Alsworthy!», stieß er zwischen zusammengebissenen Zähnen hervor. «Wir müssen die anderen so
schnell wie möglich herholen!»

«Ich habe Haas und Hanover angerufen», erwiderte Lucoville. «Sie müssten jeden Moment hier sein.»

«Und Gray?»

«In seinem Hotelzimmer antwortet niemand. Das überrascht mich ziemlich, da doch vereinbart war, dass heute
Vormittag über die Schiffe berichtet wird, die in der Nacht
überprüft worden sind.»

«Sie haben auf der ‹Argosy› nichts gefunden?»

«Nichts. Ebenso wenig Haas auf der ‹Takku Maru›.»

Die beiden Männer starrten einander in gemeinsamem
stummem Nachdenken an.

«Glauben Sie denn ...?», begann Starkington, doch in
dem Moment klopfte es gebieterisch an der Tür, und noch
bevor einer der beiden etwas antworten konnte, schwang
die Tür weit auf und offenbarte Hanover und Haas.

Haas stürzte herein und legte eine spätere Ausgabe der
Zeitung auf den Tisch. «Haben Sie das gesehen?», rief er.
«Gray ist tot!»

«Tot?»

«Man hat ihn bei Jansen's Wharf aus dem Wasser gezogen, wo die ‹Eastern Clipper› lag! Dragomiloff ist auf dem
Schiff, und es ist ausgelaufen!»

Einen Augenblick herrschte betroffenes Schweigen. Starkington ging zu einem Sessel und setzte sich langsam. Sein
Blick streifte die ernsten Gesichter seiner Gefährten, bevor
er leise sagte: «Nun, meine Herren, wir werden weiter de-
zimiert. Alle noch verbliebenen Mitglieder der Attentatsagentur befinden sich jetzt in diesem Zimmer. Innerhalb der

letzten zwölf Stunden sind drei von uns gestorben. Wo ist der Erfolg hin, von dem jede unserer Taten all die Jahre gekrönt war? Kann denn alles mit einem Mal verloren sein?»

«Es gibt Grenzen der Unfehlbarkeit», warf Haas ein. «Harkins' und Alsworthys Tod war die Folge eines Zufalls.»

«Zufall? Das glauben Sie doch nicht im Ernst, Haas. Das können Sie nicht. So etwas wie Zufall gibt es nicht. Wir beherrschen unser Leben, oder wir beherrschen nichts.»

«Jedenfalls glauben wir es, oder wir glauben an nichts», setzte Lucoville trocken hinzu.

«Aber die Wanduhr muss vorgegangen sein!», beharrte Haas.

«So sieht es aus», räumte Starkington ein. «Aber ist es Zufall, wenn man aufgrund der Nichtbeherrschbarkeit einer mechanischen Apparatur scheitert? Erfindungen, mein lieber Haas, sind das Werk von Machern, nicht von Denkern.»

«Eine groteske Aussage», höhnte Haas.

«Keineswegs. Was den Menschen dazu verleitet, nach mechanischen Lösungen zu suchen, ist seine Unfähigkeit, Probleme verstandesmäßig zu durchdringen. Nehmen Sie beispielsweise diese Wanduhr. Löst das Wissen um die exakte Stunde das Problem dieser Stunde? Was ist für Schönheit und Moral gewonnen, wenn man weiß, dass es in diesem Augenblick acht Minuten nach zehn ist?»

«Sie vereinfachen zu sehr», entgegnete Haas. «Eines Tages wird die Uhr sich rächen.»

Hanover beugte sich vor. «Da Sie so über die Macher spotten», bemerkte er, «betrachten Sie uns dann nur als Denker und nicht Macher?»

Starkington lächelte. «Um ehrlich zu sein, waren wir in letzter Zeit keines von beidem. Aber von nun an müssen wir beides sein.»

Lucoville, der am Fenster gestanden und auf die Straße geblickt hatte, drehte sich um. «Schauen Sie», sagte er kategorisch. «Dragomiloff ist abgereist. Er hat das Land verlassen. Es ist zweifelhaft, ob er je wiederkommt. Warum geben wir diese sinnlose Jagd nicht auf? Wir können die Agentur doch auf eigene Faust wiederaufbauen. Dragomiloff hat es ganz allein geschafft, und wir sind zu viert.»

«Die Jagd aufgeben?» Haas war schockiert. «Sinnlos? Wie könnten wir die Agentur wiederaufbauen, wenn wir die Ersten sind, die nicht bloß die Jagd aufgeben, sondern auch gleich unsere Prinzipien?»

Lucoville senkte den Kopf. «Sie haben natürlich recht. Das war unüberlegt. Was also ist unser nächster Schritt?»

Haas antwortete ihm. Die dünne Flamme von einem Mann erhob sich und beugte sich über den Tisch, die riesige Stirn flackerte. «Heute Nachmittag um vier Uhr läuft ein Schiff – die ‹Oriental Star› – vom Dearborn Dock aus. Es ist das schnellste auf der Pazifikroute. Es dürfte mit Leichtigkeit einen Tag vor der ‹Eastern Clipper› in Hawaii sein. Ich schlage vor, dass wir in Honolulu auf Dragomiloff warten. Und dass wir, wenn wir ihm begegnen, vorsichtiger sind als unsere Vorgänger.»

«Eine hervorragende Idee», willigte Hanover begeistert ein. «Er wird sich in Sicherheit wiegen.»

«Der Boss wiegt sich nie in Sicherheit», bemerkte Starkington. «Nur lässt er nicht zu, dass sein Unsicherheitsgefühl ihn irritiert. Also, meine Herren, sind Sie mit Haas' Vorschlag einverstanden?»

Einen Augenblick lang herrschte Schweigen.

Dann schüttelte Lucoville den Kopf. «Ich finde es nicht erforderlich, dass wir alle fahren. Haas hat sich von seiner Wunde noch nicht völlig erholt. Auch finde ich es nicht gut, dass wir alles auf eine Karte setzen. Ich schlage vor, dass Haas hierbleibt. Gut möglich, dass wir auf dem Festland noch jemanden brauchen.»

Dieser Vorschlag wurde von den anderen sorgsam erwogen. Starkington nickte. «Ich stimme dem zu. Haas?»

Der kleine, energische Mann lächelte bekümmert. «Natürlich wäre ich gern dabei, wenn er getötet wird. Aber ich muss mich der Logik von Lucovilles Argument beugen. Ich stimme ebenfalls zu.»

Hanover nickte beifällig. «Wir haben noch ausreichend Mittel?»

Starkington ging zu seinem Schreibtisch und zog einen Umschlag heraus.

«Dies wurde heute Morgen von einem Boten gebracht. Hall hat ein Dokument unterzeichnet, das mir die Vollmacht gibt, auf unseren Fonds zuzugreifen.»

Hanover zog die Brauen hoch. «Dann ist er also mit Dragomiloff gefahren.»

«Wohl eher mit dessen Tochter», korrigierte ihn Haas lächelnd. «Der arme Hall! Von der Liebe zu einem Schwiegervater verleitet, für dessen Tötung er bezahlt hat!»

«Halls Logik ist von Gefühlen vergiftet», bemerkte Starkington. «Das Schicksal von Gefühlsmenschen ist nicht nur vorhersehbar, sondern meistens auch verdient.» Er stand auf. «Gut, dann kümmere ich mich um unsere Passage.» Plötzlich sorgenvoll schaute er auf Lucoville. «Warum runzeln Sie die Stirn?»

«Das Essen an Bord», seufzte Lucoville unglücklich auf. «Glauben Sie, man wird dort während der ganzen Fahrt frisches Gemüse vorrätig haben?»

Der obere Rand der Sonne schob sich langsam über den östlichen Horizont. Winter Hall, der die warme Brise des pazifischen Morgens genoss, wurde abrupt bewusst, dass jemand neben ihm stand. Es war Dragomiloff, der in die Ferne schaute.

«Guten Morgen!», lächelte Hall. «Gut geschlafen?»

Dragomiloff sah sich genötigt, das Lächeln zu erwidern. «So gut, wie zu erwarten war», lautete seine trockene Antwort.

«Wenn ich Schwierigkeiten habe einzuschlafen», meinte Hall, «gehe ich meistens an Deck spazieren. Ich habe gemerkt, dass mir diese Übung dabei hilft.»

«An mangelnder Übung lag es jedenfalls nicht.» Unvermittelt richtete Dragomiloff den Blick auf den großen, gut aussehenden jungen Mann neben ihm. «Letzte Nacht, vor Abfahrt des Schiffs, hatte ich Besuch.»

Die Erinnerung traf Hall wie ein Hieb. «Gray! Er sollte doch das Schiff überprüfen!»

«Ja. Gray hat bei mir vorbeigeschaut.»

«Ist er an Bord?» Hall blickte sich um; sein freudiges Lächeln war verflogen.

«Nein. Er ist nicht mitgefahren. Er ist dort geblieben.»

Hall starrte den kleinen Mann mit den sandfarbenen Haaren neben sich in allmählichem Innewerden an. «Sie haben ihn umgebracht!»

«Ja, ich habe ihn umgebracht. Ich war dazu gezwungen.»

Hall kehrte zu seiner Betrachtung des Sonnenaufgangs zurück. Sein markantes Gesicht war ernst geworden. «Sie sagen, Sie seien dazu gezwungen gewesen. Erkenne ich in diesem Eingeständnis eine Änderung Ihrer Ansichten?»

«Nein.» Dragomiloff schüttelte den Kopf. «Wenngleich alle Ansichten für Veränderungen zugänglich sein müssen, soll sich der denkende Mensch seiner Vernunftbegabung doch als würdig erweisen. Ich sage ‹gezwungen›, weil Gray mein Freund war. Vielleicht könnte man sogar sagen, er war mein Protegé. In der Befolgung meiner Lehren hat er mir nach dem Leben getrachtet. Und in Anerkennung der Reinheit seiner Motive habe ich es ihm genommen.»

Hall seufzte erschöpft auf. «Nein, Sie haben sich nicht geändert. Sagen Sie, wann hat dieser Wahnsinn ein Ende?»

«Wahnsinn?» Dragomiloff zuckte die Achseln. «Definieren Sie den Begriff. Was ist Normalität? Denen, durch deren Handlungen Unschuldige ihr Leben verlieren, zu gestatten, weiterzuleben? Manchmal Tausende Unschuldiger?»

«Damit meinen Sie doch sicher nicht John Gray!»

«Aber keineswegs. Ich rechtfertige lediglich die Grundlage meiner Lehren, an die John Gray glaubte und die Sie Wahnsinn zu nennen belieben.»

Hall starrte den anderen hoffnungslos an. «Aber Sie haben doch längst eingeräumt, dass diese Philosophie ein Trugschluss ist. Der Mensch kann nicht urteilen, er kann nur beurteilt werden. Und nicht vom Einzelnen. Nur von der Gruppe.»

«Stimmt. Auf dieser Grundlage haben Sie mich auch überzeugt, dass die Ziele der Attentatsagentur unwert waren. Ein besseres Wort wäre vielleicht ‹vorschnell›. Denn die Agentur ist, erinnern Sie sich bitte, eine Gruppe, die die Gesellschaft repräsentiert. Stellen Sie sich doch einmal eine Agentur vor, die die gesamte Menschheit umfasst. Dann wären die Argumente, mit denen Sie mich überzeugt haben, nicht mehr stichhaltig. Aber egal. In jedem Fall haben Sie mich überzeugt, und ich habe den Auftrag angenommen, mich töten zu lassen. Bedauerlicherweise hat gerade die Perfektion der Organisation gegen mich gearbeitet.»

«Perfektion!», rief Hall verzweifelt aus. «Wie können Sie nur dieses Wort gebrauchen? Man hat mindestens sechs oder sieben Mal vergeblich versucht, Sie zu töten!»

«Dieses Scheitern ist Beweis der Perfektion», erklärte Dragomiloff ernst. «Ich sehe, Sie verstehen es nicht. Scheitern ist berechenbar, denn die Agentur impliziert eine gewisse wechselseitige Kontrolle.»

Hall starrte den kleinen Mann neben ihm verblüfft an. «Sie sind wirklich unglaublich! Sagen Sie mir dann, wann dieses – gut, ich gebrauche das Wort ‹Wahnsinn› nicht –, wann dieses Abenteuer zu Ende ist?»

Zu Halls Überraschung zeigte Dragomiloff ein recht freundliches Lächeln. «Ich mag das Wort ‹Abenteuer›. Das ganze Leben ist ein Abenteuer, aber das würdigen wir erst, wenn es bedroht ist. Wann es endet? Wenn wir enden, nehme ich an. Wenn unser Gehirn nicht mehr funktioniert, wenn wir uns zu den Würmern und den Nicht-Denkern gesellen. In meinem Fall», fuhr er fort, wobei er Halls kaum verhohlene Ungeduld spürte, «am Ende der Jahresfrist, von dem Zeitpunkt an gerechnet, als ich Haas den Auftrag erteilt habe.»

«Und die Zeit ist schon weit fortgeschritten. Keine drei Monate mehr, dann ist Ihr Vertrag abgelaufen. Was dann?»

Zu seiner Überraschung erlosch Dragomiloffs Lächeln jäh. «Das weiß ich nicht. Ich kann nicht glauben, dass die Organisation, die ich so minutiös aufgebaut habe, mir ein Leben bis zum vollen Ende gestattet. Das wäre die Negation ihrer Perfektion.»

«Aber Sie wollen doch sicher nicht, dass sie Erfolg hat?»

Dragomiloff verschränkte die Hände fest. Sein Gesicht war zerfurcht und angespannt. «Ich weiß es nicht. Das hat mich im Verlauf der Wochen und Monate immer mehr gequält.»

«Sie sind ein erstaunlicher Mensch! Inwiefern hat Sie das gequält?»

Der kleine, hellhaarige Mann wandte sich seinem größeren Nebenmann zu. «Ich weiß nicht, ob ich durch das Verstreichen einer Frist gerettet werden will. Die Zeit sollte nicht der Diener, sondern der Herr der Menschen sein. Sehen Sie, die Zeit ist die einzige perfekte Maschine, deren Lauf von den Sternen bestimmt wird, deren Zeiger vom Unendlichen beherrscht werden. Auch ich habe eine perfekte Maschine gebaut, die Agentur. Die Agentur ist bei der Demonstration ihrer Perfektion aber auf sich selbst angewiesen. Sie darf vor ihren Unzulänglichkeiten nicht vom unaufhaltsamen Lauf einer anderen, größeren Maschine gerettet werden.»

«Und dennoch versuchen Sie, das Element der Zeit zu Ihrer eigenen Rettung zu nutzen», beharrte Hall, wie immer fasziniert von der Funktionsweise eines anderen Geistes.

«Ich bin ein Mensch», erwiderte Dragomiloff traurig. «Möglicherweise wird sich das auf lange Sicht als die tödliche Schwachstelle meiner Philosophie erweisen.»

Ohne ein weiteres Wort drehte er sich um und ging langsamen und schweren Schritts zu den Türen, die ins Innere des Schiffs führten. Hall schaute dem Mann einen Moment lang nach, dann merkte er, wie ihn jemand auf der anderen Seite am Arm berührte. Er wandte sich um und erblickte Grunya.

«Was hast du zu meinem Vater gesagt?», fragte sie. «Er wirkte ziemlich erschüttert.»

«Das rührt daher, was dein Vater zu sich selbst gesagt hat», erwiderte Hall. Er nahm ihren Arm, und gemeinsam schlenderten sie übers Deck. «In uns allen steckt der Instinkt, für die Erhaltung unseres Lebens zu kämpfen. Aber ebenso tragen wir einen verborgenen Todeswunsch in uns, der viele Vorwände zur Rechtfertigung benutzt. Es bleibt abzuwarten, welcher von beiden im Leben deines Vaters die Oberhand behält.»

«Oder in seinem Tod», murmelte sie und klammerte sich fest an den schützenden Arm ihres Geliebten.

16

Die Tage an Bord der «Eastern Clipper» vergingen rasch und angenehm. Grunya nahm täglich auf ihrem Deckstuhl ein warmes Sonnenbad und legte sich eine tiefe Bräune zu, ebenso Hall. Dragomiloff dagegen schien, obwohl er genauso viele Stunden auf dem sonnendurchfluteten Deck verbrachte, gegen die Kraft der sengenden Strahlen immun und blieb so blass wie eh und je. Hall und er hatten für ihren philosophischen Disput offenbar ein Moratorium verhängt; ihre Gespräche drehten sich mehr um die Scharen von Bonitos und Weißen Thunfischen, die häufig im Kielwasser des Schiffs spielten, oder um die hervorragende Küche, die an Bord serviert wurde, zuweilen gar um ihre jeweiligen Ergebnisse beim Decktennis.

Und dann, eines Morgens, als hätte sie gar nicht stattgefunden, war die Reise vorüber. Als sie erwachten und aufs Deck hinaustraten, sahen sie sich schon im Schatten des hoch aufragenden Diamond Head an der Einfahrt zur Insel Oahu, hinter dem die Hafenstadt Honolulu weißlich schimmerte. Kleine Kanus mit *lei*-behängten[29] Eingeborenen flitzten dem Schiff entgegen. Im Bauch des gewaltigen Dampfers lehnten die Heizer gemächlich auf ihren rußgeschwärzten Schaufeln; die großen Maschinen liefen nun gedrosselt, und das Schiff machte kaum noch Fahrt.

«Wunderschön!», murmelte Grunya, und an Hall gewandt: «Ist es nicht wunderschön, Winter?»

«Fast so schön wie du», schäkerte Hall, dann wandte er sich an Dragomiloff und sagte leichthin: «Zehn Wochen, in nur zehn Wochen, Sir, wird sich unsere Beziehung ändern. Dann werden Sie mein Schwiegervater sein.»

«Und nicht mehr Ihr Freund?», lachte Dragomiloff.

«Immer mein Freund.» Hall runzelte leicht die Stirn. «Was sind jetzt übrigens Ihre Pläne? Glauben Sie, die anderen Mitglieder der Agentur werden Ihnen hierher folgen?»

Dragomiloffs Lächeln schwächte sich nicht im Geringsten ab. «Mir folgen? Die sind längst hier. Jedenfalls die meisten von ihnen. Natürlich haben Sie wenigstens einen auf dem Festland zurückgelassen.»

«Aber wie können sie denn vor uns da sein?»

«Mit einem schnelleren Schiff. Ich würde meinen, sie haben gleich am Nachmittag, nachdem wir ausgelaufen sind, die ‹Oriental Star› genommen. Die Entdeckung von Grays Leiche dürfte ihnen unser Schiff und damit auch unser Ziel verraten haben. Keine Angst, sie werden zur Stelle sein, wenn wir aussteigen.»

«Aber wie kannst du dir da so sicher sein?», fragte ihn Grunya.

«Indem ich mich in ihre Lage versetze und überlege, was ich unter diesen Umständen täte. Nein, meine Liebe, ich irre mich nicht. Sie werden da sein, um mich willkommen zu heißen.»

Grunya fasste ihn am Arm, Angst stieg in ihren Augen auf. «Aber Vater, was machst du denn dann?»

«Keine Sorge, meine Liebe. Ich werde ihnen nicht zum

Opfer fallen, falls das deine Befürchtung ist. Nun pass mal gut auf: Einige Tage, bevor wir in See stachen, habe ich per Postschiff einen Brief abgeschickt, in dem ich für euch beide Zimmer im ‹Queen Anne Inn› reserviert habe. Auch ein Wagen samt Fahrer wird euch zur Verfügung stehen, wann immer ihr wollt. Ich werde nicht bei euch sein können, aber sobald ich mich eingerichtet habe, lasse ich von mir hören.»

«Für uns beide?» Hall war überrascht. «Aber Sie wussten doch gar nicht, dass ich mitkommen würde!»

Dragomiloff lächelte breit. «Wie gesagt, ich versetze mich immer in die Lage des anderen. An Ihrer Stelle würde ich niemals zulassen, dass mir eine so schöne Frau wie Grunya entwischt. Mein lieber Hall, ich wusste, Sie würden an Bord dieses Schiffes sein.»

Er schaute wieder über die Reling. Die Kanus mit den Eingeborenen wippten nun am Schiff entlang; kleine Jungen, bekleidet lediglich mit dem heimischen *molo*[30], tauchten nach den Münzen, die die Passagiere in das klare Wasser der Hafeneinfahrt warfen. Die weißen Gebäude am Kai reflektierten die Morgensonne. Das riesige Linienschiff stoppte; ein schmales Motorboot, an Bord der Lotse und die chinesischen Träger, die das Gepäck übernehmen würden, rauschte vom Ufer heran.

Lautes Tuten durchbrach die Stille, als die Schiffssirene stolz die Ankunft verkündete. Das Lotsenboot drehte bei, und die Beamten, adrett in ihren spitzen Mützen und den weißen Shorts, kletterten an Bord. Ihnen folgten im Gänsemarsch die blau gekleideten, bezopften Träger das Fallreep herauf, die schief sitzenden Strohhüte einträchtig wippend, und verschwanden im Inneren des Schiffs.

Dragomiloff wandte sich den beiden zu. «Wenn ihr mich jetzt entschuldigen wollt, ich muss zu Ende packen», sagte er leichthin und zog sich winkend ins Schiffsinnere zurück.

Der Lotse erschien auf der Brücke, worauf die Maschinen der «Eastern Clipper» dröhnend höherdrehten und das Schiff sich landwärts in Bewegung setzte.

«Wir gehen jetzt lieber auch nach unten und kümmern uns um das Gepäck», meinte Hall.

«Ach, Winter, muss das gleich sein? Es ist so schön hier! Sieh nur, wie die Berge hinter der Stadt aufragen. Die Wolken sind wie Pusteblumen, wie sie da über den Gipfeln hängen!» Sie hielt inne, und ihr Gesicht erstarrte. «Winter, was Vater wohl tun wird?»

«Ich würde mir um deinen Vater keine Sorgen machen, Liebes. Vielleicht sind sie ja gar nicht da. Und selbst wenn, ist es zweifelhaft, dass sie in dieser Menge etwas unternehmen. Komm.»

Sie gingen nach unten, während der Dampfer sich langsam dem Pier näherte. Leinen flogen an Land, willige Hände schlangen sie um die Poller auf dem Kai. Die Schiffsspills drehten sich, wickelten die Taue auf, zogen das Dampfschiff an den Kai heran. Eine Kapelle spielte das berühmte «Aloha». Erkennungsrufe erschollen, wenn Passagiere und Freunde einander in der Menge entdeckten, Taschentücher wedelten heftig. Die Gangway senkte sich langsam herab, die Kapelle spielte lauter.

Nachdem Hall das Gepäck einem Träger anvertraut hatte, kehrte er an Deck zurück und stellte sich an die Reling, von wo aus er auf die heiteren Gesichter blickte, die sich hinter der Absperrung versammelt hatten. Dann erstarrte er plötzlich; der da seinen Blick erwiderte, war Starkington!

Der Leiter der Chicagoer Filiale lächelte erfreut und winkte ihm zu. Hall ließ den Blick über die emporgereckten Gesichter schweifen und blieb an einem hängen. Auch Hanover war da, näher am Ausgang. Die Übrigen hatten sich, dessen war Hall sich sicher, auf ebenso strategische Positionen verteilt.

Die Gangway setzte auf, die Absperrungen fielen. Freunde und Passagiere strömten die Gangway hinauf und hinab, zwängten sich an schwer beladenen Trägern vorbei, die hinabdrängten und dabei gefährlich unter ihrer Last wankten. Starkington kam rempelnd durch das Gewühl die Gangway herauf. Hall trat ihm entgegen.

Starkington lächelte freudig. «Hall! Wie schön, Sie zu sehen. Wie geht es Ihnen?»

«Starkington! Sie dürfen das nicht tun!»

Starkington hob die Brauen. «Was dürfen wir nicht? Nicht unser heiliges Wort halten? Ein Versprechen nicht halten? Eine Verpflichtung?» Sein Lächeln blieb, doch in den Augen lag tödlicher Ernst. Sie blickten über seine Schulter, musterten das Gesicht eines jeden Passagiers, der zur Gangway drängte. «Diesmal kann er uns nicht entwischen, Hall. Lucoville hat mit dem Lotsenboot übergesetzt, er ist jetzt unter Deck. Hanover überwacht den Kai. Der Boss hat einen großen Fehler begangen, sich derart in die Enge zu manövrieren.»

Hall knirschte mit den Zähnen. «Das werde ich nicht zulassen. Ich werde mich an die Behörden wenden.»

«Sie werden sich an niemanden wenden.» Starkington sprach schulmeisterlich, ganz wie ein Professor, der einem begriffsstutzigen Studenten etwas ganz und gar Offensichtliches erklärt. «Sie haben Ihr Ehrenwort gegeben. Dem Boss ebenso wie uns allen. Sie haben sich bisher nicht an die Behörden gewandt, und Sie werden es auch fortan nicht tun ...»

Er verstummte, als ein chinesischer Träger unter einem Berg von Koffern ihn mit einer geleierten Entschuldigung anrempelte. Da tauchte Lucoville neben ihnen auf. Bei Halls Anblick lächelte er. «Hall! Welche Freude. Wie war die Reise? Haben Sie sie genossen? Sagen Sie», fuhr er mit gedämpfter Stimme fort, «wie war das Gemüse hier an Bord? Bei der Rückfahrt würde ich eine Küche bevorzugen, die geschmacklich besser zu mir passt. Die ‹Oriental Star› war herzlich knapp mit Gemüse und Obst bevorratet. Fleisch und immer noch mehr Fleisch! Vermutlich dachten sie, sie täten den Passagieren einen Gefallen ...»

Offenbar merkte er nun, dass Starkington wartete, denn er beendete seinen Vortrag und wandte sich dem anderen zu. «Dragomiloff ist unten. Er hat unter falschem Namen Kabine 31 gebucht; ich habe die Kabine von außen verriegelt, damit er nicht entkommen kann. Allerdings gibt es auch noch das Bullauge ...»

«Das hat Hanover im Blick.» Er wandte sich Halls blassem Gesicht zu. «Wäre es nicht besser, Sie gingen an Land, Hall? Glauben Sie mir, es gibt nichts, womit Sie das verhindern könnten.»

«Ich bleibe», rief Hall und fuhr herum, als eine Hand ihn am Arm packte. «Grunya! Grunya, Liebes!»

«Winter!», schrie sie und fixierte Starkington mit lodernden Augen. «Was tun Sie hier? Sie werden meinem Vater nichts antun!»

«Darüber haben wir schon gesprochen», erwiderte Starkington sanft. «Sie sind mit unserer Mission vertraut, ebenso mit den Anweisungen Ihres Vaters. Ich würde vorschlagen, Miss Dragomiloff, dass Sie an Land gehen. Sie können hier nichts tun.»

«An Land gehen?» Jäh entschlossen hob sie den Kopf. «Ja, ich gehe an Land! Und komme mit der Polizei wieder! Die Anweisungen meines Vaters sind mir gleich, Sie werden ihn nicht töten!» Sie funkelte Hall an. «Und du? Du stehst einfach nur da! Was bist du nur für ein Mann? Du bist schlimmer als diese Wahnsinnigen, denn die glauben sich im Recht, während du weißt, dass sie unrecht haben. Und trotzdem rührst du keinen Finger!»

Sie riss ihren Arm aus Halls Griff los und stürzte zur Gangway, drängte durch die sich lichtende Menge.

Starkington schaute ihr verständig nickend nach. «Sie haben eine sehr gute Wahl getroffen, Hall. Eine temperamentvolle junge Frau. Ach ja, aber leider muss unser Zeitplan ein wenig gestrafft werden. Ich hatte gehofft, wir könnten warten, bis das Schiff leer ist. Immerhin sind jetzt wohl die meisten Passagiere von Bord gegangen. Kommen Sie?»

Der letzte Satz wurde mit solcher Höflichkeit gesprochen, dass Hall kaum glauben konnte, dass man ihn einlud, der Hinrichtung eines Mannes beizuwohnen, des Mannes, der Grunyas Vater war. Mit einnehmendem Lächeln fasste Starkington ihn am Arm.

Hall lief wie im Traum neben dem anderen her. Es war nicht zu glauben! Man mochte meinen, er wäre nur bei einem Freund zu Besuch und zu einer Nachmittagspartie Whist mitgenommen worden!

Während sie die breite, mit Läufern ausgelegte Treppe hinabschritten, plauderte Starkington ganz vergnügt. «So eine Schiffsreise ist doch wirklich etwas Herrliches, finden Sie nicht? Wir haben sie alle sehr genossen. Natürlich hat sich Lucoville ständig übers Essen beschwert, aber ... ah, da sind wir schon.»

Er bückte sich und horchte an der Tür. Von drinnen waren schwache Laute zu hören. Er entfernte den Mechanismus, den Lucoville auf den Riegel gesetzt hatte, und wandte sich an die anderen. «Lucoville, treten Sie beiseite. Hall, ich würde vorschlagen, Sie verlassen die Nische. Der Boss leistet sicher Gegenwehr, und ich möchte nicht, dass Ihnen etwas zustößt.»

«Aber Sie könnten doch getötet werden!», rief Hall.

«Gewiss. Allerdings sollte doch einer von uns beiden, Lucoville oder ich, in der Lage sein, den Auftrag zu erfüllen. Und etwas anderes zählt nicht.»

Er zog einen Revolver aus der Tasche und hielt ihn im Anschlag. Lucoville neben ihm hatte dasselbe getan. Hall starrte sie voller Respekt an; beide zeigten keinerlei Anzeichen von Furcht.

Starkington holte einen Schlüssel aus der Tasche und steckte ihn ins Schloss, ohne sich dabei Mühe zu geben, das Geräusch zu kaschieren.

«Zurück, Hall», befahl er, und im selben Moment stieß er die Tür weit auf und stürmte hinein. Von dem Anblick, der sich ihnen da bot, blieb Starkington der Mund offen stehen, während Hall in schallendes Gelächter ausbrach.

Auf der Koje lag, sich windend und zappelnd, ein Chinese, bis aufs Unterzeug ausgezogen und an die Koje gefesselt. Er war fest geknebelt, und seine Augen blitzten vor Zorn. Als er den Kopf wandte und seine Entdecker hektisch beschwor, ihn loszubinden, sahen sie den schartigen Stumpf, wo sein Zopf abgeschnitten worden war.

«Dragomiloff!», ächzte Lucoville. «Er muss einer der Träger gewesen sein, die an uns vorbeigelaufen sind!» Er sprang zur Tür, doch Starkingtons Arm versperrte ihm den Weg.

«Zu spät», sagte er gleichmütig. «Wir müssen mit unserer Suche von vorn beginnen.»

Im Gang draußen gab es einen Tumult, und Grunya erschien in Begleitung mehrerer Beamter der Inselpolizei mit gezückten Schlagstöcken. Angesichts von Halls Lachsalven hielt sie irritiert inne, und ihre Entschlossenheit schmolz dahin.

Starkington hob höflich die Brauen.

Die Polizisten erfassten im Nu die Lage und befreiten als Erstes den armen Chinesen, der sogleich in lautes Gezeter ausbrach und dabei erst auf seinen fehlenden Zopf, dann auf seinen nahezu nackten Leib zeigte und schließlich fuchtelnd demonstrierte, auf welche Weise er überwältigt und gefesselt worden war. Das alles wurde von einem verbalen Trommelfeuer begleitet.

Der Polizeisergeant unterbrach ihn mehrmals, um ihm in seiner Sprache Fragen zu stellen, dann wandte er sich streng an Starkington. «Wo ist der Mann, der für diese Gewalttat verantwortlich ist?», fragte er auf Englisch.

«Das weiß ich nicht», beteuerte Starkington. Aber dann kam ihm sein Anstandsgefühl zu Hilfe. Er griff in die Tasche und förderte ein Bündel Geldscheine zutage, wovon er einige abzählte.

«Hier», sagte er freundlich zu dem immer noch empör-
ten Chinesen. «Sie sind nicht weniger zum Opfer geworden als wir. Das wird Sie wenigstens teilweise für diese
Schmach entschädigen. Aber», und seine Stimme wechselte, um tiefes Bedauern auszudrücken, «was uns für die unsere entschädigen soll, weiß ich nicht!»

17

Zwei Wochen waren vergangen, als Grunya und Hall Anweisungen erhielten, die sie zu einem Treffen mit Dragomiloff führen sollten. Bis dahin hatten sie Wagen und Fahrer für Ausflüge zu den reizenden Aussichtspunkten der
tropischen Stadt genutzt. Der Fahrer war am Vormittag
nach ihrer Ankunft im «Queen Anne Inn» eingetroffen
und hatte eine Nachricht mitgebracht:

«Meine Kinder, dieses Schreiben stellt Euch Chan vor, ein
alter, zuverlässiger Angestellter von S. Constantine &
Co. Er wird Euch fahren, wohin und wann Ihr wollt, außer hin und wieder, wenn er gerade für mich Besorgun-
gen machen muss. Stellt ihm keine Fragen, denn er wird
sie nicht beantworten. Ich bin gesund und munter und
werde mit Euch in Kontakt treten, wenn die Umstände
reif sind. Alles Liebe für meine Grunya und einen festen
Händedruck für meinen Freund Hall.»

Die Unterschrift fehlte, aber sie war auch nicht nötig. In
der Gewissheit, dass Dragomiloff in Sicherheit war, konnten sie nun ausspannen. Sie verbrachten ihre Tage wie
ganz normale Touristen. Sie schwammen in Waikiki und
sahen den unerschrockenen Wellenreitern zu, wie sie die
schäumenden Kämme des Ozeans herabsausten, in Hock-

stellung dem palmengesäumten Ufer entgegenrasten. Sie schlenderten durch die bunten Straßen der Stadt, bestaunten die zahlreichen Sehenswürdigkeiten. Sie besuchten den Fischmarkt in der King Street, wo die Händler ihre Ware in acht verschiedenen Sprachen ausriefen, oder saßen am Kewalo Basin, wenn die japanischen Sampans hereinkamen, bis an die Reling mit ihrem Fang beladen. Der gleichmütige Chan gab weder Anregungen noch Kommentare; er fuhr, wohin man es ihm sagte, weiter nichts.

Häufig gesellten sich am Abend Starkington, Hanover oder Lucoville zu ihnen. Grunya musste widerwillig anerkennen, dass sie die drei mochte. Ihr Denken und ihre Haltung erinnerten sie sehr an ihren Vater. Insgeheim schämte sie sich für die Szene an Bord; sie fand, dass sie ihrem Vater nicht das gebührende Vertrauen geschenkt hatte. Irgendwie nahm ihr der kameradschaftliche Umgang mit dem Trio teilweise diese Bedenken. Auch brachte sie jeder Tag, der verging, dem Vertragsende näher und minderte die Gefahr, dass die Agentur erfolgreich war.

Der Zeitfaktor war eines Abends auch im Gespräch mit den drei sympathischen Attentätern aufgekommen.

«Nun bleiben keine zwei Monate mehr», bemerkte Hall, als sie zu fünft beim Abendessen saßen. Er lachte. «Glauben Sie mir, ich habe nichts dagegen, dass Sie die Tage so komfortabel verbringen. Vielmehr freut es mich, dass die Mittel der Agentur auf diese harmlose Weise aufgebraucht werden. Aber neugierig bin ich schon. Wie kommt es, dass Sie nicht nach Dragomiloff suchen?»

«Aber das tun wir doch», korrigierte Starkington ihn nachsichtig. «Auf unsere Weise. Und unsere Suche wird Erfolg haben. Natürlich darf ich Ihnen unseren Plan nicht offenlegen, aber so viel kann ich sagen: Er hat zwei Tage in Nanakuli verbracht und die folgenden drei in Waianae. Lucoville hat im einen Fall nachgeforscht, Hanover im anderen. Aber er war jeweils schon wieder abgereist.»

Hall zog spöttisch die Brauen hoch. «Sie selbst haben nicht nachgeforscht?»

«Nein.» In Starkingtons Ton lag keinerlei Verlegenheit. «Ich war damit beschäftigt, Sie und Miss Constantine im Auge zu behalten, wenngleich ich mir sicher bin, dass Sie über seinen Verbleib nicht mehr wissen als wir.»

Er erhob sein Glas. «Trinken wir. Auf das Ende dieses Geschäfts.»

«Darauf trinke ich gern», bemerkte Hall gelassen. «Auch wenn wir damit unterschiedliche Dinge meinen.»

«Das ist die Krux jeder Sprache», räumte Starkington mit einem wehmütigen Lächeln ein. «Definition.»

«Das ist doch keine Krux», wandte Hanover ein. «Definition ist die Basis einer jeden Sprache. Sie ist das Skelett, auf das die Lautformen gehängt werden, die eine Sprache ausmachen.»

«Sie sprechen von derselben Sprache», erklärte Lucoville ernst, auch wenn er dabei zwinkerte. «Starkington und Hall dagegen sprechen über – und sprechen – verschiedene Sprachen.»

«Ich dachte, ich spreche nicht von Sprache, sondern von einem Toast», verbesserte Starkington ihn sanft. Er erhob sein Glas. «Falls es keine Einwände mehr gibt ...»

Aber eine gab es noch. «Meiner Meinung nach», sagte Grunya schelmisch, und ihre Augen spiegelten die Freude über ihre Schlagfertigkeit, «ist entscheidend, dass jeder seiner Definition treu bleibt.»

«Ganz meine Meinung!», rief Lucoville.

«Und die meine», setzte Hanover hinzu.

«Ich …» Starkington, der das Glas wieder abgestellt hatte, hob es erneut. «Ich … habe Durst.» Ohne weitere Umstände trank er. Lachend taten es ihm die anderen nach.

Auf dem Heimweg durch die milde Nachtluft unter den riesigen Hibisken, die die Straße säumten, nahm Hall Grunyas Hand; er spürte, wie sich ihre Finger spannten.

«Wie konnten sie nur wissen, wo Vater war?», fragte sie besorgt. «Diese Inseln sind doch zu groß und zu zahlreich, als dass sie zufällig auf seine Spur gestoßen sein könnten.»

«Diese Männer sind sehr schlau», erwiderte Hall nachdenklich. «Aber das ist dein Vater auch. Ich glaube, du musst dir keine Sorgen machen.»

Sie bogen in die breite Einfahrt ihres Hotels ein. In dem mit Bougainvillea überwölbten Hof fand ein *luau*[31] statt, und sie vernahmen leise Gitarrenmusik. Als sie eintraten, kam der Empfangschef von der Tür, an der er den Festlichkeiten zugesehen hatte, zu ihnen herüber. Zusätzlich zu ihren Zimmerschlüsseln erhielt Hall einen versiegelten Umschlag; er riss ihn auf und las ihn, während Grunya wartete.

«Lieber Hall: Mein Unterschlupf ist endlich fertiggestellt, er und meine Falle. Es hat ziemlich lange gedauert, aber es hat sich gelohnt. Geht auf Eure Zimmer und steigt dann die Hintertreppe hinab. Davor wartet dann Chan. Euer Gepäck kann später abgeholt werden, obwohl wir dort, wo wir sein werden, nur wenige Symbole der sogenannten Zivilisation benötigen.»

Dann kam ein seltsames Postskriptum, das noch extra unterstrichen war:

«Es ist entscheidend, dass Ihre Uhr genau geht, wenn wir uns treffen.»

Hall dankte dem Angestellten höflich und steckte den Zettel achtlos in die Tasche. Ein leichtes Kopfschütteln hielt Grunya davon ab, Fragen zu stellen, bis sie im oberen Stockwerk angekommen waren, fern von neugierigen Blicken.

«Was kann Vater wohl mit ‹Unterschlupf› und ‹Falle› meinen?», fragte Grunya besorgt. «Oder mit der Bitte, dass deine Uhr auch genau geht, wenn wir uns treffen?»

Auch Hall hatte keine Erklärung parat. Sie packten rasch die Koffer und ließen sie in ihren Zimmern stehen. Ein Anruf beim Inselobservatorium bestätigte Hall den exakten Gang seiner Taschenuhr, und wenig später waren sie die Hintertreppe hinabgeeilt und spähten durch das Dunkel der mondlosen Nacht.

Ein tieferer Schatten bezeichnete den Wagen. Sie glitten auf die Rückbank, dann setzte Chan das Automobil in Bewegung. Ohne Licht krochen sie durch die düstere Gasse, bis sie an eine Kreuzung kamen. Chan schaltete die Scheinwerfer an und bog auf die verlassene Allee ein. Zwei Kilometer vor dem Strand bog er erneut ab, diesmal auf eine breite Landstraße, wo er die Geschwindigkeit beibehielt.

Bis jetzt hatte Hall geschwiegen. Nun beugte er sich nach vorn und flüsterte dem Chauffeur etwas ins Ohr.

«Wo sollen wir Mr. Constantine treffen?», fragte er.

Der Chinese zuckte die Schultern. «Ich habe Anweisung, Sie bis hinter den Nuuanu-Pali-Pass zu fahren», sagte er in seinem abgehackten, aber akkuraten Englisch. «Dort werden wir erwartet. Was dann weiter geschieht, kann ich Ihnen nicht sagen.»

Hall lehnte sich zurück; Grunya umfasste seine Hand, ihre Augen strahlten bei der Vorstellung, ihren Vater wiederzusehen. Der Wagen fuhr ruhig die verlassene Straße dahin, die Scheinwerfer schnitten einen Keil in das diesige Dunkel. Immer höher erklommen sie die Berge, während die Lichter der Stadt weit unter ihnen immer kleiner wurden und schließlich verschwanden. Eine scharfe Brise erfüllte die Luft. Unvermittelt erhöhte Chan das Tempo, sodass sie in die Sitze gedrückt wurden und der Wind ihnen ins Gesicht blies.

«Was ...?», begann Hall.

«Der Wagen hinter uns», erklärte Chan ruhig. «Er verfolgt uns seit unserer Abfahrt. Jetzt ist es wohl an der Zeit, den Abstand zu vergrößern, glaube ich.»

Hall drehte sich um. Unter ihnen markierten Scheinwerfer, die Kurven der gewundenen Straße nachzeichnend, den Weg eines Fahrzeugs hinter ihnen. Es rumpelte jäh, als ihr Wagen den Asphaltbelag hinter sich ließ und eine Staubwolke ihnen die Sicht nahm.

«Sie werden merken, dass wir hier abgebogen sind!», rief Hall.

«Natürlich», erwiderte Chan ruhig. «Ich habe Anweisung, sie nicht abzuschütteln.»

Gekonnt steuerte er das Fahrzeug über den kurvigen Feldweg. Staub umwirbelte sie; Hall wünschte, sie hätten Seitenvorhänge angebracht. Sie hatten die Passhöhe erreicht, und es ging nun bergab. Während ihr Wagen durch scharfe Kehren fuhr, erkannte Hall im Zurückschauen weiter oben auf dem Berg die Zwillingsstrahlen ihrer Verfolger.

Auf einmal bremste Chan ab; Grunya und Hall wurden nach vorn geschleudert. Der Wagen hielt, die Tür wurde aufgerissen, und eine kleine Gestalt sprang herein. Sogleich nahmen sie wieder Fahrt auf, beschleunigten in dem Dunkel.

«Wer …?»

Ein leises Kichern erklang.

«Wen hattet ihr erwartet?», fragte Dragomiloff. Er beugte sich herüber und knipste ein Lämpchen in der Rückbank des schaukelnden Wagens an. Grunya verschlug es angesichts seines Aufzugs den Atem. Dragomiloff trug ein Jersey und eine Hose, beide einst weiß, jetzt aber vom Unterholz durchgescheuert und zerrissen. Er gab seiner Tochter einen liebevollen Kuss und umfasste Halls ausgestreckte Hand. Dann schaltete er die Lampe aus und lehnte sich lächelnd ins Dunkel zurück.

«Wie gefällt euch mein neues Kostüm?», fragte er. «Abseits größerer Städte ist formelle Kleidung nicht nötig. Sind wir erst einmal eingerichtet, legen wir vielleicht sogar das hiesige *molo* an. Das heißt, Hall und ich. Grunya, du wirst zwischen einem *muumuu* und einem *pa-u* wählen können,[32] ganz wie es dir beliebt.»

«Vater!», rief Grunya aus. «Du solltest dich mal sehen! Du siehst ja aus wie ein Strandräuber! Wo ist nur der gute alte ernste Onkel Sergius geblieben, den ich kitzelte und mit Kissen bewarf?»

«Er ist tot, Liebes», erwiderte Dragomiloff und zwinkerte. «Dein Mr. Hall hat ihn mit ein paar dezenten Logikstößen getötet. Die zweittödlichste Waffe, der ich je begegnet bin.»

«Und die tödlichste?», fragte Hall.

«Werden Sie schon sehen.» An seine Tochter gewandt, fuhr Dragomiloff fort: «Grunya, Liebes, am besten, du schläfst ein wenig. Eine Erklärung kann warten. Uns bleiben noch etliche Stunden, bis wir unser Ziel erreicht haben.»

Ihr Wagen fuhr weiter auf der gewundenen Straße, die nun zur Ostküste der Insel führte. Die Wolken waren weitergezogen, und im Osten erschienen allmählich die ersten zarten Fäden der Dämmerung.

Hall beugte sich zu Dragomiloff vor. «Sie wissen, dass wir verfolgt werden?»

«Natürlich. Wir werden ihnen gestatten, uns im Blick zu behalten, bis wir das Dorf Haikuloa hinter uns haben. Von da an gibt es keine Abzweigungen mehr, und sie können unser Ziel nicht mehr verfehlen. Nach Haikuloa können wir unseren Weg nehmen.»

«Ich verstehe nicht.» Hall betrachtete den kleinen Mann mit stirnrunzelndem Grübeln. «Sind Sie bei dieser verrückten Jagd nun der Hase oder der Hund?»

«Beides. Jeder Mensch ist sein ganzes Leben lang beides. Die Jagd bleibt immer dieselbe, nur die Beherrschung ihrer Regeln entscheidet darüber, ob einer Hase oder Hund ist.»

«Und Sie meinen, dass Sie sie beherrschen?»

«Vollkommen.»

«Und dennoch», sagte Hall, «wussten die, dass Sie in Nanakuli und Waianae waren.»

«Das sollten sie auch. Ich habe die Spuren gelegt, die sie dahin führten. Eine Spur nach Westen, der sie folgen sollten, als Sie und Grunya nach Osten fuhren.»

Er lachte über Halls Gesichtsausdruck. «Die Logik zeigt sich in vielen Graden, mein Freund. Wenn ich einen Stein in einer Faust halte und in der zweiten keinen und Sie die richtige Hand erraten, könnte ich das nächste Mal wechseln. Oder könnte ihn in derselben Faust behalten, indem ich einkalkuliere, dass Sie glauben, ich würde wechseln. Oder ich könnte aufgrund der Annahme wechseln, dass Sie erwarten, dass ich so denke, wie ich es tatsächlich getan habe. Oder ...»

«Ich weiß», räumte Hall ein. «Das ist eine alte Theorie beim Intelligenztest. Aber mir ist schleierhaft, auf welche Weise sie hier Anwendung findet.»

«Ich erkläre es Ihnen. Erstens, wie ich meinen Weg Richtung Westen zu Starkingtons Zufriedenheit markiert habe. Ich habe einfach in der größten Buchhandlung von Honolulu Bücher auf Russisch bestellt mit der Anweisung, sie mir in bestimmte kleine Dörfer an der Westküste zu liefern. Starkington und die anderen wissen, dass ich meine Studien unter keinen Umständen aufgeben würde. Mit einer weniger feinen Spur hätte er sich nicht übertölpeln lassen, aber mir war klar, dass er das als einen unbedachten Schritt von mir verstehen würde.»

«Aber er hat gesagt, Sie seien tatsächlich dort gewesen!»

«Das war ich auch. Ein leerer Haken ködert schlecht. Aber als er erst einmal glaubte, er sei mir bei meiner Reise nach Westen auf die Schliche gekommen, war ich so weit, ihn nach Osten zu führen. Sie und Grunya haben es ausgezeichnet gemacht; bestimmt sind Sie im Hotel die Hintertreppe ziemlich dramatisch hinabgeschlichen. Und genauso sicher bin ich, dass Starkington Sie dabei beobachtet hat.»

Hall starrte den kleineren Mann an. «Sie sind einfach unglaublich!»

«Danke.» In seinem Tonfall lag keinerlei falsche Bescheidenheit. Dragomiloff verstummte.

Der Wagen hatte Haikuloa passiert, und Chan war nun darauf bedacht, den Verfolger abzuhängen. Sie rasten den schmalen Feldweg entlang. Auf einmal lag unter ihnen der Ozean, er erstreckte sich bis zum Horizont und bis zur aufgehenden Sonne. Chan bog scharf ab, fuhr noch einige Hundert Meter durchs Buschwerk und hielt schließlich. Frühmorgendliche Stille umgab sie.

«Noch eins ...», begann Hall.

«Pst! Gleich fahren sie vorbei!»

Sie warteten schweigend. Augenblicke später drang das Dröhnen eines schweren Wagens an ihre Ohren. Er rauschte an ihrem Versteck vorbei und verschwand auf der nach unten führenden Straße. Dragomiloff stieg mit Hall aus und führte ihn zum Rand der Steilküste, wo sie stehen blieben. Unter ihnen bezeichnete eine Reihe strohgedeckter Hütten ein Stranddorf. Dragomiloff zeigte in die Ferne. «Da. Sehen Sie? Die kleine Insel vor der Küste? Das ist unser Unterschlupf.»

Hall starrte auf die schmale Wasserfläche hinaus, die zwischen Insel und Uferstreifen lag. Die Insel war ziemlich klein, weniger als zwei Kilometer lang und ungefähr halb so breit. Palmen säumten den weißen Sandstrand; auf einem kleinen Hügel in der Mitte stand ein großes, strohgedecktes Haus. Kein Lebenszeichen war zu erkennen.

Dragomiloffs Finger wanderte weiter. «Die Wasserfläche zwischen hier und der Insel wird *Huhu Kai* genannt – das zornige Meer.»

«Ich habe noch nie so ruhiges Wasser gesehen», stellte Hall fest. «Der Name scheint mir eine Art Witz zu sein.»

«Glauben Sie das bloß nicht. Der Meeresboden zwischen Küste und Insel hat eine ganz merkwürdige Beschaffenheit.» Er brach diesen Gedankengang ab. «Haben Sie daran gedacht, den exakten Gang Ihrer Uhr zu überprüfen?»

«Ja. Aber warum ...»

«Gut! Wie spät ist es jetzt?»

Hall schaute auf seine Uhr. «Sechs Uhr dreiundvierzig.»

Dragomiloff stellte eine schnelle Berechnung an. «Dann haben wir noch rund eine Stunde. Na, da können wir uns noch ein wenig ausruhen.»

Doch das schien ihm nicht möglich. Er schritt ruhelos auf und ab, blieb schließlich neben Hall stehen und schaute auf das kleine strohgedeckte Dorf hinab. «Es wird eine Weile dauern, bis sie mit dem Wagen unten angekommen sind, die Straße ist kurvenreich und nicht ungefährlich.» Und dann murmelte er ohne jeden Bezug zu dem, wovon sie eben gesprochen haben: «Redlichkeit. Moral und Redlichkeit. Mehr haben wir nicht, aber das genügt. Wissen Sie, Hall, was das Motto dieser Inseln ist? *Ua mau ke ea o ka aina i ka pono.* Das bedeutet: ‹Das Leben des Landes wird in Redlichkeit bewahrt.›»

«Sie waren schon einmal hier?»

«O ja, viele Male. S. Constantine & Co. importieren schon viele Jahre aus Hawaii. Ich hatte gehofft ...» Er führte den Gedanken nicht zu Ende, sondern wandte sich mit jähem Ungestüm Hall zu, als wäre er von einer starken Erregung gepackt. «Wie spät ist es?»

«Sieben Uhr drei.»

«Wir müssen los. Grunya bleibt hier bei Chan, das wird das Beste sein. Lassen Sie Ihre Jacke hier, es wird warm werden. Kommen Sie, wir gehen zu Fuß.»

Hall drehte sich ein letztes Mal zu der schlafenden Frau um, die zusammengekauert in einer Ecke des Wagens lag. Chan saß gleichmütig auf dem Fahrersitz, den Blick geradeaus gerichtet. Mit einem Seufzer folgte der junge, hochgewachsene Mann Dragomiloff durch eine schmale Lücke zwischen den Bäumen.

18

Lautlos gelangten sie durch das hohe Gras bis zum Palmensaum, der den weißen Sandstrand begrenzte. Das Wasser dahinter war seidenweich, die kleinen Wellen brachen sich am Strand in kleinen Kräuselungen. In der klaren Morgenluft stach die winzige Insel scharf und weiß aus der grünen Masse des Meeres hervor. Die Sonne stand nun ein gutes Stück über dem Horizont und hing als orangener Ball am östlichen Himmel.

Hall keuchte von den Strapazen des Abstiegs; Dragomiloff hingegen wirkte vollkommen unangestrengt. Er drehte sich zu seinem Begleiter um, die Augen leuchteten erwartungsvoll. «Wie spät?», fragte er fordernd.

Hall starrte ihn schwer atmend an. «Wozu diese ständigen Fragen nach der Uhrzeit?»

«Wie spät?», drängte der kleinere Mann.

Hall zuckte die Achseln. «Sieben Uhr zweiunddreißig.»

Dragomiloff nickte zufrieden und suchte den Strand ab. Vor ihnen erstreckte sich die Reihe strohgedeckter Hütten. Etliche ausgehöhlte Einbäume waren auf den Sand gezogen. Die Flut kam herein und zerrte an ihnen. Während sie noch hinblickten, kam ein Eingeborener aus einer Hütte und zog die hintersten Boote höher auf den Strand, dann verschwand er wieder in dem dunklen Eingang.

Der Wagen ihrer Verfolger stand vor der größten Hütte,

die Räder steckten halb im Sand. Niemand war zu sehen. Dragomiloff musterte die Szenerie mit zusammengekniffenen Augen, berechnendem Stirnrunzeln. «Wie spät?»

«Sieben Uhr vierunddreißig.»

Der kleinere Mann nickte. «In genau drei Minuten müssen wir los. Wenn ich über den Sand renne, folgen Sie mir. Wir werden das kleine Boot da nehmen, das uns nächste. Ich steige ein, und Sie schieben uns ins Wasser. Dann paddeln wir zur Insel.» Gedankenschwer hielt er inne. «Ich hatte es eigentlich so geplant, dass sie zu sehen sind, aber egal. Dann müssen wir eben irgendwie schreien …»

«Schreien?» Hall starrte seinen Begleiter an. «Sie wollen erwischt werden?»

«Ich will verfolgt werden. Warten Sie – alles ist gut.»

Starkington war aus der großen Hütte getreten, gefolgt von Hanover und Lucoville. Sie standen da, scharrten mit den Füßen im Sand und sprachen mit einem Einheimischen, der in majestätischer Haltung im offenen Eingang der Hütte stand.

«Hervorragend!» Dragomiloffs Blick war auf das Trio geheftet. «Wie spät?»

«Genau sieben Uhr siebenunddreißig.»

«Perfekt! Jetzt!»

Er sauste aus ihrem Versteck los, die Füße flink auf dem schimmernden Sand. Hall hastete hinter ihm her, wäre beinahe gestolpert, fing sich aber noch rechtzeitig. Dragomiloff schob den kleinen Einbaum ins Wasser und sprang ohne zu zögern hinein. Mittels eines kräftigen Anschubs hievte Hall ihn von der Sandbank und sprang mit triefenden Hosenbeinen ebenfalls hinein. Dragomiloff hatte schon ein Paddel in der Hand und ruderte kräftig, sodass sie über das spiegelglatte Wasser dahinschossen. Hall nahm sich vom Boden des Kanus ebenfalls ein Paddel und trieb nun zusammen mit dem kleineren Mann das leichte Boot über das ruhige Meer.

Von dem Trio am Ufer kam ein lauter Schrei. Sie rannten zur Wasserlinie. Im nächsten Moment waren sie in ein größeres Kanu geklettert und beugten sich über ihre Paddel. Die Eingeborenen rannten unter lautem Rufen hinter ihnen her, fuchtelten wild mit den Händen und zeigten aufs Meer, doch die drei beachteten sie nicht. Dragomiloff und Hall erhöhten ihre Anstrengungen; mit ihrem leichten Boot vergrößerten sie kurzzeitig den Abstand.

«Das ist doch Wahnsinn!», ächzte Hall; der Schweiß lief ihm übers Gesicht. «Die sind zu dritt! Die kriegen uns, lange bevor wir die Insel erreicht haben! Und selbst wenn nicht, bietet dieser nackte Fels keinerlei Zuflucht!»

Dragomiloff machte sich nicht die Mühe einer Entgegnung. Sein kräftiger Rücken krümmte und streckte sich stetig im Rhythmus des Ruderns. Das größere Kanu hinter ihnen holte zunehmend auf, die Entfernung zwischen den beiden flachen Booten wurde geringer.

Dann stellte Dragomiloff unvermittelt das Paddeln ein und lächelte grimmig. «Wie spät?», fragte er leise. «Wie spät ist es?»

Hall achtete nicht auf ihn. Sein Paddel grub sich heftig in das glatte Meer.

«Wie spät?», insistierte er ruhig.

Mit einem unterdrückten Fluch warf Hall sein Paddel hin. «Dann sollen sie Sie eben kriegen!», rief er verzweifelt. Er griff in die Tasche. «Sie und Ihr ‹Wie spät ist es›! Es ist sieben Uhr einundvierzig!»

In dem Moment durchlief ein leichtes Beben ihren Einbaum. Es war, als wäre er sanft von einer riesigen Hand angestoßen worden. Hall schaute verblüfft auf; das Beben wiederholte sich. Dragomiloff beugte sich gespannt vor, die Hände locker im Schoß, und starrte zur Hauptinsel hinüber. Hall wandte sich um und verfolgte staunend den Anblick, der sich hinter ihm bot.

Das Boot ihrer Verfolger machte keine Fahrt mehr. Trotz der kräftigen Paddelstöße seiner Insassen blieb es, wo es war, wie auf den weiten Ozean gemalt. Dann begann es langsam, in einer großen Kreisbewegung wegzuschwingen, im Heck ein leichter Strudel. Das Trio in dem Boot paddelte immer verzweifelter, aber vergebens. Hall starrte hin. Dragomiloff saß entspannt da und betrachtete das Schauspiel mit regloser Miene.

An allen Seiten der begrenzten Fläche, auf der sich das Drama abspielte, blieb das Meer ruhig. In ihrem Zentrum jedoch, keine vierhundert Meter von da, wo sie sanft auf dem Busen des Ozeans schaukelten, waren die gewaltigen Kräfte der Natur am Werk. Langsam steigerte das schimmernde Wasser seinen kolossalen Strom; die kleinen Wellen auf der Oberfläche formten sich nach und nach zu einem Kreis. Der große Einbaum fuhr ruhig in der Strömung, blieb dabei dicht am Rand des Kreises; die Liliputaner-gleichen Anstrengungen der Paddler verloren sich in dieser immensen Wucht.

Die Bewegung des Meeres nahm zu. Mit immer größerer Geschwindigkeit wirbelte es im Kreis herum. Vor Halls entsetztem Blick senkte sich die glatte Fläche zur Mitte hin langsam ab und wurde zunehmend zu einem gigantischen flachen Kegel mit glatten, schimmernden Seiten. Das Boot schoss ungehindert die grüne Wand entlang, in der Schräge, aber von einer gewaltigen Zentrifugalkraft gehalten. Die Insassen hatten das Paddeln eingestellt und klammerten sich nun an die Seiten des Einbaums, den sicheren Tod vor Augen. Da fiel ein Paddel heraus; es blieb flach und starr auf dem harten Wasser neben ihnen liegen und begleitete ihre schwindelerregende Bahn.

Wütend drehte sich Hall zu Dragomiloff um. «Sie sind ein Teufel!», schrie er.

Doch der andere verfolgte das furchtbare Schauspiel ohne jede Regung einfach weiter. «Die Flut», murmelte er, wie zu sich selbst. «Es ist die Flut. Welche Kraft kann sich mit der der Natur messen!»

Mit zusammengebissenen Zähnen wandte Hall sich wieder dem grausigen Anblick zu.

Immer tiefer senkte sich der Kegel, immer schneller wirbelten die spiegelglatten Wände herum, das Boot fest an der gleißenden Schräge. Halls Blick hob sich kurz zu dem Steilhang überm Dorf. Die Sonne zeigte, von einem heliographischen Punkt reflektiert, einen Teil ihres Automobils an. Einen kurzen Moment lang überlegte er, ob Grunya wohl zusah, dann wandte er sich wieder dem Geschehen vor ihm zu.

Die Gesichter der drei waren deutlich zu erkennen. Keine Furcht war ihnen anzusehen, auch schrien sie nicht. Offenbar führten sie eine lebhafte Diskussion über etwas; wahrscheinlich, dachte Hall staunend, über die Mysterien des Todes, den sie bald finden würden, oder über die Schönheit der Falle, in die sie getappt waren.

Der Strudel wurde tiefer. Aus der Tiefe des rotierenden Kegels schien ein Laut zu kommen, der gequälte Laut to senden Wassers. Das Boot drehte sich in rasendem Tempo. Auf einmal glitt es auf der schimmernden Schräge tiefer, als strebte es aus freien Stücken der besinnungslosen Tiefe entgegen. Unwillkürlich schrie Hall auf. Doch das schmale Boot hielt stand, während es, irrwitzig kreisend, tiefer und tiefer in den Schlund rasenden Wassers hinabsank. Immer schneller schoss es die grün funkelnde Wand entlang. Hall war, als würde sein Blick in den Abgrund vor ihm gerissen; seine Hände an den Seiten des schwankenden Einbaums waren weiß.

Starkington hob eine Hand zum tapferen Gruß; sein Kopf reckte sich, er lächelte zu ihnen herüber. Dann wurde er jählings aus dem Einbaum geschleudert. Sein Körper raste neben dem kleinen Boot dahin, auf dem harten Wasser alle viere von sich gestreckt. Dann glitt er vor Halls Augen in die Mitte des Strudels hinein und war verschwunden.

Hall fuhr zu Dragomiloff herum. «Sie sind ein Teufel!», flüsterte er.

Dragomiloff beachtete ihn nicht. Sein Blick war sinnend auf den Mahlstrom gerichtet. Hall wandte sich wieder um; er konnte den Blick nicht von dem grausigen Schauspiel vor ihm abwenden.

Das große Boot war an den Flanken des wirbelnden Todes bereits tiefer gerutscht. Lucovilles Mund stand weit offen; anscheinend schrie er dem Schicksal, das mit feuchten Fingern nach ihnen griff, um sie zu holen, einen triumphalen Gruß entgegen. Hanover saß regungslos da.

Das Boot glitt die letzten Meter hinab; der Bug geriet in den Sog. Mit einem Krachen berstenden Holzes drehte sich der Einbaum in der Luft und verschwand, eingesogen in das ölige Maul, zerschmettert von den gewaltigen Kräften, die auf ihn einwirkten. Die beiden Männer saßen bis zuletzt tapfer darin, dann wirbelten sie durch die Luft und wurden schließlich von dem gefräßigen Meer verschluckt.

Das Grollen des rauschenden Ozeans ließ nach, als wäre er von dem Fleischopfer, das ihm dargebracht worden war, gesättigt. Langsam wurde der riesige Kegel wieder flacher, der Strudel hob sich gleichmäßig, und die Seiten fluteten zurück in die Horizontale. Eine flache Welle kam von dem sich besänftigenden Wasser und wiegte ihr Kanu sanft, erinnerte sie daran, dass sie in Sicherheit waren.

Hall erschauerte. Hinter ihm regte sich jetzt etwas.

«Wir fahren jetzt lieber mal zurück.» Dragomiloffs Stimme war ruhig.

Hall starrte seinen Gefährten hasserfüllt an. «Sie haben sie umgebracht! So unfehlbar, als hätten Sie sie mit einem Messer oder einer Pistole niedergestreckt!»

«Sie umgebracht? Ja. Sie wollten doch, dass sie sterben, nicht wahr? Sie wollten, dass die Attentatsagentur ausgelöscht wird.»

«Ich wollte, dass sie aufgelöst wird! Ich wollte, dass sie ihre Aktivitäten einstellt!»

«Ideen, Überzeugungen kann man nicht auflösen.» Seine Stimme war frostig. Sein Blick strich über das leere Meer, wo das große Kanu in die Ewigkeit gesogen worden war. Trauer lag in seiner Stimme. «Sie waren meine Freunde.»

«Freunde?»

«Ja.» Dragomiloff nahm sein Paddel und stieß es ins Wasser. «Besser, wir fahren jetzt zurück.»

Hall seufzte und tauchte es ebenfalls ein. Der Einbaum bewegte sich träge voran und nahm dann Fahrt auf. Sie fuhren über die Stelle, wo Starkington und die anderen den

Tod gefunden hatten. Dragomiloff hielt wie zum Gruß an die untergegangenen Mitglieder der Agentur einen Moment inne.

«Wir werden Haas ein Telegramm schicken müssen», bemerkte er gemächlich und nahm wieder den gleichmäßigen Rhythmus des Paddelns auf.

19

In San Francisco wartete Haas ungeduldig auf eine Nachricht von den dreien, die dem ehemaligen Boss der Attentatsagentur hinterhergefahren waren. Die Tage vergingen wie im Flug, und jeder einzelne davon brachte das Ende des Auftrags näher. Dann endlich traf mit dem Postschiff ein Brief ein.

«Lieber Haas,
ich sehe Sie schon im Zimmer auf und ab gehen und auf Griechisch oder Hebräisch vor sich hin brummeln, ob wir denn dem trägen Charme dieser schönen Insel erlegen sind. Oder D. zum Opfer gefallen. Entspannen Sie sich; beides ist nicht geschehen.

Aber die Aufgabe ist nicht einfach. D. hat eine allzu saubere Spur nach Westen gelegt, wir sind deshalb der Überzeugung, dass seine Flucht in Wahrheit nach Osten geht. Wir behalten seine Tochter und Hall genau im Auge. Der erste Schritt, den sie in diese Richtung tun, wird uns auf die Fährte führen.

Uns ist bewusst, dass die Zeit abläuft, aber keine Angst. Die Agentur hat noch nie versagt und wird auch jetzt nicht versagen. Sie können ab sofort täglich mit einem verschlüsselten Telegramm rechnen.

Aber hier noch eine beiläufige Information: D. hat auf

seinen Reisen auch den Namen Constantine benutzt. Das haben wir herausgefunden, als wir ihn an Bord der ‹Eastern Clipper› aufspürten. Ja, er ist uns entwischt. Wenn wir uns wiedersehen, nachdem das alles hier vorbei ist, erzählen wir Ihnen die ganze Geschichte.

Starkington.

PS.: Lucoville ist ganz verrückt nach *poi*, ein ungenießbares Zeug, das aus der Tarowurzel gemacht wird. Nach unserer Rückkehr werden wir noch größere Schwierigkeiten mit ihm und seiner Kost haben.»

Haas legte den Brief stirnrunzelnd nieder. Das Postschiff war vor neun Tagen in Honolulu ausgelaufen, da hätte doch inzwischen ein Telegramm von Starkington eintreffen müssen. Das Trio war nun fast einen Monat in Hawaii, es blieben keine sechs Wochen mehr, um den Auftrag abzuschließen. Er nahm den Brief noch einmal zur Hand und las ihn sorgfältig durch.

Constantine, ja? Das kam ihm entfernt bekannt vor. Es gab doch eine große Import-Export-Firma dieses Namens. Die hatte eine Niederlassung in New York, das wusste er, womöglich auch eine in Honolulu. Er saß in der Stille seines Zimmers, den Brief zwischen den Fingern, während sein enormes Gehirn alle Möglichkeiten durchkalkulierte.

Jäh entschlossen erhob er sich. Käme innerhalb der nächsten beiden Tage kein Telegramm, dann würde er den nächsten Dampfer zu den Inseln nehmen. Und bis dahin würde er sich vorbereiten, denn nach seiner Ankunft dort würde ihm nur wenig Zeit bleiben. Er faltete den Brief zusammen, steckte ihn in die Tasche und verließ das Zimmer.

Die Bibliothek war sein erstes Ziel. Eine Bibliothekarin versah ihn bereitwillig mit einer großen Karte der Hawaii-Inseln; er breitete sie vor sich auf dem Tisch aus und beugte sich darüber, studierte sorgfältig die Details von Oahu. Die Spur war nach Westen gegangen; sein Finger zog eine Linie entlang der Küste von Honolulu durch Nanakuli und Waianae zu einer kleinen Landzunge, die mit Kaena Point bezeichnet war. Er nickte. Das war die falsche Spur gewesen; in dieser Hinsicht hatte Starkington bestimmt keinen Fehler gemacht.

Die Straßen nach Osten nahmen einen komplexeren Verlauf. Einige führten über den Nuuanu-Pali-Pass und endeten im Busch oder mäanderten zu namenlosen Stränden hinab. Eine weitere dünne Linie bezeichnete eine Straße, die den Diamond Head hinauf- und auf der anderen Seite wieder hinunterführte und dann an einer geschwungenen Landzunge namens Makapuu Point an der Küste endete. Er schob die Karte beiseite, lehnte sich zurück und dachte nach.

Er versuchte, sich in Dragomiloff hineinzuversetzen. Warum auf Oahu bleiben? Warum nicht auf eine der vielen kleinen Inseln wie Niihau oder Kauai fahren, die weiter westwärts lagen, manche verlassen, manche so spärlich besiedelt, dass er in der kurzen Spanne Zeit, die der Agentur noch blieb, praktisch nicht aufzuspüren war? Warum auf der einen Insel bleiben, die die größte Möglichkeit dafür bot?

Natürlich nur, wenn er aufgespürt werden wollte. Er richtete sich auf, sein Gehirn glühte. Und warum sollte er aufgespürt werden wollen? Es war nur eine Falle! Sein Blick fiel wieder auf die Karte vor ihm, doch die sagte ihm nichts. Er kannte das Gelände zu wenig. Abermals lehnte er sich zurück, brachte seine überragende Intelligenz zum Einsatz.

Eine Falle, um drei Personen ganz sicher zu fangen, war schwierig. Ein Unfall? Zu unsicher; einer konnte immer überleben. Ein Hinterhalt? Nahezu unmöglich bei drei ausgebildeten Männern wie Starkington, Hanover und Lucoville. Wäre er Dragomiloff und sähe sich diesem Problem gegenüber, wie würde er versuchen, es zu lösen?

Nicht an Land. Dort war immer eine Deckung verfügbar; die Bedingungen waren nie klar. Bei einem Mann, ja, aber nie bei dreien. Wäre er Dragomiloff, er würde die Falle auf dem Meer stellen, wo Flucht- und Deckungsmöglichkeiten nicht vorhanden waren. Wieder beugte er sich über die Karte, und sein Herz schlug schneller.

Die Ostküste war nur geringfügig gewunden, von kleinen Buchten und verstreuten vorgelagerten Inseln geprägt. Eine Insel? Möglich. Aber auch da würde sich das Problem einer realisierbaren Deckung stellen, wenngleich eine Flucht schwieriger wäre. Nein, es würde das Meer sein. Aber wie stellte man auf dem öden Meer drei Männern eine Falle? Drei Männer von außergewöhnlicher Intelligenz, ein jeder bestens für Attentate wie auch in Selbstverteidigung ausgebildet?

Seufzend faltete er die Karte zusammen. Es waren noch weitere Nachforschungen erforderlich. Er gab der Bibliothekarin die Karte zurück, dankte ihr und verließ das kühle Gebäude. Eine weitere Möglichkeit fiel ihm ein, und er lenkte seine Schritte zum Rathaus.

Der Mann im Grundbuchamt nickte freundlich. «Ja», sagte er. «Wir besitzen Abschriften von Grunderwerbsvorgängen auf Hawaii. Das heißt, wenn sie älter als sechs Monate sind. So lange dauert es, bis wir sie hier registriert und abgelegt haben.» Er musterte den dünnen, energischen Mann vor ihm. «Wie lautet denn bitte der Name des Käufers?»

«Constantine ...», antwortete Haas. «S. Constantine & Co.»

«Der Importeur? Wenn Sie einen Augenblick warten wollen ...»

Haas starrte durch das staubige Fenster auf die Bucht und das beständige Hin und Her kleiner und großer Schiffe in der Ferne, doch er nahm nichts davon wahr. Vor seinem geistigen Auge sah er einen Strand und ein Boot – nein, zwei Boote –, die auf dem Ozean vor der Küste schaukelten. Im einen saß ruhig Dragomiloff, im zweiten Starkington und die anderen. Dort verharrten sie, seinem Kopf fest eingeprägt, während er die Szenerie nach einem Anhaltspunkt für eine Falle absuchte, nach irgendeiner Eventualität, die erklärte, warum Dragomiloff sie dorthin lockte.

Der Mann kam wieder. «Da hätten wir's, Sir. S. Constantine & Co. hat 1906 ein Bürogebäude in der King Street erworben. Vor fünf Jahren. Hier wären sämtliche Details, wenn Sie sie sich ansehen wollen.»

Haas schüttelte den Kopf. «Nein. Ich meine einen anderen Grundstückserwerb. Jüngeren Datums. An der Ostküste ...» Er zögerte, und mit einem Mal klärte sich das Bild. Mit einem Mal war er sich sicher. Dragomiloff hatte diesen Coup vom allerersten Tag an geplant. Er reckte sich hoch und wurde konkreter. «Das Land wurde vor zehn bis elf Monaten erworben.»

Der Sekretär verschwand erneut zwischen seinen Akten.

Als er nun wieder zu Haas zurückgekehrt war, konnte dieser ein kleines Lächeln des Triumphs nicht unterdrücken, denn auch jetzt brachte der Sekretär einen Ordner mit. «Ich glaube, das ist es jetzt, wonach Sie suchen, Sir. Aber der Kauf wurde nicht von der Firma getätigt. Er geschah im Namen von Sergius Constantine und betrifft eine kleine Insel vor der Ostküste Oahus.»

Rasch überflog Haas die Details. Sein hervorragendes Gedächtnis, das sich den Verlauf der Küstenlinie mit vollkommener Klarheit eingeprägt hatte, lokalisierte die kleine Insel sogleich. Er dankte dem Mann und ging, nun schnelleren Schritts, und sein Gehirn spielte in rasender Schnelligkeit die vielen Möglichkeiten durch.

Es konnte kein Zweifel daran bestehen, dass es sich um eine Falle handelte, seit Monaten geplant und nun in Ausführung begriffen. Die Opfer waren nicht bekannt gewesen; das Schicksal hatte sie ausgewählt. Er musste sofort ein Telegramm abschicken, Starkington musste gewarnt werden.

Er bog in sein Hotel ein und formulierte in Gedanken schon das Telegramm, imaginierte sein Codebuch, das in seinem Koffer unter den Hemden verborgen lag. Mit dem Zimmerschlüssel wurde ihm ein kleiner Umschlag ausgehändigt. Er schlitzte ihn auf, während er zur Treppe ging, und blieb abrupt stehen. Die Nachricht war kurz und endgültig:

«Haas: Muss Ihnen leider mitteilen, dass Starkington, Hanover und Lucoville bei einem bedauerlichen Bootsunfall gestorben sind. Wusste, dass Sie das wissen wollten. Hall.»

Er blieb noch einen Augenblick stehen, das Telegramm fest im Griff der Finger, und ermaß in Gedanken die Katastrophe. Zu spät! Keine Zeit mehr für Warnungen, kaum noch Zeit für überhaupt etwas. Er musste das nächste Schiff nehmen. Das nächste Schiff war – die «Amberly», sie lief in der Dämmerung aus. Er musste zu deren Büro gehen, um die Passage zu buchen, es lag nur wenige Blocks entfernt.

Er rannte durch die Tür auf die Straße hinaus, bahnte sich, Leute anrempelnd, seinen Weg durch die mittägliche Menge. Der arme Starkington, er hatte ihn immer so gern gemocht! Hanover, sanft und gelehrtenhaft, stets empört über die Verbrechen auf dieser grundschlechten Welt! Und Lucoville – nie wieder würde er übers Essen meckern!

Das Schiffsbüro lag auf der anderen Straßenseite. Ohne zu schauen sprang er auf die Fahrbahn und bemerkte nicht das riesige Brauereifuhrwerk, das auf ihn zukam. Auf dem Gehsteig schrie jemand, der Kutscher, der ebenso hektisch wie vergeblich an den Zügeln riss, fluchte erschrocken. Die beiden Grauen im Zweiergespann, verängstigt vom plötzlichen Auftauchen der kleinen Gestalt vor ihnen und rasend von dem heftigen Zerren an der Kandare, schlugen wild aus. Haas stürzte und geriet unter die stampfenden Hufe, seine letzten Gedanken ein Innewerden unerträglicher Schmerzen und das Staunen darüber, dass er nun so fernab vom palmengesäumten Strand und vom Ende seiner Suche starb.

Man kam überein, die letzten Tage dieses schicksalhaften Jahrs auf der Insel zu verbringen. Dragomiloff, Grunya und Hall führten ein einfaches Leben, kochten selbst, schöpften ihr eigenes Wasser und fanden ihre Nahrung im

Meer, wie die Einheimischen es schon seit Urzeiten taten. Zu ihrer Überraschung fanden sie das angenehm, eine erholsame Abwechslung von der Hektik ihres Alltags auf dem Festland. Aber sie alle wussten, dass es eine Flucht vor ihren Problemen war, die nur kurze Zeit währen konnte.

Hall stellte verblüfft fest, dass seine Sympathie für Dragomiloff trotz der furchtbaren Erinnerung an Starkingtons Tod täglich ein wenig mehr zurückkehrte. Diese verblasste zusehends, zog sich in die Tiefen seines Gehirns zurück, bis sie ihm als eine im Gedächtnis gebliebene Szene aus einem vor langer Zeit gelesenen Buch erschien oder als Teil eines Wandgemäldes, das er einmal in irgendeiner längst vergessenen Ausstellung gesehen hatte.

Dragomiloff entzog sich seinem Anteil an häuslichen Verrichtungen nie, ebenso wenig versuchte er, kraft seiner Stellung oder seines Alters Anweisungen oder Befehle zu erteilen. Stets leistete er seinen Beitrag beim Fischen oder Kochen, und angesichts seines ausgeglichenen Wesens fragte Hall sich oft, ob die schreckliche Szene des Strudels tatsächlich stattgefunden hatte. Doch mit jedem Tag der ablaufenden Frist blieb der kleine Mann mehr und mehr für sich. Bei den Mahlzeiten saß er schweigend und zunehmend nachdenklich am Tisch; die Aufgaben, die er übernahm, waren nun solche, die einer allein erledigen konnte. Und mit jedem Tag verbrachte er mehr Zeit am Strand, starrte über die öde Weite des Meeres zur Hauptinsel hin, als wartete er auf etwas.

Am Spätnachmittag des vorletzten Tages trat er zu Hall, der in der Brandung kauerte und das seichte Wasser nach wohlschmeckenden Krebsen absuchte, die sich dort verbargen. Seine Gesichtszüge waren angespannt, die Stimme war gleichwohl ruhig. «Hall, sind Sie sicher, dass Sie Haas gekabelt haben?»

Hall schaute verblüfft auf. «Natürlich. Warum fragen Sie?»

«Ich frage mich, warum er nicht gekommen ist.»

«Möglicherweise etwas Unvorhergesehenes.» Hall starrte seinen Gefährten an. «Er ist ja doch der Letzte der Attentatsagentur.»

Dragomiloff musterte ausdruckslos das gebräunte Gesicht des kauernden Mannes. «Außer mir natürlich», erklärte er leise und wandte sich zur Hütte.

Hall blickte Dragomiloffs Gestalt noch eine Weile nach, dann widmete er sich wieder seinen Krebsen. Als der kleine Bastkorb für eine gute Abendmahlzeit gefüllt war, stand er auf und rieb sich die schmerzende Rückenmuskulatur. «Wir sind alle angespannt, aber es ist ja nur noch ein Tag», dachte er zufrieden, doch dann verdüsterte sich seine Miene. Ohne Zweifel würde er die Insel vermissen.

Die Sonne sank hinter die grünen Hügel der Hauptinsel, als er zur Hütte zurückkehrte. Er stellte den Korb mit den zappelnden Krebsen in der kleinen Küche ab und tappte weiter in den Wohnraum. Grunya war in ein Gespräch mit ihrem Vater vertieft, beide verstummten bei seinem Eintreten. Es war offensichtlich, dass sie nicht gestört werden wollten. Ein wenig pikiert zog Hall sich gleich wieder zurück und ging zum Strand. «Geheimnisse?», dachte er etwas verbittert, als er über den feuchten Sand stapfte. «Zu diesem späten Zeitpunkt noch Geheimnisse?»

Als er zurückkehrte, war es bereits dunkel. Dragomiloff saß in seinem Zimmer, über seinen Schreibtisch gebeugt; die Lampe warf den scharf konturierten Schatten seines

Profils an die Strohwand. Grunya flocht im Schein einer kleinen Lampe aus Palmwedeln eine kleine Matte. Hall ließ sich ihr gegenüber auf einen Stuhl fallen und betrachtete einige Augenblicke lang schweigend das Spiel ihrer kräftigen Hände. Ihr gewohntes Lächeln, wenn sie ihn sah, fehlte diesmal.

«Grunya.»

Sie schaute fragend auf, das Gesicht unbewegt. «Ja, Winter?»

«Grunya.» Er redete leise. «Wir sind jetzt am Ende unserer Tage hier angelangt. Bald kehren wir in die zivilisierte Welt zurück.» Er zögerte, von dem Ernst auf ihrem Gesicht ein bisschen verängstigt. «Möchtest du ... noch immer meine Frau werden?»

«Natürlich.» Ihr Blick senkte sich wieder auf die Arbeit in ihrem Schoß, ihre Finger machten sich wieder ans Werk. «Ich will nichts anderes als deine Frau werden.»

«Und dein Vater?»

Sie schaute auf; in ihrem Gesicht regte sich kein Muskel. Nicht zum ersten Mal fiel Hall die starke Ähnlichkeit ihrer kräftigen, feinen Gesichtszüge mit denen des blonden Mannes auf.

«Was ist mit meinem Vater?»

«Was wird er tun? Die Attentatsagentur existiert nicht mehr. Sie füllte einen Gutteil seines Lebens aus.»

«Sein ganzes.» Dann hob sie die Augen, unergründlich. Ihr Blick schweifte über Halls Schultern und hielt dann inne. Hall wandte sich um. Dragomiloff war ins Zimmer getreten und stand reglos da. Grunyas Blick kehrte zu Hall zurück. Sie versuchte zu lächeln. «Winter, wir ... wir brauchen Wasser. Würdest du ...?»

«Selbstverständlich.»

Er stand auf, nahm den Eimer und lief zu der kleinen Quelle am Nordende der Insel. Der Mond war aufgegangen, groß und weiß, und erhellte seinen Weg, auf dem die Schatten sich wiegender Blumen am Wegesrand tanzten. Das Herz war ihm schwer; Grunyas merkwürdige Härte – beinahe Kälte – bedrückte ihn. Doch dann kam ihm ein leichterer Gedanke. «Wir alle», dachte er, «waren in den letzten Tagen starkem Druck ausgesetzt. Weiß Gott, wie ich ihr erschienen sein muss!» Nur noch wenige Tage, dann würden sie wieder an Bord eines Schiffes sein, und der Kapitän konnte sie trauen. Mann und Frau! Er ließ den Eimer volllaufen und machte sich leise pfeifend auf den Rückweg.

Der Wasserbottich stand in der Küche. Er leerte den Eimer hinein; Wasser lief über, schwappte auf seine nackten Füße. Der Bottich war schon voll gewesen. In jäher Angst ließ er den Eimer fallen und rannte zum Wohnraum. Grunya arbeitete weiterhin still vor sich hin, doch ihre Wangen waren tränennass. Vor ihr lag ein Bündel Papiere, aufgerollt und schwer unter der Lampe.

«Grunya, Liebste! Was ...?»

Sie versuchte weiterzumachen, doch die Tränen flossen immer heftiger, sodass sie schließlich die Flechtarbeit hinwarf und ihm in die ausgebreiteten Arme fiel. «Ach, Winter ...!»

«Was ist denn? Was ist, meine Liebste?» Plötzlich kam ihm ein Verdacht, und er blickte zu Dragomiloffs Zimmer hin. Das Zimmer war dunkel, aber das Mondlicht, das zum offenen Fenster hereinströmte, fiel auf ein leeres Bett.

Er wollte zur Tür, doch Grunya packte ihn am Arm. «Nein! Du darfst nicht! Lies das!»

Er blieb unschlüssig stehen, spürte den fordernden Druck ihrer Hand auf seinem Arm. Ihre Augen, die ihn anblickten, waren voller Tränen, aber auch voller Entschlossenheit. Langsam fügte er sich und griff nach dem Papierbündel. Grunya musterte seine Gesichtszüge, während er las, ihr Blick schweifte von seiner breiten Stirn zu der energischen Kieferpartie, nahm die Merkmale des Mannes auf, der nun auf immer ihre einzige Zuflucht sein würde.

«Liebe Kinder,
ich kann nicht mehr warten. Haas ist nicht gekommen, und meine Zeit läuft ab.

Ihr müsst versuchen, mich und – wie Hall es nennen würde – meinen Wahnsinn zu verstehen. Ich spreche über das, was ich nun tun muss. Als Chef der Attentatsagentur habe ich einen Auftrag angenommen; dieser Auftrag wird ausgeführt werden. Die Agentur hat niemals versagt und wird es auch jetzt nicht tun. Dies würde alles negieren, wofür sie je gestanden hat. Ich bin mir sicher, dass nur der Tod Haas daran gehindert haben kann, seinen Auftrag zu erfüllen, aber in unserer Organisation geht die Pflicht des einen immer auf einen anderen über. Als das letzte Mitglied muss ich sie auf mich nehmen.

Ich tue das nicht in Trauer. Die Agentur war mein Leben, und indem sie verschwindet, muss auch Ivan Dragomiloff verschwinden. Ich nehme dies auch nicht mit Scham auf mich; der Schritt, den ich heute Nacht tun werde, ist von Stolz erfüllt. Wahrscheinlich waren wir im Unrecht – Sie, Hall, haben mich einmal davon überzeugt. Aber nie waren wir es aus den falschen Gründen – noch in unserem Unrecht lag ein Recht.

Dass wir getötet haben, und das viele Male, bestreiten wir nicht. Doch das Schreckliche am Töten ist nicht die Quantität der Opfer, sondern ihre Qualität. Der Tod eines Sokrates ist ein weit größeres Verbrechen an der Menschheit als das Gemetzel der endlosen Horden Wilder, die Dschingis Khan bei der brutalen Schändung Asiens anführte; aber wer glaubt dies denn schon? Die Allgemeinheit würde – sollte sie davon erfahren – Verwünschungen gegen unsere Agentur ausstoßen und im selben Atemzug alle Arten rücksichtslosen und sinnlosen Gemetzels in den Himmel loben.

Ihr bezweifelt das? Spaziert durch die Parks unserer großen Städte, über unsere öffentlichen Plätze und Plazas. Wo findet Ihr Denkmäler für Aristoteles? Oder Paine? Oder Spinoza? Nein, diese Orte sind jenen Halbgöttern vorbehalten, die uns mit dem Schwert in der Hand in alle unsere mörderischen Kreuzzüge geführt haben, seit wir von den Bäumen heruntergestiegen sind. Der jüngste Krieg gegen Spanien[33] wird zweifellos, hierzulande ebenso wie in Spanien, die letzten verbliebenen Stellen mit Helden hoch zu Ross füllen, den Arm zum blutigen Gruß erhoben – im Kampf um die Herzen der Menschen in ewige Bronze gegossene Mahnmale des Triumphs der Gewalt.

Dennoch habe ich mich davon überzeugen lassen, dass wir im Unrecht waren. Warum? Weil wir dem Wesen nach tatsächlich im Unrecht waren. Die Welt muss dahin kommen, die gemeinsame Verantwortung für die Gerechtigkeit zu erkennen; das kann nicht mehr das Ziel einiger erwählter – und selbst gewählter – weniger sein. Schon weist das Grollen, das aus Europa kommt, auf eine Katastrophe voraus, die größer ist als alles, was die Menschheit je erduldet hat, doch die Rettung muss von einer höheren Moral ausgehen, als selbst wir sie bieten könnten. Sie muss von der wachsenden moralischen Kraft der Welt selbst ausgehen.

Dennoch bleibt ein Zweifel, eine Frage. Was, wenn diese moralische Kraft nicht kommt? Dann könnte die Attentatsagentur in einer fernen Zukunft durchaus wieder auferstehen. Denn zu den Morden, die uns zur Last gelegt werden können, ließe sich das Folgende sagen: Kein Mann ist gestorben, der es nicht verdient hätte. Kein Mann ist gestorben, dessen Tod nicht der Menschheit genützt hätte. Es ist zu bezweifeln, ob das auch von denen gesagt werden kann, deren Statuen nach dem Ende des nächsten ‹letzten› Krieges von den Plätzen emporragen.

Doch meine Zeit läuft ab. Ich bitte Sie, Hall, Grunya zu beschützen. Sie ist das Leben, das ich dieser Erde vermache, der Beweis, dass kein Mensch, ob im Recht oder Unrecht, hinscheiden kann, ohne seine Spuren zu hinterlassen.

Ein letzter Kuss für meine Grunya. Ein letzter Händedruck für Sie, mein Freund.

D.»

Hall hob den Blick von den Papieren in seinen Fingern; er suchte das schöne Gesicht seiner Liebsten. «Du hast nicht versucht, ihn aufzuhalten?»

«Nein.» Ihr Blick war gefasst und tapfer. «Mein ganzes Leben lang hat er alles für mich getan. Noch der kleinste Wunsch wurde mir gewährt.» Ihre Augen wurden trübe, ihr Mund bebte vor Anstrengung, sich zu beherrschen.

«Ich liebe ihn so sehr! Ich hatte nichts anderes, um es ihm zurückzuzahlen.»

Hall schloss sie in die Arme, staunte über ihre große Kraft. Und dann wurde die Anstrengung zu groß. Grunya brach in heftiges Schluchzen aus, drückte seine Arme mit aller Kraft. «Ach, Winter, war ich im Unrecht? War ich im Unrecht? Hätte ich ihn um sein Leben anflehen sollen?»

Er hielt sie fest, beruhigte sie. Durch die offene Tür fiel sein Blick auf das glatte Meer, das hell spiegelnd in dem strahlenden Mondschein lag. Etwas Dunkles glitt durch sein Gesichtsfeld, eine kleine Gestalt in der Ferne; unbeschwert über ein Paddel gebeugt, glitt sie still auf die Mitte der Meerenge zu – in Erwartung des *Huhu Kai*. Er war sich nicht sicher, ob er es wirklich sah oder ob er es sich nur einbildete, aber plötzlich schien sich aus dem schwindenden Boot ein Arm zum heiteren Gruß zu erheben.

«Nein», sagte er in heftiger Bewegung und hielt sie noch fester. «Nein, mein Liebling. Du warst nicht im Unrecht.»

Jack Londons Manuskript bricht auf Seite 153 mit dem Absatz «Hall, der sich wieder gesetzt hatte, stand erneut auf, schob dabei das Weinglas zur Seite und legte eine Hand auf den Tisch» ab. Danach folgt die Fortsetzung des Romans durch Robert L. Fish.

Fish orientierte sich bei seiner Arbeit zwar grob an Jack Londons hier im Anschluss abgedruckten Handlungsvorgaben, nahm sich in der Ausführung jedoch große konzeptuelle Freiheiten (s. Nachwort).

JACK LONDONS AUFZEICHNUNGEN FÜR DIE
FERTIGSTELLUNG DES BUCHS

Du «beschleunigtest den Knall» vor Ablauf Waffenruhe. Drago findet es heraus.

Bestürzung Breen, als er es erkennt. «Aber ich kann es nicht stoppen. Jeder Versuch, es zu stoppen, wird zur sofortigen Explosion führen.»

Sie weisen Breen nach, dass er es während der Waffenruhe eingestellt hat. «Sie haben recht. Fast hätte ich mich eines Unrechts schuldig gemacht. Es wieder trennen – kann ich nicht. Das war der Apparat, den ich erwähnt hatte. Das Schöne an dieser Maschine ist, dass sie fast einem Auftrag an die Agentur gleicht. Einmal scharf gemacht, wie sie jetzt ist, kann keine Macht der Welt sie mehr aufhalten. Automatischer Einrastmechanismus. Nicht einmal ein Schmied könnte das Uhrwerk entfernen.»

Sie mitnehmen und in die Steilbucht werfen.

«Freunde, Verrückte – wollen Sie das erlauben?»

«Sie können es nicht mehr stoppen», kicherte Hanover. «Die unumstößliche Logik der Elemente! Die unumstößliche Logik der Elemente!»

«Bleiben Sie denn hier und lassen Sie sich in die Luft jagen?», fragte Hall wütend.

«Gewiss nicht. Aber wie Breen sagt, bleibt noch jede Menge Zeit. Binnen zehn Minuten wird es der langsamste unter uns aus der Zone der Zerstörung herausschaffen. Bis dahin bestaunen Sie dieses Wunderwerk!»

Hall betrachtet andere Leute.

Breen: «Ich bin in meiner Argumentation gescheitert. Ein Beweis für die Fehlbarkeit der menschlichen Vernunft. Aber, Hanover, Sie sehen kein Scheitern in der Argumentation der Elemente. Können nicht scheitern.»

Derart in Anspruch genommen, vergaßen alle das Vergehen der Zeit, Drago stand auf und legte Lucoville liebevoll die Hand auf die Schulter – nahe am Hals.

Spricht freundlich – rasche – spasmodische – Hand. Todesgriff der Japaner. Nahm Hut und Mantel. Schlüpft hinaus – Haas springt wie ein Tiger, stieß mit Diener zusammen – zerbrechendes Geschirr.

«Lieber Freund Lucoville», sagt Hanover, durch seine Brille spähend. «Sie werden nie antworten.»

Der Boss hatte wahrhaftig das letzte Wort.

———————

Am nächsten Tag in der Zeitung – «San Francisco Examiner» – rätselhafte Explosion in der Bucht – tote Fische. Kein Hinweis.

Dragos Botschaft: «Gehe nach Los Angeles. Bleibe dort eine Weile. Kommt und holt mich.»

Beim Abendessen, als Drago Abenteuerpfad gepriesen hatte – sie warfen ihm vor, sentimental zu sein, ein Epikuräer (höhnisch).

———————

«Meine Herren!», rief Hall verzweifelt, «ich appelliere an Sie als Mathematiker. Ethik lässt sich auf Wissenschaft reduzieren. Warum das Leben aller für seines geben?

Meine Herren, verrückte Kollegen – überlegen Sie. Sehen Sie diese Situation als eine Gleichung. Das ist unwissenschaftlich, irrational. Mehr noch, es ist unmoralisch. Für erhabene Ethiker wäre das eine mutwillige Tat usw.»

Sie debattieren. Sie geben nach.

Drago: «Klug gemacht. Und nun eine Waffenruhe. Ich glaube, wir sind die einzige Organisation in den Vereinigten Staaten oder auf der Welt, die einander derart vertrauen.» Zieht Uhr hervor. «Jetzt ist es 9.30. Wir wollen zu Abend essen. 2 Stunden Waffenruhe. Danach soll es, wenn nichts anderes verfügt oder außer Kraft gesetzt wird, mit dem Status quo weitergehen.»

————

Hall verliert Grunya, die Drago rettet, und entkommt mit ihm. Dann Hall, Telegramme, folgt ihnen durch Mexiko, Karibik, Panama, Ecuador – kabelt große (5 Mal) Summe an Drago und nimmt Verfolgung auf.

Trifft ein, sie sind weg. Begegnet Haas und folgt ihm. Fahren auf selbem Windjammer nach Australien. Verliert Haas dort.

Er findet durch Telegramm heraus, dass sie nach Tahiti fahren. Trifft sie in Tahiti. Heiratet Grunya. Haas taucht auf.

Die drei, Drago, Grunya und Hall (verheiratet) leben in Tahiti, bis Attentäter kommen. Dann entwischt Drago auf Kutter nach Taiohae.

Drago versichert die anderen seiner geistigen Gesundheit; sie sind nicht einmal geisteskrank. Sie sind schwer
von Begriff. Sie begreifen die Umwertung der Werte nicht,
die er vollbracht hat.[34]

Auf einer kleinen Sandinsel schafft Drago es, die ganze
Organisation außer Haas, der zu begierig und zu gerissen
ist, in die Luft zu sprengen. Haus vermint.

Drago auf Nuka Island, Dorf Taiohae, Marquesas. Dort
liegt ein Kutterwrack, und Attentäter (Haas) wird an Land
geworfen, wo Melville fast ein Jahrhundert davor entfloh.[35]
Während Drago Typee Valley auf dieser Insel erforscht,
schütteln Hall und Grunya Attentäter Haas ab und glauben, ihn los zu sein.

Drago stirbt im Triumph: Schwach, hilflos auf Marquesas Island, durch Zufall wird Wrack von gedungenem Mörder entdeckt – Haas. Aber nur durch Zufall. «In Wahrheit
habe ich die Organisation überlistet.» Mörder und er erörtern, wie er sterben soll. Drago hat langsames, schmerz-
loses Gift. Willigt ein, es zu nehmen. Nimmt es. Sterben
dauert eine Stunde. Drago: «Nun wollen wir das Unrecht
der Organisation diskutieren, die aufgelöst werden muss.»

Grunya und Hall treffen ein. Schoner legt an und wieder
ab. Sie kommen in einem Walfängerboot an Land, rechtzeitig für sein Ende. Nachdem alle bis auf Haas tot sind,
regelt Hall die Angelegenheiten der Agentur. 117 000 gingen an ihn. Eingelagerte Bücher und Möbel Dragos. Hat
Stummen zum Verwalter von Bungalow in Edge Moor gemacht.

ENDE WIE VON
CHARMIAN LONDON[36] SKIZZIERT

Die kleine Yacht segelt, Spinnaker offen, Tag und Nacht, viele Tage und Nächte lang. Die Saturnalien der Zerstörung – herrliche Beschreibung der Bonita – zu Hunderttausenden. Die große Jagd. Das breite, sich über Meilen erstreckende Band der Zerstörung. Die Gunies, Bootsmannsvögel, Fregattvögel usw. werden mehr – Zehntausende. Alle hinter fliegenden Fischen her. Wenn fliegende Fische an Bord kommen, sausen auch sie heran, sie zu fangen. Saturnalien des Tötens gehen ihnen auf die Nerven. Vögel brechen sich Flügel an Takelung, fallen über Bord, von Bonita in Stücke gerissen und von oben von ihren geflügelten Verwandten – Fregattvögel, Bootsmannsvögel usw. – angegriffen. Einheimische Seeleute fangen Bonita, um sie roh zu essen – im Netz eingeholt, werden gefangene Bonita von ihren Artgenossen attackiert. Seeleute fangen einen Hai – zerlegen ihn fein säuberlich, nicht ein Stückchen von ihm bleibt übrig. Schlagendes Herz in einer Männerhand – Hai über Bord gehievt, schwimmt und schwimmt, schnappt mit Maul, während die Bonita-Gastgeber durch die sonnendurchflutete See schießen – schlagendes Herz Schock für Grunya. Schließlich der Wahnsinn der Tropensonne usw. Beginnen hier, auf Vögel, Fische usw. mit kleinem automatischem Gewehr zu schießen, und sie schaut auf und klatscht Beifall. Alle Getöteten oder Verletzten werden sogleich von anderen gefressen. Einmal geht der irische Terrier über Bord und wird von Bonita in Stücke gerissen. Einmal ihr Tuch, rot, erfasst und hinabgezogen usw. usw. Nichts kann entkommen.

Und so das Ende, tragisch vorherbestimmt, als sie an Land gehen, Haie schnappen nach ihren Ruderblättern. Und am Strand eine Schar kleiner Fische, entdeckt, flitzen an den Strand. Sie waten durch diese silbrige Brandung verendeten Lebens an Land und finden – Dragomiloff, im Sterben liegend.

ANMERKUNGEN

1   Die Fabian-Society war eine Bewegung sozialistischer Intellektueller, gegründet 1884 in London, die sich für eine evolutionäre (statt revolutionäre) gesellschaftliche Entwicklung einsetzte. Ihr Name verweist auf den röm. General Fabius Maximus Verrucosus, der wegen seiner abwartenden, mit langen Zeiträumen rechnenden Strategie Cunctator («Zögerer») genannt wurde. Zu den Mitgliedern der einflussreichen Reformbewegung zählten u. a. George Bernard Shaw, H. G. Wells, Emmeline Pankhurst und Bertrand Russell.

2   Aus Furcht vor allem, was ihnen als Kommunismus oder Anarchismus verdächtig erschien, reagierten die Polizeibehörden bereits vor dem Ersten Weltkrieg und der Oktoberrevolution mit Deportationen unliebsamer Ausländer. Richard Henry «R. H.» Tawney (1880–1962) war ein engl. Geschichtsökonom und Vorreiter der Erwachsenenbildung, der sich zu einem christlichen Sozialismus bekannte; Giuseppe Cicerole (1867–1925) schrieb für das italienischsprachige Organ *Cronaca Sovversiva (Subversive Chronik)* in Vermont und war an Operationen der radikalen Anarchisten um Luigi Galleani beteiligt; bei Emil Gluck (1895–1941) handelt es sich um den Protagonisten von Jack Londons Short Story *The Enemy of All the World* (1908): einen in Syracuse, New York, geborenen, hochbegabten Denker, den der Autor als *«unfortunate, malformed, and maltrated genius»* beschreibt und der schließlich als militanter Anarchist auf dem elektrischen Stuhl enden sollte (s. Nachwort).

3   Die Tolstojaner, gegründet von Wladimir Grigorjewitsch Tschertkow (1854–1936), waren eine Vereinigung von urchristlich inspirierten Pazifisten und Anarchisten, die gegen Ende des 19. Jh. starken Zulauf fand. Als «philosophierend» werden sie hier bezeichnet, weil sie sich in ihrem weltverbessernden Eifer nicht als Männer der politischen Tat verstanden, sondern, gemäß der Lehre des russ. Schriftstellers Lew Tolstoi (1828–1910), als Utopisten eines gottgefälligen, «guten» und

gewaltfreien Lebens. Aus Sicht linker Revolutionäre, die sich dem tä-
tigen Klassenkampf verschrieben hatten, oder militanter Anarchosyn-
dikalisten, denen es um die Destabilisierung des kapitalistischen Systems ging, war die Haltung dieser bunt zusammengewürfelten Schar
aus Moralaposteln, Idyllikern, Kommunarden, Vegetariern und Phil-
anthropen bloß apolitisches Sektierertum.

4 Möglicherweise Anspielung auf Martha McClellan Brown (1838–
   1916), eine Anführerin der amerik. Abstinenzbewegung. Die soge-
   nannte *temperance movement* war Anfang des 20. Jh. in den USA
   zu den bedeutendsten Reformbewegungen aufgestiegen. Die Bekämp-
   fung des Alkoholkonsums wurde als sozialhygienische Maßnahme
   begriffen, mit der man eine Hauptursache für das Elend der Arbei-
   terklasse aus der Welt schaffen wollte. Daraus resultierte ein hoher
   ethischer Anspruch.

5 Die amerik. Settlement-Bewegung entstand im Zuge der massiven
   Einwanderungswellen des späten 19. Jh. in die Vereinigten Staaten
   und der damit einhergehenden Verelendung in den Städten. Nach
   dem Vorbild der engl. Settlements, die im Gefolge der 1884 in London eröffneten Toynbee Hall entstanden waren, zogen Angehörige
   bildungsbürgerlicher Schichten in Proletarierviertel und leisteten dort
   Nachbarschaftshilfe in Form von Kultur-, Betreuungs- und Fortbil-
   dungsangeboten. In den USA bedeutete das Engagement für Unter-
   privilegierte, dass sich die Settler besonders für die Integration von
   Immigranten einsetzten, die man in Ausländerghettos zusammen-
   gepfercht hatte, in denen Armut und Verwahrlosung besonders groß
   waren. Dabei ging es nicht um die schnellstmögliche Assimilation in
   das sozioökonomische System der USA, sondern um einen kulturbe-
   wahrenden Ansatz, bei dem unterschiedliche Traditionen respektiert
   werden sollten.

6 Maxim Gorki (1868–1936), russ. Schriftsteller und Marxist, genoss
   aufgrund seines Werks und seines couragierten Auftretens gegen die
   Willkür des Zarenregimes bereits früh internationales Renommee;
   sein agitatorischer Proletarierroman *Die Mutter* (1906/07), der von
   der Politisierung und Radikalisierung einer einfachen Arbeiterfrau
   und ihres Sohns handelt, entstand im amerik. Exil. 1910 erschien mit
   The Life of Matvei Kozhemyakin sein nächster Roman in den USA.

7   Sozial-, kultur- und bildungspolitische Einrichtung in Chicago, 1889
    von der Soziologin Jane Laura Addams (1860–1935) gegründet, in der
    sich gesellschaftlich engagierte Frauen zu einer alternativen Lebens-
    und Arbeitsgemeinschaft zusammenfanden. Die erste Settlement-Ini-
    tiative (s. Anm. 5) in den USA sollte im Zeichen weiblicher Solidarität
    und Selbsthilfe die Emanzipation der Bewohnerinnen fördern, die In-
    tegration von Immigrantinnen und Immigranten unterstützen und Zu-
    fluchtsort in einer materialistischen, ausbeuterischen und von (männ-
    licher) Gewalt geprägten Gesellschaft sein.

8   Der *New York shirtwaist strike*, der als *Uprising of the 20 000* in die
    Annalen einging, war einer der spektakulärsten und für die Erkämp-
    fung von Arbeitnehmerrechten erfolgreichsten Streiks der amerik. Ar-
    beiterbewegung. Anfang des 20. Jh. waren mehr als die Hälfte der
    Bevölkerung von New York City Immigranten. Ihre ökonomische
    Notlage wurde von Ausbeutungsbetrieben (sogenannten *sweatshops*)
    in Lower Manhattan systematisch ausgenutzt, die sie in prekäre Ar-
    beitsverhältnisse zwangen und mit Hungerlöhnen abspeisten. Beson-
    ders die Textilindustrie boomte; billige Massenware fand reißenden
    Absatz, darunter die *shirtwaists*, günstig produzierte Blusen für eine
    weniger kaufkräftige Kundschaft. In den Bekleidungsfabriken waren
    Männern die besser bezahlten Tätigkeiten wie das Zuschneiden und
    Plätten der Stoffe vorbehalten, Frauen wurden vor allem für Akkord-
    arbeiten wie das Zusammennähen von Einzelteilen eingesetzt. Die
    überwiegende Mehrzahl der Weißnäherinnen waren junge jüdische
    Migrantinnen, die zu katastrophalen Bedingungen (Wochenarbeits-
    zeiten von bis zu 75 Stunden) schufteten. Sie mussten Nadeln, Zwirn
    und Scheren selbst kaufen, für das Arbeitsgerät Miete entrichten oder
    Strafgebühren zahlen, wenn sie ein Kleidungsstück beschädigten. Am
    22. November 1909 begann der Generalstreik der bis dahin nicht ge-
    werkschaftlich organisierten Blusennäherinnen, angeführt von der aus
    der Ukraine stammenden, jiddisch sprechenden Clara Lemlich (1886–
    1982), unterstützt durch die Women's Trade Union League of America
    sowie etliche einflussreiche Fürsprecherinnen aus der New Yorker Up-
    perclass. Obwohl über 700 Arbeiterinnen verhaftet und 19 von ihnen
    wegen Aufwiegelung ins Zuchthaus geworfen wurden, hielt die Front
    der Streikenden über mehrere Monate. Am Ende standen zumindest

auf dem Papier die Zulassung einer eigenen Spartengewerkschaft, die vertragliche Zusicherung besserer Bezahlung, geregelter Arbeitszeiten und Gleichbehandlung der gesamten Belegschaft.

9 Der gebürtige Däne Jacob August Riis (1849–1914) war 1870 in die USA emigriert und hatte das Migrantenschicksal am eigenen Leib erfahren, ehe er sich 1888 mit seinen Fotoreportagen für die *New York Evening Sun* daran machte, das Elend der Obdachlosen, Straßenkinder und Bewohner der East-Side-Slums von Manhattan aufzuzeigen. Die Intention, die hinter seiner ungeschönten Documentary Photography stand, war, die amerik. Öffentlichkeit für diese menschenunwürdigen Zustände zu sensibilisieren und in weiterer Folge soziale Reformen anzustoßen.

10 Eine Folge revolutionärer Unruhen gegen den reformunwilligen, autokratischen Zarismus; russ. Arbeiter legten mit Massenstreiks die Infrastruktur des riesigen Reichs lahm, Bauern forderten in Aufständen eine wirkungsvolle Landreform und die Aufhebung der immer noch weit verbreiteten Leibeigenschaft, und Intellektuelle unterstützten den Kampf des Volkes um politische Teilhabe mit Aufrufen und Proklamationen. Tatsächlich machte Zar Nikolaus II. (1868–1918) in seinem Oktobermanifest einige Zugeständnisse in Richtung einer konstitutionellen Monarchie, die allerdings in weiterer Folge wieder kassiert wurden.

11 Eine pathologische Reizung des *nervus trigeminus*, die mit extremen Schmerzattacken – den stärksten für den Menschen vorstellbaren – einhergeht und praktisch nicht therapiert werden kann; daraus resultierende Depressionen führen bei Betroffenen überdurchschnittlich häufig zum Suizid.

12 Die Black Hand Gang (von ital. *mano nera*) etablierte sich im Laufe der 1890er-Jahre mit mafiaähnlichen Methoden in New Yorks Unterwelt und rekrutierte sich ausschließlich aus sizilianischen Immigranten. Die Black Hander waren berüchtigt für gewaltsame Praktiken der Geldbeschaffung und blutige Mordanschläge auf zahlungsunwillige Erpressungsopfer oder Mitglieder konkurrierender Banden.

13 Sympathisanten von Fürst Pjotr Alexejewitsch Kropotkin (1842–1921), der zum bekanntesten Ideologen eines kommunistischen Anarchismus wurde. Auch in den USA beriefen sich etliche Sympathisanten

eines herrschafts- und gewaltlosen Sozialismus auf den anarchistischen Fürsten.

14 Am 14. September 1911 wurde der seit 1906 amtierende russ. Ministerpräsident Pjotr Arkadjewitsch Stolypin während eines Theaterbesuchs in Kiew durch mehrere Schüsse verletzt und starb vier Tage später. Beim Attentäter handelte es sich um einen Jurastudenten, der am 24. September gehenkt wurde. Als Hintermänner der Bluttat verdächtigte man sowohl russ. Anarchisten als auch die zaristische Geheimpolizei «Ochrana» sowie Grigori J. Rasputin.

15 Flucht des Propheten Mohammed von Mekka nach Medina im Jahr 622, die den Beginn der islamischen Zeitrechnung markiert.

16 Als Daniten oder «Zerstörende Engel» bezeichneten sich im 19. Jh. Mitglieder eines US-Geheimbunds, der der Kirche Jesu Christi der Heiligen der Letzten Tage nahestand. Sie verschrieben sich dem Glaubensideal der sogenannten Blutsühne, verfolgten Widersacher und Häretiker und waren für zahllose Massaker verantwortlich.

17 Der neueste Roman von Henry James (1843–1916) war 1911, dem Jahr, in dem die Handlung spielt, zugleich sein letzter: *The Outcry*.

18 Im Original *«law of diminishing returns»*: Ein wirtschaftswissenschaftliches Modell zur Beschreibung des Verhältnisses zwischen Einsatz und Ertrag, das besagt, dass in der landwirtschaftlichen wie auch in der industriellen Produktion Ertragssteigerungen durch erhöhten Arbeitseinsatz nur bis zu einem bestimmten Punkt möglich sind und schließlich von einem progressiven in einen degressiven Verlauf übergehen. Aus dem Mehr eines Produktionsmittels bei Konstanz aller anderen Produktionsfaktoren resultieren nach einer Phase zunehmender Ertragszuwächse irgendwann abnehmende, ja schließlich sogar negative Grenzerträge. Ergründet und ausformuliert wurde das Gesetz des sinkenden Grenzertrags von Sir James Denham-Steuart (1712–1780), Anne Robert Jacques Turgot (1727–1781), Thomas Robert Malthus (1766–1834) sowie Johann Heinrich von Thünen (1783–1850).

19 Der Begriff der Vivisektion (von lat. *vivus* «lebendig» und *sectio* «Schnitt») bezeichnete zu jener Zeit nicht nur operative Eingriffe am lebenden Organismus zu Forschungszwecken, sondern jede Art von Tierversuch. Die American Anti-Vivisection Society (AAVS) war 1883

in Philadelphia gegründet worden und kämpfte mit zum Teil spektakulären Aktionen für das gesetzliche Verbot von Tierquälerei.

20 Ein Terminus aus der Evolutionslehre, wonach sich eine biologische Eigenschaft zuerst ohne erkennbare Funktion entwickelt und sich in «kreativer Zweckentfremdung» nachträglich als vorteilhaft für den Selektionsvorgang erweist.

21 Unverkennbare philosophische Anleihen bei der Ideenlehre Platons (428–348 v. Chr.), wonach unsere sinnlich wahrnehmbare Welt dem Reich der Ideen (von griech. ἰδέα) nachgeordnet ist. Schönheit als abstrakte Entität ist nach platonischem – und neuplatonischem – Verständnis weder an irgendwelche Manifestationen in der Welt der konkreten Erscheinungen gebunden, noch vermögen diese je Inbegriff oder Voraussetzung des rein Schönen zu sein. Die Schönheit von Wesen und Dingen hat bloß endlichen Anteil am «Schönen an sich».

22 Gemäß der hier verwendeten ontologischen Terminologie wird das «Prinzip» (griech. ἀρχή; wörtlich «Anfang») als der Urgrund, Ursprung und Ausgangspunkt alles Seienden verstanden.

23 Zitat des engl. Philosophen Herbert Spencer (1820–1903), der die Evolutionstheorie und das Darwin'sche Konzept des *«survival of the fittest»* auf die Gesellschaftsentwicklung übertrug. Besagte Textstelle findet sich unter § 183 in seinen *First Principles* (1860–1862), wo die These aufgestellt wird, dass sich wie im natürlichen so auch im gesellschaftlichen Leben alles vom Homogenen zum Heterogenen fortentwickelt: *«Apparently the universally coexistent forces of attraction and repulsion, which, as we have seen, necessitate rhythm in all minor changes throughout the Universe, also necessitate rhythm in the totality of changes,––produce now an immeasurable period during which the attractive forces, predominating, cause universal concentration; and then an immeasurable period during which the repulsive forces, predominating, cause diffusion,––alternate eras of Evolution and Dissolution. And thus there is suggested to us the conception of a past during which there have been successive Evolutions analogous to that which is now going on; and a future during which successive other such Evolutions may go on–ever the same in principle, but never the same in concrete result.»*

24 Der anglikanische Theologe und Philosoph George Berkeley (1685–

1753), Exponent des subjektiven Idealismus, vertrat einen radikalen sensualistischen und immaterialistischen Standpunkt, indem er über John Locke hinausgehend konstatierte, weder «Materie» noch «Geist» seien philosophisch begründbar. Ihm zufolge hat die Außenwelt kein objektives Sein, sondern «existiert» nur mittelbar, insofern sie dem Subjekt *erscheint*.

25 Der aus New Haven stammende professionelle Ballonfahrer und Luftakrobat M. L. MacDonald (1870–1920), genannt «Darling Donald», gehörte zu einer Truppe waghalsiger junger Männer, die in den 1890er-Jahren mit spektakulären «Fallschirm-Abstürzen» für Schlagzeilen sorgten. An einem Trapez hängend, das unter einem Rauch- oder Heißluftballon befestigt war, stiegen die Jahrmarktsartisten vor den Augen Hunderter Schaulustiger auf, um aus einer Höhe von mehreren Hundert Metern abzuspringen, im freien Fall auf die Erde zuzurasen und ihren Todessturz in letzter Sekunde mit einem Fallschirm abzubremsen.

26 Ab 1887 exportierte das Würzburger Hofbräu als eine der ersten dt. Brauereien sein Bier im großen Stil nach Übersee.

27 Das legendäre Scholastikerproblem, wie viele Engel auf eine Nadelspitze passen, illustriert einen theologischen Streit, mit dem sich auch Thomas von Aquin (um 1225–1274) in seiner *Summa Theologiae* auseinandergesetzt hat. Im Kern ging es um die Klärung der Frage, ob Engel nun materielle Wesen oder aber reiner Geist sind. Träfe Letzteres zu, so fänden unendlich viele auf einer Nadelspitze Platz.

28 Eigentlich ein Begriff aus der Chemie: Ein Zuckergemisch, Reaktionsprodukt der Selbstkondensation von Formaldehyd an basischen Katalysatoren. In der Formose-Reaktion, 1861 vom russ. Chemiker Alexander Michailowitsch Butlerow (1828–1886) entdeckt, wollten später manche Wissenschaftler die Schlüsselreaktion bei der Entstehung der ersten Biomoleküle aus der Ursuppe entdeckt haben, also die Grundlage für den Ursprung des Lebens.

29 Kunstvoll geflochtene Blumen- und Federkränze, die in ganz Polynesien zu festlichen Gelegenheiten um den Hals getragen werden.

30 Auch: *malo*; ein Lendenschurz aus Kapa-Rindenbaststoff von geschältem Papiermaulbeerbaum oder hawaiischem Hibiskus (lindenblättriger Eibisch).

31 Traditionelles hawaiisches Volksfest mit üppigem Festmahl, Musik-
darbietungen und Hula-Tanzeinlagen, das mit dem aufkommenden
Tourismus zu einem pittoresken Brauchtumsabend umfunktioniert
wurde.

32 Das *muʻumuʻu* ist ein schlichtes, lose getragenes hawaiisches Kleid
ohne Kragen und Taillierung, während es sich beim *pāʻū* (wörtlich
übersetzt «Damenrock») um ein festliches, farbenfrohes Reitkostüm
handelt.

33 Die militärische Offensive der Vereinigten Staaten gegen das König-
reich Spanien von April bis August 1898.

34 Anleihe bei Friedrich Nietzsches (1844–1900) kulturphilosophischer
Formel der «Umwertung aller Werte», mit der dieser eine radikal neue
Weltauffassung propagierte, konkret die Ablösung christlich-abend-
ländischer Werte durch vorchristlich-archaische. Aus der Einsicht in
die mangelnde Objektivität aller bisherigen Sinngebung sollte der
christliche Diesseits-Nihilismus in einem «Akt höchster Selbstbesin-
nung der Menschheit» überwunden werden.

35 Der amerik. Schriftsteller Herman Melville (1819–1891), Verfasser
des *Moby Dick*, hatte Anfang 1841 an Bord des Walfängers *Acushnet*
angeheuert, desertierte wegen unerträglicher Zustände an Bord jedoch
im Jahr darauf gemeinsam mit einem anderen Matrosen bei einem
Zwischenhalt auf besagter südpazifischer Insel Nuku Hiva. Auf ihrer
Flucht durch die Berge wurden die beiden von indigenen Typee-Krie-
gern gefangen gesetzt. Melville entkam schließlich auf dem austral.
Walfänger *Lucy Ann*.

36 Charmian Kittredge London (1871–1955), Jack Londons zweite Ehe-
frau, war Verwalterin seines literarischen Erbes und selbst Schriftstellerin.

NACHWORT

Jack London hätte seine Freude an Diana Rigg gehabt –
und vice versa. So darf man vermuten.

Er: ein Pfundskerl von einem Mann. Draufgänger durch
und durch, und doch zugleich ein Feingeist. Selbstbewusst
schaut er auf den bekannten Fotos in die Kamera: strahlender Blick, kantiges Kinn, das braune Haar bisweilen unge-
bändigt wirr und das Kreuz so breit, dass die Jacken stets
an den Schultern spannen. Willenskraft spiegelt sich in seinen Zügen wider. Eiserne Willenskraft. Und ein Hauch ro-
her Natur. Wer ihn kannte, hob allerdings nicht allein die
ansteckende Vitalität hervor, sondern auch seine einneh-
mende, gutherzige Lebenswärme, die sich auf jeden übertragen haben soll, der mit ihm zu tun hatte. Wenn Jack
London einen Raum betrat, so heißt es, vibrierte die Luft.
Augenblicklich sorgte er für ausgelassene Stimmung und
angeregte Gespräche, wo sich zuvor Langeweile zäh aus-
gebreitet hatte. Wobei sein goldenes Lächeln und sein
dröhnendes Lachen nicht zuletzt dazu führten, dass sich
ihm die Frauen gleich reihenweise an den Hals warfen. Er
ließ es gern geschehen.

«Du kennst meinen Standpunkt in Fragen des Ge-
schlechts», schrieb er in einem Brief an seine erste Frau, die
Lehrerin Elizabeth Maddern, «und weißt, dass ich reuelos
den Pfad des Lenzes dahinträllerte.»

Sie: Erotik pur. Mit scharfer Zunge, treffsicheren Hand-kantenschlägen und gekleidet in schwarzes Leder so eng, als wäre die Kleidung auf den gertenschlanken Körper gemalt, jagte Diana Rigg als Serienfigur Emma Peel die gesamten Sechzigerjahre über für den Fernsehsender BBC die Bösewichte Großbritanniens – und wurde mit dieser Rolle in *The Avengers* weltberühmt. An ihrer Seite Patrick Macnee, ganz Gentleman mit Schirm und Melone. Den Charme besaß sie, einen teuflischen Charme. Nur selten griff sie zum Revolver, sie war ihre eigene Waffe.

Und dann dieses: eingeschnürt in Mieder, bodenlang das Kleid, die unschuldsreinweiße Bluse mit den Puffärmelchen hochgeschlossen fast bis ans Kinn, der Kragen mit einer Schleife eng zugebunden, auf dem Kopf schwebt ein flaches Hütchen, unter dem adrett das Haar liegt, aus dem heraus sich allerdings links und rechts je eine Strähne keck in die Freiheit schlängelt als Andeutung dafür, dass es bei der Biederkeit vielleicht nicht bleiben wird – so steht Diana Rigg im Kinofilm *The Assassination Bureau* (dt. *Mörder GmbH*) vor Ivan Dragomiloff, erteilt ihm trockenen Tons den Auftrag, sich von seiner eigenen Organisation ermorden zu lassen, und verbürgt sich für den Ernst ihrer Anweisung, indem sie aus einer Ledertasche zwanzigtausend Pfund in Scheinen auf den Tisch schüttet. Das Spiel beginnt.

Den Film drehte Basil Dearden im Jahr 1969. Diana Rigg ist Sonya Winter, die tragende Figur des Plots, eine junge, ehrgeizige Journalistin, die nicht nur den Auftrag für die Hinrichtung gibt, sondern zugleich darüber berichten will, weshalb sie Dragomiloff nicht mehr von der Seite weicht und zunächst aus rein beruflichem Interesse beobachtet, wie er sich allmählich seiner professionellen Attentäter entledigt, bis deren Kreis auf zwei, drei Personen geschrumpft ist. Während sie bei all diesen Begegnungen mit leicht erhobenem Stupsnäschen selbstbewusst an den Herren vorbeischaut, kleben deren Blicke fest an ihren Kurven. Sie sei überaus attraktiv, versucht ihr der Chefredakteur zu schmeicheln und nennt sie «die Verkörperung der neuen Frau», ringt ihr damit allerdings nicht einmal ein kühles Lächeln ab. «Es kann», antwortet sie ungerührt, «keine Gleichberechtigung der Geschlechter geben, solange Frauen ihr Äußeres ausnutzen. Ich vermeide dies mit aller Strenge.»

Kaum eine Stunde später liegt sie ausgestreckt auf einem Bett, eingeschlungen in ein weißes Badetuch aus Frottee, zittert noch ein wenig wegen der Zeitbombe, die sie in ihrem Hotelzimmer gefunden hat, und weiß nicht recht, was sie erwidern soll, als Dragomiloff, der durchs Fenster hereingestiegen kommt, bemerkt: «Das ist doch nun wirklich mal ein hübsches Kleidchen.» Erst als er fordert: «Ergeben Sie sich!», findet sie zurück zu ihrem Stolz. «Ergeben», sagt sie, und weiß blitzen die Zähne zwischen den leicht geöffneten Lippen, während eines ihrer Beine nackt und lang aus dem Frotteehandtuch gleitet, «ist für eine Frau keine Niederlage.» Dann küssen sich die beiden.

Der Film *The Assassination Bureau* ist eine rasante Kriminalgroteske. Jack Londons Roman war nur Inspiration für die Drehbuchautoren Michael Relph und Wolf Mankowitz. Sie haben kaum mehr als die Idee des Mordbüros übernommen sowie den raffinierten Einfall, dass dessen Chef sich selbst umbringen lassen soll. Was sich daraus entwickelt, ist eine Hetzjagd durch Europa zur wilhelminischen Zeit, vom Sitz des Mörderclubs in London über ein Bordell in Paris, eine Bank in Zürich und ein Gasthaus in Wien nach Venedig und weiter in das phantastische Land Ruthenien, fast so, als ginge es darum, die Abenteuer von James Bond zu parodieren. Selbst Sonya Winter ist eigens für den Film erfunden. Die letzte Szene verweist auf ihre Vermählung mit Ivan Dragomiloff – ein Schluss, den schon das erste Aufeinandertreffen der beiden nahegelegt hatte. Weiter kann man sich von der Romanvorlage kaum entfernen. Und selbst wenn dann und wann inmitten all des Klamauks philosophiert wird, bleibt das Niveau dem Trubel der schwarzen Komödie angepasst. «Ein Menschenleben ist so leicht zu ersetzen», heißt es dann mit einiger Süffisanz, «und mit so viel Freude.»

Die Figur der Sonya Winter rettet den Film, eine Frau, die im Damensattel galoppierend einen ebenso perfekten Eindruck hinterlässt wie als Nonne verkleidet und deshalb mühelos vom himmlischen Geschöpf zum Heißsporn wechseln kann. Gleich in doppelter Weise ist sie somit wie von Jack London ersonnen. «Sie kam mir so ätherisch und zart vor, dass ich schon fast meinte, ihr Arm würde meinem Griff nicht standhalten», beschreibt er in *Der Seewolf* die Schiffbrüchige Maud Brewster, die von der «Ghost» aufgefischt wird. Andererseits findet sich in seinem autobiographischen Roman *Martin Eden* der Hinweis: «Suchen Sie sich eine kräftige, muntere Flamme, die über das Leben lacht und sich über den Tod lustig macht und einen liebt, solange sie mag.» Man könnte meinen, das Besetzungsbüro habe diese Stellen im Ohr gehabt, als es sich für Diana Rigg entschied. Ansonsten hat der Film wenig mit der Vorlage zu tun. Armer Jack London?

Oder dreht der Film nicht einfach eine weitere Volte in der an Volten nicht armen Historie von *The Assassination Bureau Ltd.*? Die Idee für das Buch stammt nicht von Jack London, und zu Ende geführt hat er es auch nie. Vielmehr tauchte das begonnene Manuskript in seinem Nachlass auf, und erst der Kriminalautor Robert L. Fish hat sie 1963 vollendet. Zum nicht geringen Teil nach seiner eigenen Vorstellung, die weder Jack Londons umständlichem Konzept konsequent folgt, das als Liste von Stichworten überliefert ist, noch der detaillierten Skizze eines möglichen Schlusses, die dessen Witwe Charmian London hinterlassen hat.

Man muss nicht darüber spekulieren, weshalb Jack London die Arbeit am Buch auf halbem Wege hingeschmissen hat. Dazu äußert er sich im Oktober des Jahres 1910 in einem Brief an Sinclair Lewis. Nach zwanzigtausend Wörtern hatte er sich in eine Sackgasse manövriert. Er wisse beim besten Willen nicht, was er mit *The Assassination Bureau Ltd.* anfangen solle und ob es sich lohne, daran weiterzuschreiben. Für Sinclair Lewis war es ein Schlag ins Gesicht. Denn von ihm stammte die Story, und er machte sich augenblicklich daran, ein mögliches Ende auszuformulieren. «Vielleicht», schrieb er zurück, «ist zu viel Phantasie und zu wenig Jack London in der Geschichte?» Dann schlug er vor, das Ganze in der Südsee enden zu lassen, wo der Held als eine Art zweiter Wolf Larsen sterben sollte, wie jener zynische Seewolf also, der blind und durch Schlaganfälle gelähmt auf seinem gestrandeten Schiff dahinsiecht. Einige Zeit hat Jack London daraufhin dem Buch noch gewidmet. Irgendwann aber verwarf er den Text endgültig.

Jack London und Sinclair Lewis hatten sich im Januar 1906 in New Haven an der amerikanischen Ostküste kennengelernt. Jack London war vom Debattierclub der Yale University eingeladen worden, einen Vortrag zu halten. Dreitausend Studenten und dreihundert Professoren sollen gekommen sein und einer Brandrede für die sozialistische Bewegung gelauscht haben, hinter der, wie London ausführte, sieben Millionen Menschen in aller Welt stünden, die «mit aller Kraft für die Eroberung der Wohlfahrtsquellen der Erde und die völlige Überwindung der bestehenden Gesellschaft kämpfen». Mit einem Weckruf beendete er seine Ansprache: «Die Revolution ist da. Halte sie auf, wer kann!» Die Chronisten sind sich uneins darin, ob er mit stehenden Ovationen oder Buhrufen verabschiedet wurde. Am nächsten Morgen besuchte ihn ein junger Reporter im Hotel, um ihn zu interviewen und durch einen Artikel seinen Ruf aufzupäppeln, wie er sich ausdrückte. Es war Sinclair Lewis.

Wiedergetroffen haben sie sich im Frühjahr 1910 an der Westküste, in Carmel, nahe der Ranch von Jack London, die landeinwärts in den Bergen lag. Zu gern würde man sich die Szene ausmalen, wie die beiden im Haus des Dichters George Sterling bis in die frühen Stunden beieinandersaßen und sich mögliche Plots für Kurzgeschichten erzählten. Dabei erwies sich Sinclair Lewis, später mit dem Nobelpreis für Literatur ausgezeichnet, damals aber noch ein armer Lohnschreiber, als ein nie versiegender Quell. Aus einem Koffer zog er mehr als hundert Konzepte und bot sie Jack London zum Kauf an. Mit einigem Erfolg. Denn in seinen Unterlagen ist für den 10. März 1910 vermerkt, er habe von Jack London siebzig Dollar für vierzehn Exposés erhalten. Fünf Dollar pro Idee. Das war sein Standardsatz, wenngleich es keine gesicherten Nachweise gibt, wonach er auch andere Autoren belieferte. Aus zwei der Vorlagen fabrizierte Jack London Kurzgeschichten, aus einer weiteren entwickelte er *The Assassination Bureau Ltd.* Ähnliche Geschäfte zwischen den beiden folgten. Dabei legte Jack London peinlichst Wert darauf, dass Sinclair Lewis keine Kopien des Exposés behalte, die – und wenn auch nur versehentlich – bei einem anderen Autor hätten landen können. Er selbst vernichtete die Konzepte, weshalb der Originalentwurf für *Mord auf Bestellung* nicht mehr existiert. Die insgesamt geringe Ausbeute für sein Werk lässt darauf schließen, Jack London habe den jungen Kollegen vor allem finanziell unterstützen wollen. Die letzten Entwürfe nahm er Lewis im Oktober 1911 ab, und am Ende hatte er ihm 137,50 Dollar für siebenundzwanzig Ideen bezahlt, von denen er nur fünf nutzte. Für Lewis aber bedeutete das Geld gewonnene Zeit, sich freien Arbeiten zu widmen. Und es erlaubte ihm, sich einen Wintermantel zu fünfzehn Dollar zu kaufen, wie er notierte. Ansonsten tröstete er sich über dürre Zeiten mit den angekündigten Vorschüssen aus Zeitschriftenverlagen hinweg, die sich stets verzögerten und manchmal auch gar nicht ankamen. So glich sein Leben als junger Autor auf frappierende Weise dem des jungen Jack London.

Sinclair Lewis war damals fünfundzwanzig Jahre alt. Noch fehlte ihm die Sprachgewalt, um aus seinen Ideen großartige Romane zu formen. Bei Jack London hingegen, damals bereits über den Zenit seines Ruhms hinaus, als er einen Moment lang der bestbezahlte Schriftsteller Amerikas war, lief die Produktion wie ein Uhrwerk. Jeden Vormittag zwischen neun und elf Uhr erledigte er ein Pensum von zwei bis drei Buchseiten. Doch kam es auch vor, dass er fünfzehn Stunden am Schreibtisch verbrachte und darüber den Rest der Welt vergaß. Dabei ist ihm die Arbeit nie reine Routine gewesen, und es fiel ihm angeblich schwer, Szenen und Dialoge zu verfassen. «Lieber wäre ich draußen in der Natur», bekannte er. *«In the open.»* Und je älter er wurde, desto mehr mangelte es ihm zudem an Einfällen für die Handlung. Vielleicht kein Wunder, bei einem Werk von zwanzig Romanen und fast zweihundert Erzählungen in einem Zeitraum von kaum mehr als sechzehn Jahren.

Kurz vor dem Treffen mit Sinclair Lewis war Jack London 1909 krank von einer zweijährigen Seereise zurückgekommen. Ohne Ideen im Gepäck – und das Bankkonto geplündert. Um es aufzufüllen, musste er dringendst neue Texte liefern, wie er überhaupt zeitlebens immer nur Geld verdiente, um Schulden zu begleichen. «Er konnte es nicht wagen», schreibt sein Biograph Irving Stone, «sich auch nur eine Atempause zu gönnen; der ganze überlastete Bau von Verpflichtungen und Verbindlichkeiten wäre über ihm zusammengebrochen.» Das lag vor allem daran, dass sich bei ihm Großzügigkeit und Größenwahn die Hand gaben. Seine Farm in Kalifornien, die er zu einem Dorf hatte ausbauen wollen, um dort die utopische Idee einer sozialistischen Gesellschaft umzusetzen, erwies sich als Desaster. Aber das hielt ihn nicht davon ab, für all die Freunde, die ihn besuchten, Gästehäuser bauen zu lassen. Abend für Abend wurde gefeiert. Im großen Stil stieg er in Tier- und Pflanzenzucht ein und verlor doch alles, weil er sich auf zweitklassige Arbeiter und Verwalter verließ. Für eine Yacht nach eigenen Plänen verschleuderte er ein Vermögen. Und der Bau seines gewaltigen Eigenheims, fast möchte man von Schloss sprechen, führte ihn zuerst finanziell in den Ruin – und dann in tiefe Depressionen, als es wenige Tage vor dem geplanten Einzug bis auf die Grundmauern niederbrannte.

Genau genommen glich sein Leben selbst einem Roman: wie er als Kind in einer Konservenfabrik arbeiten musste, um mit dem Tagesverdienst von einem Dollar die Familie zu unterstützen. Wie er als Teenager nicht schlecht mit dem Stehlen von Austern verdiente und sich der Verfolgung durch die Behörden nur entziehen konnte, indem er die Seiten wechselte und der Hafenpatrouille beim Aufspüren von Austerndieben half. Wie er als Schüler den ersten Preis eines Literaturwettbewerbs gewann und fortan nur noch Schriftsteller werden wollte. Wie er nun jede freie Minute nutzte, um einen ungeheuren Bildungshunger zu stillen, und Berge von Büchern las, ganze Bibliotheken. Dazu die Saufereien und Prügeleien in Hafenkneipen, legendäre Auftritte auf Veranstaltungen der Sozialisten, aber auch sein Zugang zur besseren Gesellschaft der Stadt. Jack London führte nicht *ein* Leben. Er führte viele. So viele, dass man behaupten könnte, sein größtes Werk sei sein Leben gewesen. Da ist es nur konsequent, dass die meisten seiner Arbeiten auf eigenen Erlebnissen und Begegnungen beruhen.

Angefangen von seinen Abenteuern als Matrose, als er mit siebzehn Jahren auf einem Robbenfänger anheuerte und bis ins Nordmeer fuhr, weiter über die Erlebnisse als Tramp, zu Fuß und als blinder Passagier der Eisenbahn kreuz und quer durch ganz Amerika, bis zu den ungeheuren Entbehrungen bei seiner Suche nach Gold am Klondike, einer knapp ein Jahr dauernden Tour und Tortur, während der er kein einziges Gramm des Edelmetalls fand, aber in der langen Polarnacht in den engen Hütten verwegener Goldsucher reichlich Erzählstoff sammeln konnte, den er in etlichen Kurzgeschichten und Romanen ausschlachtete. Auf diesen Geschichten gründet sich letztlich sein Weltruhm und beruht bis heute sein Ansehen als großer Literat.

Das erste dieser Bücher war *Der Sohn des Wolfs*, dessen Erscheinen der Zufall gnädig in das Jahr 1900 legte. Denn es markierte den Beginn einer neuen Ära, einer neuen Form von Literatur. Mit einer harten Sprache, brutalen Themen und wilden Charakteren, die einer Wirklichkeit entnommen waren, von der die wenigsten Leser je zuvor gehört hatten, und die mit solch genauen Bildern beschrieben war, dass einem bei der Lektüre frösteln konnte. «Gib mir Tatsachen, Mensch, unumstößliche Tatsachen», hatte Jack London gefordert, und war damit gegen jene Bücher angetreten, die den Lesern, wie er meinte, nichts als «fade Stutenmilch» zu bieten hatten. Was daraus entstand, war eine Art romantischer Realismus.

Fast augenblicklich hatte Jack London in den Geschichten aus Alaska, den Nordland-Sagas, sein Lebensthema gefunden: das Spannungsverhältnis von Urgewalt und Zivilisation, die nur vordergründig als Gegensatz taugen, tatsächlich aber nahtlos ineinander übergehen. In seinen zugleich ins Märchenhafte übertragenen wie hart am Alltag im Eis verharrenden Hundegeschichten taxiert er die Möglichkeiten, die sich aus dieser Erkenntnis ergeben. So regrediert in *Ruf der Wildnis* ein dressierter Schlittenhund zum wilden Tier und schließt sich einem Rudel Wölfe an, während in *Wolfsblut* ein wildes Tier Kontakt zu Menschen sucht und am Ende bei einer Familie unterkommt. Da mag ein Stück eigener Erfahrung eingeflossen sein aus jener Zeit, als er sich vom Straßenjungen zum bürgerlichen Schriftsteller verwandelt hat. Wenn aber Rohheit und Geformtheit so nah beieinander liegen, drängt sich dann nicht der Gedanke auf, dass jegliche Humanität nur wie dünner Firnis über die Bestie Mensch gestrichen ist?

Im *Seewolf* führt Jack London aus, was es bedeutet, wenn die Hülle der Menschlichkeit und die Fesseln der Moral abgestreift sind, jegliches Mitgefühl fehlt. Wolf Larsen, der Kapitän der «Ghost», schwingt sich als uneingeschränkter Herrscher an Bord seines Robbenfängers zum gottgleichen Wesen auf, das über Leben und Tod der Mannschaft befiehlt, eine überwirkliche Gestalt mit glasklarem Verstand und ungezügelter Kraft, getrieben von unstillbarem Machthunger. Er ist ein Dämon, der es in seiner Hybris selbst mit den Elementen aufnimmt, und es müsste einen gruseln als Leser, so schrecklich und durch und durch böse ist diese Figur. Doch die Faszination überwiegt. Wie blass bleibt dagegen der Erzähler Humphrey van Weyden, ein Schriftsteller, den der Zufall an Bord gespült hat, und der sich in der rauen, unmenschlichen Umgebung verzweifelt bemüht, den Prinzipien seiner Erziehung treu zu bleiben. Bis zum Ende pflegt er den als Krüppel dahinvegetierenden Larsen, doch der lehnt sich noch immer auf und stirbt nicht einfach, sondern nimmt Zuflucht zu einer höheren Sphäre: «Er kannte nur noch sich selbst und eine unermessliche, abgrundtiefe Stille und Dunkelheit.»

Charles Darwin, Herbert Spencer und Friedrich Nietzsche werden gemeinhin in den Zeugenstand gerufen, wenn es darum geht, die Herkunft dieses Übermenschen zu erklären – Autoren allesamt, aus deren Gedankenwelt Jack London sich die Matrix für viele seiner Bücher schuf. Aber war er nicht auch selbst besessen von der Idee, selbst diesen Übermenschen zu verkörpern? Der Literaturwissenschaftler und Schriftsteller Ulrich Horstmann legt das in einem Aufsatz nah. Kaum dass Jack London mit seiner allerersten Kurzgeschichte prompt den ersten Preis eines literarischen Wettbewerbs gewonnen hatte, fünfundzwanzig Dollar, was für den Siebzehnjährigen einem Monatseinkommen entsprach, verbiss er sich hartnäckig in den Plan, der berühmteste Autor Amerikas zu werden. Wäre er eine Frau, schrieb er, er würde sich bedenkenlos prostituieren, um Erfolg zu haben – «und erfolgreich werde ich sein». In seinem autobiographischen Roman *Martin Eden* gibt er diesem Streben eine Form, wenn sich der Held aus den schäbigen Verhältnissen der Slums mit eiserner Disziplin nach oben arbeitet, bis er alles bekommt oder bekommen könnte, wonach er auf schon fast faustische Art je strebte. Von der Falschheit des Ruhms jedoch ist er so angewidert, dass er die Lust am Leben verliert – und es sich nach nur kurzer Überlegung nimmt. Auf dem Weg von Kalifornien nach Tahiti zwängt er sich durch das Bullauge des Schiffs und taucht ins Meer. Es war, «als fiele er eine gewaltige, unendliche Treppe hinab. Und irgendwo an ihrem Fuß fiel er ins Dunkel».

Wolf Larsen und Martin Eden, zwei Archetypen des Willens zur Macht, gehören zu den beeindruckendsten und stärksten literarischen Figuren in Jack Londons Universum. Dabei hat der extreme Individualismus, der in gerader Linie zu dem Übermenschen Friedrich Nietzsches führt, in ihnen solch einen vollkommenen Ausdruck gefunden, dass Jack London selbst darüber erschrak und das Gegenteil dessen postulierte, was die Bücher vorgaben. Er habe *Martin Eden*, schrieb er in das Exemplar für seinen Schriftstellerkollegen und politischen Mitstreiter Upton Sinclair, als Mahnung vor einem übertriebenen Individualismus ersonnen. Und fragte sich verwundert, weshalb das keinem Kritiker aufgefallen war. «Ich muss gestümpert haben.» Ähnlich äußerte er sich in einem Brief an die Schriftstellerin Mary Austin über den *Seewolf*: Er wollte ihn als «Attacke auf den Übermenschen» verstanden wissen.

Der Seewolf erschien 1904, nur ein Jahr nach dem ungeheuren Erfolg von *Der Ruf der Wildnis*, und wurde in dessen Nachfolge augenblicklich ein Bestseller. Den Künstlerroman *Martin Eden* hatte Jack London an Bord der «Snark» geschrieben, während seiner auf sieben Jahre angelegten Weltumseglung, zu der er 1907 aufgebrochen war, die allerdings von so viel widrigen Umständen begleitet wurde, dass er die Unternehmung 1909 abbrechen musste. Es war der Törn, von dem er gerade zurückgekehrt war, als er in Carmel auf Sinclair Lewis traf und ihm die Idee für die Attentatsagentur abkaufte.

Womöglich hatte er die Geschichte als Aufruf zur Anarchie anlegen wollen und als Spiel um den Gedanken herum, Regierungen zu stürzen, in Erinnerung an die Kampfreden, die er als junger Mann an den Straßenecken San Franciscos gehalten hatte und die damals Zeitungen zum Anlass nahmen, ihn als «Roten» und «Bombenwerfer» zu bezeichnen. Und soll er sich nicht auch später noch durchaus wohlwollend zu Attentaten geäußert haben, die auf russische Politiker verübt worden sind? An Terror herrschte in jener Zeit kein Mangel: Allein in den letzten zwanzig Jahren des 19. Jahrhunderts wurden der russische Zar Alexander II., der amerikanische Präsident James Garfield, der französische Präsident Marie François Sadi Carnot, der spanische Premierminister Antonio Cánovas del Castillo, die österreichische Kaiserin Elisabeth sowie der italienische König Umberto I. von Anarchisten ermordet. Und die Reihe setzte sich im neuen Jahrhundert unmittelbar fort mit dem amerikanischen Präsidenten William McKinley, der 1901 Opfer eines Anschlags wurde. 1902 ermordete ein Kiewer Student im Mariinski-Palast in Sankt Petersburg den russischen Innenminister Dmitri Sipjagin. Zwei Jahre später fiel dessen Nachfolger Wjatscheslaw von Plehwe einem Bombenattentat zum Opfer. Und am 18. Februar 1905 titelte die *New York Times*: *«Terrorist Bomb Slays Sergius: Czar's Uncle Blown to Pieces in Moscow»*. Großfürst Sergei Alexandrowitsch Romanow war von einem Sozialrevolutionär mitten im Kreml in die Luft gesprengt worden. Aber nicht nur im Zarenreich lebten politische Exponenten gefährlich. Am letzten Tag des Jahres 1905 lautete die *New York Times*-Schlagzeile: *«Ex-Governor Killed by Dynamite Bomb: Frank Steunenberg of Idaho Victim of an Assassin»*. 1908 nahmen militante Republikaner in Lissabon die Kutsche des portugiesischen Königs Karl I. unter Beschuss, Regent und Thronfolger erlagen ihren Verletzungen. 1911, im Handlungsjahr des Romans, plante Oberst Dragutin Apis, Kaiser Franz Joseph I. ermorden zu lassen, wozu es jedoch nicht kam – Vorbote des dann ausgeführten Jahrhundertattentats von Sarajevo. Im September 1911 wurde der russische Ministerpräsident Pjotr A. Stolypin in

Kiew durch ein Revolverattentat eines Sozialrevolutionärs schwer verletzt und starb kurz darauf. (Winter Hall bezichtigt Dragomiloff in Kapitel 4 auch dieser Bluttat, die weltweit Aufsehen erregt hatte, s. Anm. 14.) Mit einem Wort: Es war eine Zeit der Unruhen – und Unsicherheiten.

In seiner Kurzgeschichte *The Enemy of all the World* aus dem Jahr 1907, in der ein Student zum Terroristen wird und mit einer selbst erfundenen Waffe Zehntausende in Europa und entlang der amerikanischen Ostküste tötet, hatte Jack London das Thema des Attentäters schon einmal aufgegriffen. Außerdem gab es literarische Vorbilder, die ihm bekannt gewesen sein dürften: von Joseph Conrads *Geheimagent* über einen Bombenanschlag auf das Königliche Observatorium in London, ebenfalls 1907 erschienen, bis zum *Selbstmörderclub* von Robert Louis Stevenson, von Jack London neben Rudyard Kipling als einer seiner geistigen Ziehväter bezeichnet.

Doch es drängt sich ein anderer Verdacht auf. Es scheint, als habe er in seinem Mörderclub mit der diabolischen Figur des Ivan Dragomiloff noch einmal einen Übermenschen entwerfen wollen, von der körperlichen Kraft Wolf Larsens (wenn er behauptet, einen Silberdollar zwischen den Fingern verbiegen zu können, was das Zerquetschen der rohen Kartoffel mit der bloßen Hand bei Larsen noch übertrifft) und dem Wissensdurst von Martin Eden, aber dieses Mal mit deutlichem Abstand geschildert, skeptisch, ohne dass ihm die mythische Präsenz der anderen beiden Figuren zuteilwird. Schon früh in der Lektüre scheint dem Leser Dragomiloffs Tod unausweichlich, und nach dem ersten Mord an einem seiner Mitarbeiter ist der letzte Funke von Sympathie für ihn, das ominöse Superhirn, verglüht. Jack London sucht nicht einmal intensiv nach einer überzeugenden Begründung, weshalb man Menschen ermorden dürfe in dem guten Glauben, der Welt damit einen Dienst zu erweisen – selbst wenn es sich um korrupte Polizisten handelt oder ausbeuterische Unternehmer. «Diesen Hunden des Gesetzes muss mal wieder eine blutige Lektion erteilt werden», bestätigt Ivan Dragomiloff zu Beginn der Geschichte einem Anarchisten, der einen Mord in Auftrag gibt. Aber dass er den Selbstheilungskräften der Gesellschaft misstraut und schnurstracks zur Tat schreitet, um die vorgeblich ideale Freiheit eines Zustands der Anarchie zu erreichen, während seine Tochter dem alten Glauben verhaftet ist, wonach die Evolution auf dem Weg zur idealen Gesellschaft das Nadelöhr der «sozialistischen Phase» durchschreiten muss, kann sein Mordgeschäft nicht adeln. Dennoch verkneift sich Jack London jegliche Schwarz-Weiß-Malerei. Dragomiloff ist bei ihm kein klassischer Bösewicht, kein verbohrter Fanatiker und Rächer der Entrechteten, sondern ein kultivierter Strippenzieher des Todes, der sogar seriöser Kritik zugänglich ist. Und jenseits seines ethischen Weltverbesserungswahns tritt er gar als liebenswürdiger Gesprächspartner und zärtlicher Vater in Erscheinung. Man wundert sich daher wenig darüber, dass es Winter Hall binnen weniger Buchseiten gelingt, Ivan Dragomiloff vom Unrecht seiner Taten zu überzeugen – bis hin zu dessen Vorschlag, dann gleich auch die Organisation selbst zu zerstören. Worüber man sich hingegen wundert, ist Dragomiloffs Geständnis, nie in seinem Leben einen Mord begangen, ja noch nicht einmal Augenzeuge eines Mordes gewesen zu sein.

Als Ivan Dragomiloff seinen Männern den Auftrag erteilt, ihn umzubringen, während er seinerseits nichts unversucht lassen will, sie zu töten, sieht er darin fern aller ethischen Neuerkenntnisse vor allem das aufregende Moment. «Abenteuer. Das ist es», sagt er zum Abschied. Seit seiner Kindheit habe er keines mehr erlebt. «Nun werde ich wieder leben, mit Körper und Geist, und eine neue Rolle spielen.» Und er ruft das eine Wort hinterher: «Macht!»

Damit ist die Hetzjagd durch den gesamten amerikanischen Kontinent und weiter bis Hawaii eröffnet. Rasant gewinnt sie an Fahrt, fast augenblicklich gibt es die ersten Morde, über die Jack London so lapidar berichtet, dass mitunter zwei oder drei auf einer Seite geschehen. Die Todesnachrichten sind dann noch kürzer als die vermischten Meldungen in einer Tageszeitung. Und alles, was man erfährt, ist: von einer Kleinkaliberkugel durchbohrt. Ein strategisch ausgetüftelter Kriminalroman war nicht Jack Londons Sache. Andererseits ist es genau dieser Telegrammstil, der dem Plot eine faszinierende Dynamik verleiht, Spannung und urbane Authentizität evoziert.

Londons Hauptinteresse gilt jedoch den Debatten zwischen Ivan Dragomiloff und Winter Hall, die in dem Moment auf seltsame Weise die Rollen getauscht haben, da Hall die Führung der Attentatsagentur übertragen wird, sowie den Diskussionen mit den Mitarbeitern dieser Organisation, die keine eiskalten Killer sind, sondern schrullige Geistes- und Naturwissenschaftler, fast wie einem Roman Jules Vernes entsprungen. Keineswegs frei von Skepsis, versuchen sie dennoch penibel dem Auftrag nachzukommen, den eigenen Chef hinzurichten. «Sie sind vom Denken unterjocht», heißt es, «sie leben in einer reinen Ideenwelt.» Aber sie tauschen sich untereinander aus. Als sie in

San Francisco zwei Monate miteinander verbringen, ohne eine Spur von Dragomiloff, vertreiben sie sich die Zeit mit Korbflechterei oder dem Aquarellieren in japanischem Stil – und mit Gesprächen.

Für Jack London ist das die Gelegenheit, gleichsam mit sich selbst als Sparringspartner, jene Diskussionen über Schuld und Sühne, Pflicht und Moral, Hochmut und Fall, Gesetz und Gewalt, kurz: Leben und Tod noch einmal aufzunehmen, wie er sie bei seinen Abendgesellschaften so gerne führte und wie sie in so vielen seiner Bücher beschrieben sind. Dazu griff er tief in die Zettelkästen, die in seinem Arbeitszimmer fast bis an die Decke reichten. Lauter Notate, Zitate, Ideen – von komplizierten philosophischen Gedankengängen bis zu Aphorismen fürs Poesiealbum. Und es schadet seinen Ausführungen überhaupt nicht, dass seine Überzeugung als Sozialist eher der Gelehrtenstube als dem Alltag an der politischen Basis entsprang und so weit gefasst war, dass er nie über seine widersprüchlichen Darstellungen stolperte, sondern mit der gleichen Hemmungslosigkeit ebenso auf Herbert Spencer wie auf Karl Marx zugriff, wie sich für ihn Selbstlosigkeit und Individualismus nicht zwangsläufig ausschlossen – eine Kombination, die in dem steinreichen Sozialreformer Winter Hall beispielhaft verkörpert ist.

Man könnte fast meinen, Jack Londons gesammelte Lesefrüchte sollten Eingang in das Buch finden. Und so sind in dem Roman Exekution und philosophisches Seminar ebenfalls keine Gegensätze. Das macht ihn zum klassischen Beispiel für das, was in der Literaturgeschichte «Reflexionsprosa» genannt wird. *Mord auf Bestellung* ist kein Pamphlet. Es ist ein diffiziles Gedankenspiel.

Die alles überspannende Frage lautet: Was ist es, das die Angestellten der Attentatsagentur antreibt, so stur bei der Sache zu bleiben wie eine einmal angeworfene Maschine? Die Gruppe der Killer nennt verabredete Richtlinien und wechselseitiges Vertrauen als Gründe, Loyalität und eine tiefe moralische Überzeugung, die stärker ist als der gesunde Menschenverstand. Ethik und Moral. Immer wieder fällt das Wort. Ohne Moral, heißt es, würde sich selbst die Schwerkraft auflösen. «Gibt es kein bedingungsloses Vertrauen in das gegebene Wort, ist das gegebene Wort nicht genauso unverbrüchlich wie das, was die Welt im Innersten zusammenhält, so existiert keine Hoffnung mehr im Leben, und die Schöpfung zerfällt durch die ihr innewohnende Falschheit in Chaos», verkündet eines der Vereinsmitglieder pathostrunken. Aber Grunya, die Tochter Dragomiloffs, zuckt nur mit den Schultern und beschließt, ein Buch zu schreiben, der Titel: «Die Logik des Wahnsinns oder Warum Denker verrückt werden.» Da hat Jack London längst die Grenze zur Parodie überschritten.

Für die starre Vorgehensweise der Organisation findet Jack London die präzise Metapher in der Bombe, mit der einer der verschrobenen Herren unmittelbar im Anschluss an einen verabredeten, kurzen Waffenstillstand das Lokal in die Luft sprengen will, in dem alle beisammensitzen, um dadurch Ivan Dragomiloff und auch sich selbst in den Tod zu reißen: Es ist ein Gerät, in dem die Logik der Chemie, der Mechanik und der Zeit unlösbar miteinander verschmolzen sind. Ein Mechanismus, der sekundengenau arbeitet – und unumkehrbar auf seine eigene Vernichtung zusteuert. Es ist die Szene, mit der Jack London die Arbeit am Buch abgebrochen hat.

Robert L. Fish, dem das unvollendete Manuskript aus dem Nachlass Jack Londons zugespielt worden war, verlegt bei seiner Fortschreibung die Detonation auf die Straße und lässt Ivan Dragomiloff abermals entkommen. Das hatte auch Jack London geplant. Mexiko, Karibik, Panama und Ecuador hätten die nächsten Stationen der Flucht werden sollen, und von dort wäre es weiter über Australien in die Südsee gegangen, auf die Marquesas nach Typee, dorthin, wo Herman Melville 1842 geflohen war – der Autor, dessen Kapitän Ahab unübersehbar das Vorbild für Wolf Larsen gewesen ist. Dort sollte Ivan Dragomiloff ein langsam wirkendes, keine Schmerzen verursachendes Gift einnehmen – und sterben.

Auf solch epische Breite verzichtet Robert L. Fish. Vor der Fertigstellung von *The Assassination Bureau Ltd.* im Jahr 1963 hatte er nur ein einziges Buch geschrieben, *The Fugitive*, in dem ein Mann im Alleingang versucht, eine Verbindung von Nazis im brasilianischen Untergrund zu zerstören – dem Mörderclub gewissermaßen verwandt. Für das Buch wurde er mit dem Edgar-Allan-Poe-Preis für ein Erstlingswerk ausgezeichnet. Auch hier gibt es also eine Parallele zu Jack London. Bis zu Fishs Tod im Jahr 1981 folgten nicht weniger als vierzig Bücher, die meisten davon Kriminalromane, darunter *Mute Witness*, 1968 mit Steve McQueen in der Hauptrolle als *Bullitt* verfilmt, mit der längsten Verfolgungsjagd Hollywoods. Etliche seiner Bücher erschienen unter seinem Pseudonym Robert L. Pike.

Bei Robert L. Fish flieht Ivan Dragomiloff gemeinsam mit seiner Tochter Grunya und Winter Hall auf direktem Weg nach Hawaii, wo es ihm gelingt, seine Verfolger in einen bizarren Strömungswirbel zu locken, der sie hinab ins Meer zieht. Die Diskussionen ebben alsbald ab. Hall und Dragomiloff «hatten für ihren philosophischen Disput offenbar ein Moratorium verhängt», befreit sich Robert L. Fish von Jack Londons Vorliebe für Dispute. Nur in seinem Abschiedsbrief wägt Ivan Dragomiloff noch einmal das Für und Wider der Attentatsagentur gegeneinander ab. «Kein Mann ist gestorben», rechtfertigt er die Organisation, «der es nicht verdient hätte.» Dann rudert er in einem Einbaum zu jenem Mahlstrom hinaus. Kurz winkt er noch einmal. Dann zieht ihn die Strömung auf den Grund des Meeres.

Donald E. Pease, Anglist und Gründer des Futures of American Studies Institute am Dartmouth College, hat in einem Vorwort zur englischen Ausgabe von *The Assassination Bureau Ltd.* darin den Bogenschlag zu Jack Londons erster Kurzgeschichte gesehen, *Die Geschichte eines Taifuns vor der Küste Japans* – jener Erzählung, mit der der Siebzehnjährige seinen ersten Literaturpreis gewonnen hatte. Viel deutlicher und überzeugender aber ist der Bezug zu Wolf Larsen und Martin Eden, die ebenfalls im Meer begraben sind.

Hätte Jack London das Buch zu Ende geschrieben, hätte es im Vorfeld des Ersten Weltkriegs eine beunruhigende Aktualität erlangt. Unheimlicherweise fiel *Mord auf Bestellung* diese Aktualität allerdings auch ein halbes Jahrhundert später im Erscheinungsjahr 1963 zu. Durch das Attentat auf John F. Kennedy im November desselben Jahres und die sofort aufkeimenden Verschwörungstheorien bekam der Roman einen unverhofften Beiklang des Prophetischen.

Und sogar eine Volte zu Diana Rigg ergab sich damals noch. In Folge 129 der Serie *Mit Schirm, Charme und Melone*, die zu etwa dieser Zeit ihren Höhepunkt erlebte, sagt sie tatsächlich: «Sie kommen mir vor wie der Chef einer geheimen, sehr geheimen Geheimorganisation! Sie wissen nichts, auch nicht das Allergeringste wissen Sie. Und nichts weist darauf hin, wer Sie sind oder wo Sie waren!»

Die Episode hieß *Auf Wiedersehen, Emma*. Bald darauf hieß es: *Willkommen, Sonya*.

Freddy Langer

INHALT

Begraben unter Schnee und Eis lauert ein tödliches Geheimnis

Inmitten der sibirischen Steppe liegt ein Geheimnis begraben, von dem nur eine Handvoll Menschen wissen: ein unterirdisches russisches Forschungslabor. Offiziell existiert es nicht, und wer einmal dort ist, wird es nie wieder verlassen. Doch der Biologe Rogatschow weiß, dass das, was dort geschieht, nicht im Eis verborgen bleiben darf. Er schickt einen verschlüsselten Hilferuf an den einen Mann, der die Wahrheit ans Licht bringen kann: Dr. Johnny Porter, eigenwilliger Einzelgänger indianischer Abstammung, Mikrobiologe und Sprachgenie, begibt sich auf die lebensgefährliche Mission nach Sibirien …

PENGUIN VERLAG

»Temple ist ein Meister.«
Michael Robotham

Mac Faraday glaubt nicht, dass sich sein Freund Ned das
Leben genommen hat. Er beginnt, auf eigene Faust zu
ermitteln, denn wenn es nicht Selbstmord war, muss es
Mord gewesen sein. Faradays Nachforschungen führen
ihn zu einer Erziehungsanstalt. Dabei entdeckt er eine
Mädchenleiche in einem stillgelegten Bergwerksschacht.
Nach und nach kommt Faraday denen auf die Spur, die
zahllose Mädchen aus der Erziehungsanstalt missbraucht
haben. Je näher er der Wahrheit kommt, desto mehr
bringt ihn seine Recherche selbst in Gefahr.

Präzise und lakonisch zeigt Temple die
dunklen Seiten des fünften Kontinents.

Er war ein Mann Gottes – nun ist er ein Mann des Gesetzes

Detective Richard Vega fühlt sich wie in einem schlechten Traum, als nahe der südenglischen Kleinstadt Tunbridge Wells die Leiche eines 15-Jährigen gefunden wird. Denn vor sechs Jahren stand er an derselben Stelle schon einmal über die Leiche eines Teenagers gebeugt, der auf dieselbe Weise getötet wurde. Sitzt der Falsche dafür im Gefängnis? Hat Vega erneut Schuld auf sich geladen? Es wäre nicht der erste Tod, der auf seinem Gewissen lastet. Doch dieses Kapitel seines Lebens versucht er zu vergessen. Bis eines Tages ein Mann vor seiner Tür steht und Antworten fordert …

Terroranschläge in Berlin, Paris und London erschüttern Europa

Mit hoher Schlagzahl jagt Christian v. Ditfurth seinen Berliner Hauptkommissar Eugen de Bodt durch ein Land am Abgrund. De Bodt wirft alle Regeln über den Haufen, ermittelt hart am Rand der Legalität und darüber hinaus. Mit seinen Kollegen Silvia Salinger und Ali Yussuf verfolgt er Spuren im In- und Ausland.

»Christian v. Ditfurth zeigt, dass deutsche Autoren bestens gegen internationale Konkurrenz bestehen können.« *Focus*

 PENGUIN VERLAG